イチャつくのに邪魔だからとパーティ追放されました！

～それなら不労所得目指して賃貸経営いたします～

著 桃月とと　イラスト 桧野ひなこ

01

Ichatsuku noni jama dakara to party tsuihou saremashita!

Contents

dehatsuku noni jama dakara to party tsuihou saremashita!

イラスト　桧野ひなこ

この世界で『冒険者』という職業ができたのは、約千年前だと言われている。その頃は『探検家』『開拓者』あるいはずいぶん雑に『無謀者』なんて呼び方もされていた。突然世界に現れた【ダンジョン】に勇猛果敢に挑戦する者達を時が経つにつれ人々はそう名付けたのだ。そしてダンジョンは、この世界の在り方を大きく変えることになる。人々に富と恐怖と未知への探求心を与えたからだ。

ダンジョンが生み出したのは『冒険者』だけではない。ダンジョン内に存在する『魔物』と呼ばれる恐ろしい怪物や植物、それに鉱物が人間にとって有用だとわかると、ダンジョンは油田のように利益をもたらす存在として、危険の代名詞でありながらもその近くには必ず都市が発展した。

さらにこのダンジョン出現と同時に、人々の中で稀に魔力を持つ者が生まれ始める。これはたまたまタイミングが重なっただけか、それともやはりダンジョンの影響なのかは今でも答えが出ていない。もちろんこの力は、ダンジョン攻略にあたって間違いなく鍵になったことは言うまでもないだろう。

さて、持たざる者も一攫千金が夢ではないこのダンジョンは、徐々に無法地帯となっていく。時の為政者達はそれでは困ると、力と好奇心を持て余す『冒険者』を取りまとめることにした。それですでに存在していた『商人ギルド』や『職人ギルド』と類似する機関、『冒険者ギルド』を設けたのだ。

冒険者ギルドは他のギルドと同様、各地に設置されることとなった。小さな街では役所のような施設が全てのギルドを取りまとめていることもある。冒険者ギルドの業務は依頼の仲介、斡旋、魔物の素材の買い取り等、その仕事は多岐にわたった。大きな街であればあるほど、ギルドの規模も大きく職員数も多い。ダンジョンは雇用創出にも一役買っているのだ。

冒険者ギルドという存在は、冒険者に新たなる価値基準、『名誉』という形ないものを与えた。階級が上がるほどそれは高まり、この『名誉の称号』は冒険者の外の世界でも通用するようになっていく。冒険者にとって、階級を上げることは重要となり、その肩書を求めて今日でも彼らは切磋琢磨を続けている。

プロローグ　始まりの日

薄々、こうなる日が来ることはわかっていた。

（あーあ）

覚悟はしていても悲しいモノだ。

「悪いがトリシア、このパーティを抜けてもらいたい」

言葉を発した相手は、罪悪感でこちらをまともに見ることができない。だがその後ろにいる甘いピンクベージュの髪色の女は勝ち誇った顔をしている。

「君は何度言ってもアネッタと仲良くできないだろう？」

（そんなのお互い様じゃん）

そう思うが決して口に出さなかった。こうなってはもうどうしようもないのだ。信頼関係が崩れた今となってはお互いに命を預ける冒険者パーティとしてやっていくことはできない。

「それに……僕達にもうヒーラーは必要ない」

トリシアは冒険者パーティで回復師(ヒーラー)のポジションを担当していた。リーダーは剣士のイーグル、勝ち誇った顔でトリシアを嘲笑(あざわら)っているアネッタは魔術師。三人のパーティだった。

この世界、五人に一人は魔術を使える。能力に差はあれどそこまで珍しい能力ではない。魔術が使える者にもそれぞれ得意不得意があり、回復魔法を得意とする者を特にヒーラーと呼んでいた。

アネッタは攻撃魔法も回復魔法もそれなりに使えるバランスタイプ。何事もそつなくこなす。

回復魔法の腕は一流のトリシアだったが、それなりに実力がついた冒険者達には特に必要のない存在だ。冒険中に何かあれば魔術師によるヒールや魔法薬で応急処置し、その後、必要があれば治癒院に行けばいい。

ヒーラーは攻撃魔法が不得意の者が多い。トリシアもそれに当てはまる。要は階級が上がれば足手まといになる可能性が高い職業だった。自分の身を守れなければ、強力な魔物を倒しに危険な場所へ連れていくことなどできない。

だが、今回トリシアが追い出された理由はまた違う。

「ごちゃごちゃ理由を並べないで、二人っきりでイチャイチャしたいからってハッキリ言いなさいよ」

「んな！　……ち、違うんだ！」

(慌てちゃって……そんなんで今後やってけるのかしら)

イーグルとアネッタはデキていた。イーグルは必死に隠そうとしていたが、アネッタは度々匂わせていたのだ。

「ご、ごめんね……私達、最初はこんな関係になるつもりはなかったの！」

わざとらしく謝ってはいるが上がる頬をどうにもできないのだろう、アネッタは両手で顔を覆っていた。

イーグルはなかなか顔がいい。赤茶色の髪の毛に明るいオレンジがかった瞳、背も高くスラっとしていた。剣の腕も悪くないので、今後冒険者として名を上げる見込みも高い。その割に謙虚で穏やかな性格だったので、彼に目をつける女性はこれまでも多くいた。

「はぁ」

トリシアはため息をつくしかない。やっぱりアネッタがパーティに入れてくれと頼んできたあの日、ピシャリと断るべきだったのだと後悔した。

男女が複数人交じり合う冒険者パーティでよくある話だ。誰かが同じパーティメンバーに特別な好意を抱くと、他のメンバーに余計な嫉妬心を抱かせ、たとえ無事恋愛成就し、一時的にうまくいったとしても、そのカップルの少しの不和で人間関係はギクシャクし、行きつく先はパーティの崩壊だ。安心して命を預けられなければ、冒険者パーティなど続けられるものではない。『仕事仲間』とはよく言ったもので、冒険者にとって人間関係とは剣の腕や、魔術のバリエーションと同じくらい大切なことなのだ。

唯一、男女でもうまくいくのは兄妹などの血縁者パーティくらいのものだと言われている。もしくはそれこそ最初から夫婦としてのパーティだ。

(まあそれも、どちらかが浮気した！　なんて騒動見かけたことあるけど……)

痴情のもつれは恐ろしい。なにしろ冒険者というのは血の気が多いやつらばかり。可愛さ余って憎さ百倍の殺生沙汰なんてこともある。

トリシアとイーグルは出会ってこの方、お互いにそういった気持ちは全くなかった。彼女達は同じ孤児院出身で、喧嘩をしてもそのうち自然と仲直りをする姉弟のように育ち、同じタイミングで孤児院を出て、そのまま二人で苦労もして生きてきたので、そういった心配は皆無だった。実際アネッタが加入するまで、トリシアとイーグルには見た目に大きな違いがあるにもかかわらず、しばしば姉弟パーティと間違われていた。

男女パーティにはこういった事例が多いので、パーティメンバーの募集では同性を募るのが一般的だ。理不尽なパーティからの追放や仲間割れによるパーティの解散は、お互いの命を預ける信頼第一の冒険者達にとって決して歓迎される行為ではない。一度でも誰かを裏切った経験がある者を信用する冒険者は決して多くはないのだ。

イーグルとアネッタはそのリスクを冒してでもトリシアを追い出した。……ことの重大さをわかっているかは怪しいが。

トリシアは長年苦楽を共にしてきたイーグルを、ポッと出てきた女に掻っ攫われたのかと思うと腹が立たずにはいられない。だがもう遅いのだ。今更どうしようもない。

「わかったわ」

「……すまない」

「じゃあ取り決め通り、パーティ預金は私がもらうから」

「はぁ!?　何言ってんの!?」

しおらしくする演技を忘れたのか、急にアネッタが声を上げた。

「最初に決めたでしょ。魔法契約もしてる。二対一でパーティが割れて誰か抜けることになったら、一の方がパーティ預金全額もらって去るってね」

パーティ用の預金を設ける冒険者は多い。基本的に全員で使うものはそこから支払う。所謂共同財布というやつだ。

トリシア達のパーティは報酬の四分の一を預金に回していた。これは他所のパーティと比べてかなり比重が大きい。イーグルと二人で組んでいた時は三分の一を預金していたので、今ではかなりの額になっている。

「いいじゃないかそれくらい！」

流石にイーグルは罪悪感からか、この約束だけはスムーズに守られた。

「じゃあ早速行きましょ」

色々と文句を言ってやりたいところだが、ここで揉めて預金の件をごねられてもやっかいだと、早々に冒険者ギルドへ向かった。

「パーティ預金を全部個人口座に移したいんです！」

「わかりました。それではこの用紙にパーティ全員の署名を。それから全員分の冒険者証をお願いします」

冒険者ギルドは報酬を預かってくれる制度があった。銀行のように利子は付かず口座開設や引き出す際に手数料は必要だったが、盗難の心配がなく街を移動しても引き出せて便利なのでほとんどの冒険者は利用している。

ギルドの職員はプロだ。ああ、このパーティ何かあったんだな、と思いつつもそんな表情少しも見せずに淡々と手続きを進めている。

不満顔でアネッタがサインを終え、正式にパーティ預金がトリシアのものになった。

「じゃあこれでお別れね！」

「あ、ああ……」

イーグルはトリシアがなぜこんなに機嫌がいいのかわからず、ポカンとした顔になっていた。

(ま、そろそろ潮時だったしね)

トリシアは前々から計画していたのだ。

(いつまでも冒険者で食ってけない以上しょーがない)

ヒーラーが高ランクの冒険者になることはまずない。どの道どこかで辞めるのが一般的だった。予定より少し早いが、パーティ預金もある。

トリシアはその黒髪をかき上げ、一つに結んだ。そうして気合を入れなおす。同じく黒曜石のような美しい瞳が少しだけワクワクと輝いていた。

(目指せ不労所得よ！)

それはトリシアが前世の世界で憧れていた、労働を伴わずに収入を得る方法だ。

(もちろん今世でも憧れてるけどね!!)

二人にバレないように、こっそりと微笑(ほほえ)んだのだった。

《願望日記1》

雷樹（らいじゅ）の月　十五の日

　そろそろ冒険者引退後のことを考えないと。より具体的に。冒険者階級もC級に上がってしばらく経（た）つし、順調に実績は積んでいるからぼちぼちB級にも上がれるんじゃないかと期待している。

　でもそうなるとイーグルに新しい相棒が見つかり次第、私もいよいよお役御免だ。長らくいい相棒だったけど、イーグルの足手まといにはなりたくない。別の道を歩く時がきたと割り切らなくては。ここまで二人で辿（たど）り着けただけで立派だ。

　その後はやっぱり治癒院に就職？　それかどこかの金持ちの専属ヒーラーになる？　とりあえず、C級ヒーラーの肩書があれば働き口はあるはず。B級だとなおいいけど。

　でも今更誰かにこき使われるのもな。冒険者やってるせいか、余計それが嫌になってしまった気がする。前世はそうじゃなかったのに。

空音（そらね）の月　十八の日

最近イーグルの調子がいい。今日もBランクの魔物をサクっと討伐だ。やはり遠隔ヒールがあると躊躇いなく前に出られるらしい。あの技はちょっと疲れるがもう少し鍛えるとしよう。やはり高ランクの魔物は報酬がおいしい。貯金も進む。

◇◇◇

星海の月　一の日

前世の知識の使いどころがなかなかなかったが、ついにいい考えが浮かんだ！

これからは【不労所得】で生活することを目指す！　あくせく働かず先行投資をして収入源を作るぞ！

○のんびり不労所得計画　メモ　不労所得の種類

・株や投資

似たようなものがあるにはあるようだが、平民の私には手出しできない

・特許権や著作権収入（ライセンス料）

魔道具の特許権　高度な専門知識が必要……アイディアだけでも買い取ってもらいたい

物語や音楽　発表の場に辿り着くまでの難易度が高い

・家賃収入　これ！
ついでに自分の家、自分の部屋！（私が欲しい）

今この瞬間私が最も欲しているもの。くつろげる家！　そして部屋！

今夜も冒険者達がくだらないことで喧嘩している声が聞こえる。せっかく個室に泊まっているのにゆっくり寝れるかな……。

そういえば冒険者向けの貸し部屋というのは聞いたことがない。まあ理由はこの騒がしい怒鳴り声を聞けば簡単に想像できるけど。なんにしても、ないなら作ればいいのだ。冒険者だってホッと息つける生活したっていいじゃないか。

冒険者にも安寧の地を。身近に。貯蓄だけはしっかりしておこう。

◇◇◇

金風の月　二十一の日
アネッタの素行の悪さはなに!?　いちいち庇うイーグルにもイライラする。ああ駄目だ。こういう時は他のことを考えて荒れる心を紛らわせなければ。
○冒険者専用の貸し部屋業でのんびり不労所得計画　メモ　護衛した商人より
・物件購入金額（初期投資）　金貨三十枚程度……大きな港町（リザポート）での集合住宅価格

淡花の月　三の日
　突然だが不労所得生活を実現する日が近づいた。腹が立たないかといえば嘘になる。が、パーティ預金はまるっと私のものになったし、前向きなドキドキが勝るのでとりあえずヨシとしよう。

淡花の月　六の日
　ありがたいことにまさかのルークが駆けつけてくれた。たまたま私の噂を聞いたらしい。冒険者同士の噂というのはどうしてこうもまあ么あっという間に広まるのか。

　明日からルークの提案でエディンビアに向かうことに決めた。私の願望を叶えるためにはその街がいいだろうと。言われてみたらその通りで、エディンビアほど年間を通して多くの冒険者が長期間滞在する場所もない。街も大きいので物件も探しやすそうだ。

　エディンビアに行ってみて、ダメなら他を探せばいい。なにもこだわる必要もない。今はもう前にも増して身軽なのだから。

　兎にも角にも新しい生活が楽しみだ。

第一章 不労所得で暮らしたい

トリシアは冒険者の街、エディンビア行きの荷馬車の後ろに乗っている。ソロの冒険者として、商隊の護衛依頼を受けたのだ。

エディンビアは世界最大級のダンジョンの側にできた街である。ダンジョンにも色々と形態があるが、ここは地下洞窟タイプ。大穴のその先は大地の奥底までと続いているようだった。そのダンジョンは難易度の高さから未だに攻略されておらず、日々新種の素材が発見され、一攫千金も夢ではない、冒険者憧れの地であった。

（C級になったら行こうってイーグルと話してたのにな〜）

アネッタが嫌がったために行かずじまいだったのだ。そのことを思い出してトリシアは少し切なくなる。

冒険者はギルドによってS級を筆頭にAからFまで階級付けされている。C級までいくと一端の冒険者として生きていけるとされており、報酬も上がるのだ。

イーグルとトリシアは冒険者としてはかなり早い段階でC級までかけ上がった。二人とも謙虚で礼儀正しかったので周囲から可愛がられ、良い依頼も多く回してもらえた。アネッタが加わるまでは。

（まあでも、おかげで予定より早くお金も貯まったし）

　トリシアは前々から計画していたのだ。

（冒険者向けの長期滞在用の貸し部屋、需要あると思うんだよな～）

　冒険者用の宿はただ寝るだけの場所だった。夜中まで酒で騒ぐ声も聞こえ、寝心地も良くない。残念ながら落ち着いて冒険の疲れを癒す場所とは言い難い。同じように感じる冒険者は、わざわざ商人向けの宿泊費の高い宿に泊まることもあるくらいだ。

（冒険者にだって休日はあるのよ～落ち着く部屋でゆっくりしたいわ）

　冒険者に家はないが、同じ街に何ヶ月も滞在することも多い。だが冒険者用の宿と違い、普通の宿屋の宿泊費は馬鹿にならなかった。

　各地に貸し部屋自体はあるが、冒険者は断られてしまう。職業柄、部屋を汚してしまうことが多く、また部屋に荷物を残したまま生死不明になることがあるからだ。

「魔物だー！」

　先頭の馬車に乗っていた御者が叫ぶ。突然十頭もの大きな熊に似た姿の魔物が、商隊を襲い始めた。

「やば！」

　トリシアは戦闘があまり得意ではない。今回も何かあった時のためのヒーラーとして雇われている。すでに何人か怪我をしている者が遠目に見えた。傷が深いのがわかる。

（遠隔ヒールは届きそうにない……）

　早くその場に行って治療を始めなければ。

「ホラッ！　仕事して！」

　隣でぐーすか寝ていた同じくソロの冒険者を叩き起こす。

「わり……」

銀色の髪の毛が光に照らされて輝いていた。馬車から颯爽と飛び降りたその男はその後一瞬で先頭へ飛ぶと、あっさり魔物を倒していった。

トリシアも急いで怪我人のところへ走り治療を始める。

「痛かったね……すぐ治すから」

「うっ……うう……」

トリシアがそっと触れると、小さく彼女の手のひらが光った。そのまま光は瞬時に傷口へ広がっていき、苦痛で歪んでいた御者の顔がみるみる穏やかな表情に変わっていく。そして怪我をしていた事実などなかったかのように綺麗さっぱり傷跡は消えていた。

「へぇ〜相変わらず治癒の腕だけはいいな」

一瞬で治療を終えたトリシアを見てルークは感心したように声を漏らす。

「やかましい！　報酬泥棒って言われたくなかったらさっさと周辺確認してきなよ！」

「へーへー」

吸い込まれそうなくらい美しく深いブルーの瞳が笑った。

この男はＳ級冒険者ルーク。全冒険者の憧れの的であり、トリシアとは腐れ縁だった。

「ルーク様！　頼みますよ！　せっかく貴方を雇ったんですから！」

雇い主である商隊長がクレームをつけている。まさかＳ級がぐーすか寝てるとは思わなかったようだ。

「悪りぃな！　昨日の夜飲み過ぎちまってよ！」

「ルーク様って酒に弱いんじゃなかったですっけ!?」

「はは……」

「ちょっと！」

「まぁまぁ！　あの女が馬まで治すから！　被害ゼロと一緒だろ？」

ルークの言う通り、トリシアは馬も含めてあっという間に全員の治療を終えていた。

「馬車も壊れちゃいましたよ！」

商隊長は傾いた荷馬車を指さす。

「ほんのちょっとだけだろ～それもすぐに直すから待ってろって」

そう言うとトリシアの方にやってきた。

「つーわけで頼むわ！」

「……あんたの報酬一割よこしなさいよ」

「おし、交渉成立！」

ニヤリと笑いながら、周囲から直しているところを見られないよう、トリシアの体を隠す位置にルークは立った。

トリシアが先ほどと同じように荷馬車の壊れた箇所に手を触れると、小さな光と共に歪んだ車輪はどんどん復元されていき、あっという間に元の形へと戻っていく。最初から壊れてなどいなかったように。

「そのスキル便利だよな～」

「ルークしか知らないんだから言わないでよね！」

「わかってるって」

それはそれは嬉しそうに、満面の笑みで答えた。

トリシアが使っていたのはただの回復魔法ではない。

トリシアは【リセット】のスキルでありとあらゆるモノをなおすことができるのだ。

この世界、魔術を使える者はたくさんいるが、スキルは極一部の限られた人間のみに発現する。スキルと魔術の大きな違いは魔力の消費量にあった。魔力とは魔術を使うための体力みたいなものだ。スキルは魔力の消費量が極端に少なくて済む。通常の魔術が、ランニングマシーンを走っているが如く魔力を消費するとしたら、スキルはその機械のスイッチを押す程度の魔力消費ですむ。だから何も気にせずバンバンと使うことができた。冒険中、後のことを考え魔力を温存する必要もない。

だがスキルはそのほとんどが非戦闘系の能力だ。この世界でメジャーなものは【鑑定】や【感知】、あとは【魔法契約】。このようなスキルがあると、どこで生きていくにも困らない。仕事先は溢れんばかりに存在した。ルークはこの三つ全てを持っている。

しかしトリシアのスキルは過去に例がない。彼女なりに調べをつくしたが、どこからも自身が持つスキルの情報は出てこなかった。そのためトリシアはこっそりと研究を重ね、自分のスキルを【リセット】と呼ぶことにした。自分の能力がモノを初期状態、もしくは任意の時期に戻すものだとわかったからだ。スキルを使えば、傷ついたことも、病気をしたことも、年をとったことも、全て『なかったこと』になった。

(リセットボタン押してる感覚なのよね～)

なぜそんな単語が彼女の中に浮かんだかというと、トリシアは前世の記憶の持ち主だからだ。ここではない、別の世界。魔術ではなく科学が発達した世界の記憶が彼女の中にある。

トリシアには小さな頃からその記憶があったので、この手のことを周囲に知られると厄介ごとに巻き込まれることは想像できた。特に彼女は孤児だ。何の後ろ盾もないため、悪い大人達にいいように使われる可能性を懸念し、ひた隠しにして生きてきた。

「Ａクラスのアシッドベア十体倒したんだから怒んなよ～。アイツらの毛皮高く売れるぞ～お前にやるからさ！」

ルークはトリシアがいつまでも黙っているのを怒っていると勘違いしたようだ。彼女の顔を覗き込んで様子を確認する。

「色気のない贈り物ね」

トリシアがクスクスと笑い始めたので、ルークも安心したように軽口を返す。

「毛皮だぞ⁉　十分色っぽいだろうが！」

「じゃあちゃっちゃと皮剥いできてよ」

「へーへー」

嬉しそうに魔物の死体の山へ向かっていった。

商隊長はまだプリプリと怒っていたが、周囲からなだめられて少しずつ落ち着きを取り戻し始める。

「Ａクラスの魔物が十体ですよ。ルーク様がいなかったらどうなっていたことか……」

「……高い報酬を払っただけはあったということか」

「紹介してくれたあのＣ級のヒーラーも実力は確かです。御者は傷一つ残ってません。馬なんて瀕死だったのに」

「むう……」

少し離れたところからルークが声をかけてきた。戦闘直後だというのに汗ひとつかかず、ご機嫌な声をしている。

「なぁ商隊長！　この毛皮買い取ってくれよ！」

あっという間に毛皮を剥ぎ終わったようだ。商隊長の前にどっさりと毛皮が積まれている。

「……毛皮の状態もかなりいいですね。余計な傷がないです」

「う、買い取らせていただこう……」

なによりあの顔(イケメン)であの笑顔はズルいと商隊全員が思ったのだった。

エディンビアは今日も世界中から集まったたくさんの人々で賑(にぎ)わっている。冒険者、貴族の旅行者、傭兵(ようへい)達、そしてそれを相手にする商人達で街は溢れかえっていた。

商隊はある大商会の裏口から荷下ろし場へと入っていく。ちらりと見えた看板には、タンジェ商会と書かれていた。

「おおよかった！　最近行路にアシッドベアの目撃情報が相次いでいてな。心配していたんだ」

裏口から出てきたのは商会の上役と下働き達。荷馬車の中身を確認しながら、一つ一つ丁寧(ていねい)に中へと運び込んでいく。

「それならルーク様が倒してくださった。毛皮も買い取ったよ」

なぜか商隊長が得意気だ。

無事護衛の依頼は終わった。どうやら最終的に依頼主には満足いただける結果になったと、トリシアはフゥと軽く息をはき、小さな微笑が浮かぶ。

「お二人はこの後どうされるので？」

「私はしばらくこの街にいる予定です。もしまた何かあれば是非お声がけください」

「俺もしばらくここを拠点にするつもりだからよろしくな」

「ええ是非！」

依頼主の評価は次の仕事にも繋（つな）がるのでとても重要だ。特にトリシアはこの街での実績がない。大商会からの依頼をこなした上に高評価をもらえるのは大事なことなのだ。

「お前ギルド行くだろ？　俺も行く」

「ルークもしばらくここにいるのね」

「そ。久しぶりにダンジョン潜るわ。お前も行くか？」

「私なんか連れてったら奥まで行けないわよ？」

「まあたまにはそれでもいいだろ」

ニコニコと楽しそうなルークの隣を歩くトリシアにあっちこっちから視線が刺さる。

「あれってS級のルークじゃないか？」

「隣の女はなんだ？　パーティ組んだのか？」

ルークはソロの冒険者としてとても有名だった。剣をメインにあらゆる魔術を使いこなす魔法剣士だ。圧倒的な戦闘力を誇り、一人であらゆる敵を一掃した。顔も良いせいでアイドルのような扱いをされている。

（やりづらいったらないわ……）

トリシアとは冒険者になる前からの知り合いだった。ルークは彼女が住んでいた孤児院のある領の領主の息子だ。トリシアは自分達より後に冒険者になったルークにあっという間に階級を抜かされて、なんとも言えない敗北感を味わったものだが、ここまで実力に差が出ると諦めもつくというものだった。

「そんなに恩義を感じなくってもいいのよ。そもそも私を助けようとして……」

「そんなんじゃねぇよ」

少しムッとしたルークの顔を見て、トリシアは困ったように笑う。

冒険者になるずっと前、幼いルークはトリシアを庇（かば）って腕を魔物に食べられてしまった。だがそれをトリシアのスキルでなかったことにしたのだ。その時ルークはトリシアの回復魔法がスキル（リセット）だと知ることになった。回復魔法では、失われた腕を生やすことはできない。

それからルークはそれまでに増して、あれこれトリシアの世話を焼くようになった。一時期はイーグルが注意したことによって落ち着いたのだが、トリシアがパーティから追い出されたと知った途端、彼女を迎えにとんできたのだ。

そのおかげで彼女は前にいた街で惨（みじ）めな気持ちになるどころか、羨望（せんぼう）の的になった。人気のS級冒険者がヒーラーのC級冒険者をかまい倒していたからだ。

（アネッタのあの悔しそうな顔は見ものだったわね）

思い出し笑いをしてしまうほど悔しそうな姿だった。

「わー！　流石に大きいね！」

エディンビアの冒険者ギルドは地方のそれと違って巨大で豪華な造りをしていた。

内装も煌びやかで、依頼用の掲示板も仲間募集の掲示板もトリシアがこれまで見たことがないほどの量が掲載されている。

「内装も綺麗！　豪勢！」

「気合入ってるよな」

ギルドの職員の数も多い。窓口もたくさんある。業務別の看板までついていた。

(なにかを思い出すわ……あ、市役所だ)

トリシアもそれなりに各地のギルドを利用してきたが、この街のギルドが一番大きく、そしてどうやら機能的なのだとわかった。

キョロキョロとしていると、ルークに腕を引っ張られる。

「拠点登録してから報酬受け取ろうぜ」

二人はまず拠点ギルドの変更登録をおこなった。これで冒険者ギルドは、担当エリアにいる冒険者の状況を把握できる。過去の実績から仕事を斡旋されることもあるので、ほとんどの冒険者はギルド到着後すぐ手続きをおこなっていた。

「冒険者タグをお願いします」

受付の職員の男性に言われるがまま二人は銀色のタグを渡す。職員がそれをケーキ箱程度の大きさの魔道具に設置すると、中から少しだけ光が漏れた。

「拠点登録が完了しました。ようこそエディンビアへ」

Ｓ級冒険者のルークがいたからか、それともこれが彼のいつもの仕事のやり方なのか、小さくニコリと微笑んでトリシア達に歓迎の言葉と共に冒険者タグを丁寧に手渡した。

その後、商隊護衛の報酬の受け取り手続きもおこなった。今回はルークとトリシア、それぞれ個別依頼だったので、トリシアはその金額に少し驚く。

冒険者パーティの場合は報酬が一括で支払われた後、パーティ内でさらに分割する。受け取る割合はパーティによるが、トリシア達は全員が同額になるようにしていた。アネッタはそれも不満に思っていたようだった。

「わぁ～！　やっぱりＳ級の紹介となると報酬がいいわねぇ！」

「感謝しろよ！」

「するする！　助かったありがとう！」

「軽いなぁ」

トリシアはこれから節約して生きていかないといけない。Ｃ級冒険者の肩書があっても、ヒーラーは一人で魔物を倒すことはできないのだ。

「……そんでお前これからどうすんの？」

「とりあえずしばらくはギルドに常駐して小銭稼ぎかなぁ～パーティはもう懲り懲りだし」

「……ふーん」

大きな冒険者ギルドでは、ヒーラーが常駐していた。ここに来ればいつでも誰でも治療を受けられる。料金は決まっているし、一割をギルドの仲介料として引かれるが、ヒーラーとしてはとりっぱぐれはないから安心だ。攻撃力に劣るヒーラーは治療費を踏み倒されることがたまにある。残念ながら舐められやすい職業なのだ。

治療を受ける方からしても、ギルド常駐のヒーラーは一定のレベルが約束されているので利用者は多い。

「そんでその間に例の計画を進めるのよ！」

「あー貸し部屋経営ってやつな？」

トリシアはルークにはこの計画を話していた。エディンビアを勧めてくれたのはルークだったのだ。大都市にしり込みしていた彼女だったが、この街の規模と圧倒的な冒険者数の多さから、トリシアが考えるような静かで落ち着ける部屋を求める人間は多いだろうと言われ考えなおした。

「そう！　住宅ローンなんてないしね。あの貯金にはできるだけ手をつけたくないし、高利貸しから借りるなんてもってのほかだし……まだまだ働かないと……」

そもそも冒険者に金を貸すまともな高利貸しがいるかどうかトリシアは調べていなかった。彼らの怖さをトリシアは孤児院にいた時に散々聞かされていたせいか、この『貸し部屋計画』を思いつく前から冒険者でありながら貯蓄には余念がなかったのだ。

「ローン……？」

「ああ、いいの忘れて」

彼女はこうやってたまに前世でのみ通じる単語がポロリと出てしまう。

「ふっふっふ！　不労所得が私を待ってるわ！」

「不労所得……魔道具の特許収入みたいなもんか」

「あらさすが。よくご存じで」

この国で一番有名な不労所得は特許収入。便利な魔道具を発明すればたちまち金持ちの仲間入りという話をトリシアは聞いたことがあった。

「俺の部屋はちゃんと用意しとけよ！」

「え！　借りてくれるの!?　ルークなら別に高級宿屋泊まり放題でしょ？」

「いいだろ！　俺だってホッと一息つきたい時があんだよ！」

少し顔を赤らめて目を伏せるルークは、Ｓ級冒険者に見えず可愛らしい。

「まいどありっ！」

「もっと言い方があるだろ～」

トリシアはルークの心遣いが素直に嬉しかった。なんだかんだ、幼馴染みで冒険者パーティを組むほど信頼しあっていたイーグルに裏切られ、一人で生きていくことに心細さがあったのだ。

自分を気にかけてくれる人がいる。それだけでこの新しい街でやっていくのには十分なエネルギーになる。

ちょうどエディンビアの冒険者ギルドでは新しい常駐ヒーラーを募集していた。最近ダンジョンでは新しい階層が発見され、それを弾みにダンジョン内の魔物達が活性化してしまい、怪我人が続出していたのだ。

「できれば今日からでもお願いしたいのですが」

可愛らしい冒険者ギルドの受付女性からのお願いに、トリシアはすぐさま首を縦に振った。

「ルーク！　常駐ヒーラーの仕事、今日からに決まったわ！　ギルドの宿泊所も使えるって！」

ルークはトリシアの滞在先を気にしていた。エディンビアは大都市にありがちな治安の悪いエリアがあり、それが冒険者街に近かったのだ。

『俺と一緒に商人街にある宿屋に泊まろう』

『はあ!?　どんだけ金がかかると思ってんのよ！　せっかくの貯金がなくなっちゃうわ！』

『金は俺が出すからよ～俺がこの街に誘ったんだし』

『施しは結構！』

『……』

冒険者ギルド内にある宿泊所はとても綺麗で安全にもかかわらず、宿泊費は商人用の宿より安い。その分人気があってなかなか空きが出ないが、たまたまヒーラー不足だったからこそ部屋を用意してもらえたのだ。

「じゃあ俺もここにしよ」

「……別に追放されて一人になったからって気を遣わなくっていいのよ。ここに連れてきてくれただけで感謝してるんだから」

ルークはパーティから追放された話を口に出さなかったし、トリシアもあえてこれまで話題にしなかった。

少し前まで気が張っていてそれどころではなかった。第二の人生のスタートが急に早まったからだ。

やっと一段落ついて考える余裕ができて気が付いた。自分は突然起きた衝撃を案外受け入れられていなかったのだと。その出来事の後、トリシアは他人の厚意を全て哀れみからくるものだととらえていた。そうして哀れみなんてまっぴらだと、その話題には蓋をしていた。

だが新しい街に来て、ワクワクと鮮やかな気持ちが湧いてくると、スッとその認め難い気持ちが心に染み込んでいくのをトリシアは感じた。そうして周囲から向けられていた感情は『哀れみ』ではなく『思いやり』だったのだと受け取れるようになった。

「ありがと。お礼遅くなってごめん」

「ん……別に俺も来たかったからついでだし……」

なんだか照れ臭かった。改めて真面目に感謝を言葉にしたのは初めてだったのだ。

「でも俺もここにする！」

ルークは真顔で、至極当たり前だと言わんばかりだ。

「なんで⁉」

「そういや近くに美味い大衆食堂があんだよ！　後で行こうぜ。独り立ち祝いに奢ってやる！」

それには答えず相変わらずご機嫌な彼を見て、トリシアもこれ以上聞くことを諦めた。

「わーい！　ごちでーす！」

「なんだ。今度は、施しは結構！　とは言わないんだな」

ルークはニヤリと少し意地の悪い笑顔で尋ねた。

「お祝いならいただかないと失礼でしょ？」

手を合わせて、感謝感謝と唱える。

「調子のいい奴だな～」

二人でクスクスと笑った。

ギルドの受付とは逆方向に、冒険者専用の宿泊所の入り口がある。ここはＣ級以上が利用可能で、尚且つ長期利用の場合は割引きがあるのだ。部屋に風呂は付いていないが、宿泊所内に共同浴場もあり、風呂をこよなく愛す前世を持ったトリシアにとってこれ以上嬉しいことはなかった。

トリシアに用意された部屋は一人部屋だ。金額はかさむが、これまでもできるだけ一人部屋に泊まっていた。彼女には自分一人だけの時間が必要だった。落ち着ける、自分だけの空間が欲しかったのだ。

（それに知らない人がいるとなんとなく気になって熟睡できないんだよね～）

どこでも眠り体を休めることができるというのは、案外冒険者に必要な資質の一つかもしれないとトリシアは苦笑いする。

「まぁこんなもんよね」

今後の貸し部屋経営の参考にするため、この宿泊部屋の間取りをメモする。といっても、一人用の古びたベッドに小さなテーブルとイスが置いてあるだけだ。

これでも他の安宿に比べればだいぶいい。剣や槍などの武器による刃物跡はいくつもあるが、泥汚れや魔物の血の跡も残っておらず清潔で、シーツも綺麗だった。

「やっぱトイレは共用か～」

この世界は魔道具がとても発達している。前世のようなトイレもあるのだ。ただし、中身がどこにいっているのかわからない。特殊な転移魔術だとか、最新の分解魔術だとか噂があるが、秘匿されているのか詳細は不明だ。そのためかなり高額で売られている。

「でも部屋にトイレは欲しいのよね～」

そしてできれば風呂も。トリシアが想像していたのは、前世で暮らしていたワンルームアパートだった。だがそんな設備がある貸し部屋など聞いたことがない。Ｓ級や貴族が泊まるような高級宿ならまだしも、一般的な家庭にすら普及していないのだ。

「そんなこと言ってたらあっという間に予算オーバーになるし……」

だけど夢は膨らむ。想像だけならタダだと、トリシアはニヤニヤしながら考えた。

「あとでルークの部屋も見せてもらお～」

Ｓ級は破格の待遇だ。ギルドの職員がまさかルークがここに泊まるとは思わず慌てふためいていた。

メモも終わり、さて小遣い稼ぎでもするかと、トリシアはいそいそと身支度を整える。小遣いと言っても治療回数や怪我の度合いや内容でも料金が変わるので、場合によってはいい収入源になるのだ。

「えーっと、軽い裂傷レベルで……銀貨一枚!?　めちゃくちゃいいじゃない！」

ギルドの担当者から渡された金額表を見てトリシアは驚いた。相場の倍の金額なのだ。

「でもこれって……患者さん来ます？」

「新しい階層が現れてからここの領主様が冒険者のために治療費を援助してくださってるんです」

この援助金は冒険者のためというより、ヒーラー確保のためのものだった。冒険者達が実際に払う金額は相場通りこの半分で、それだと他の治癒院とほとんど同じだ。

「西門近くの治癒院じゃ扱いきれない人数や重傷者の受け手をギルドが担ってるんです。ここ最近は日に四、五人は確実に来るので安心してくださいね！」

またヒーラーに辞められたら困ると、担当者は慌てて付け加える。

「へぇ～流石お金持ってる領は違うわね～」

(補助金か～！　まあダンジョンで栄えてる街だし、優秀な冒険者にはできるだけ元気にここにいてもらいたいわよね)

冒険者の間では、軽い裂傷でも放置するのはよくないとしっかり知れ渡っていた。だが、トリシアの前世の世界のように医学的な知識があるわけではない。先人達の言葉や経験則から学び、彼らは治療を受けている。

もちろん方法はヒールだけではない。この世界では魔法薬(ポーション)も流通している。だが持ち歩くとなると、少々荷物が嵩張る(かさば)ので、冒険者はあまり数を持たない。魔法薬はどちらかというと、冒険者を除く帰る家のある平民が使用することが多い。

(え!?　解毒だと銀貨三枚ももらえるの!?)

金額表に目を通しながら、トリシアは驚きとニヤつく顔をコントロールできなかった。

「冒険者向けの安い食事処(どころ)も多いし、なんとかなるわね！」

常駐ヒーラーには少しだけ部屋代の割引があって、一日大銅貨七枚だった。エディンビアでは、一日大銅貨二、三枚である程度ちゃんとした食事をとることができる。

トリシアは脳内であらためて生活費を計算した。

(えっと……一日銀貨一枚で生活すれば貯金に手を出さずにしばらくは暮らせるってことよね)

当面の生活費は問題ないことがわかり、ホッと胸をなでおろす。貯金を切り崩す生活は、精神衛生上よくない。

(でもお酒はしばらくお預けかしらね～)

大銅貨十枚で銀貨一枚なので、手数料を考えても一日一回ヒーラーとして仕事をすれば生きていける計算だ。ただ、いつまでこの状態が続くかはわからないため、贅沢(ぜいたく)はしていられない。

治癒室担当の職員の話によれば、現在ギルドは常駐ヒーラーをトリシア含めて四人と契約している。現在そのうち二人が仲間と共にダンジョンに入っているため、しばらくは実質二人で回すことになる。トリシアが来るまで残りのヒーラーが一人でしばらく頑張っていたらしいが、連日予想外に来る患者の数に負け、ついに魔力切れを起こしてダウンしてしまっているそうだ。

(ブラック企業!?)

一瞬嫌な記憶が甦(よみがえ)るトリシアだったが、頭を振ってあまり深く考えないようにした。

(賃金はいいし、ここで貯めれば魔道具(トイレ)に手が届くかも！　一日最低銀貨四枚なんて稼ぎ、なかなかないわ！)

「最近はこの街に来るヒーラーの数が減っていたので大変助かります」

「戦えるヒーラーはあまりいないですからね。この街は腕に自信がないと長くはいられないし」

「ええ……ですが冒険者……いえ世の中にはかかせない存在です！」

ギルドの職員は熱く語っていた。

ギルドの入り口のすぐそばにある治癒室はこざっぱりとしていた。ヒーラー用の机に椅子（いす）、それから患者用のベッドが三台置かれている。別室にさらに二十台ほどあるが、そのうち半分がすでに埋まっており、小さく呻（うめ）いている声も聞こえてきた。

「あの人達の治療はどうなってるんですか？」

治癒室担当のギルド職員ゲルトに尋ねると、少し言いにくそうに小声になる。

「前任の方が解毒魔法はお得意ではなくて……」

つまり完璧に治っていないということだった。命にかかわることはないが、自然に治癒するのを待っている状況だ。

「あらま……じゃあその場合の支払いは？」

「我々の方で査定させてもらいます。完全回復には程遠いので今回は少額払いです。それで機嫌を損ねられてそのままお辞めに……」

急遽（きゅうきょ）ヒーラーを探していたのはこれが理由だったのだ。冒険者ギルドの常駐として、一定レベル以上のヒーラーがいるという信用でお金を徴収しているからには求めるレベルも上がる。

C級であればそれなりに場数をこなした者である、というのがこの世界での常識だ。前任者もC級のヒーラーだったが、どうやらそれほどヒーラーとしてのレベルは高くなかったようだ。パーティの階級に引っ張られ実力以上の評価が付く冒険者も稀（まれ）にいる。

（早く言ってくれれば良いのに）

死なないからといって長時間苦しんだままなのは気の毒だと、トリシアは早足で彼らの側へ向かい、優しく声をかける。

「じゃあ治療しますね」

　彼女が手を触れると、瞬く間にその十人は回復した。ゲルトはその手際の良さに驚き、いい人が来てくれたと大喜びだ。

「こんなに手早くこの人数を治療される方を見たことがありませんよ！」

「いやいやそんな～」

「数日かけて数人ずつ治療を、と思っていたので……まさか一度に全員治療されるとは……」

「いやいやそんな～！」

　トリシアはあからさまに照れていた。久しぶりに褒められてどう反応していいかわからない。元パーティの二人からはいつからか当たり前のことだと感謝もされなくなっていた。

「いえ！　私はここを担当して長いんです！　Ａ級のヒーラーでもここまでではありませんよ！」

「Ａ級のヒーラーがいるんですか⁉」

　トリシアは思わず声が大きくなる。ヒーラーは良くてＢ級止まりだと思っていたのだ。それ以上は戦闘に参加する上で確実に足手まといになるというのが常識だった。

「ご本人が防御魔法をかなり訓練されてましてね。自分の身は自分で守ってらっしゃいました。もう引退されましたが」

　得意顔でゲルトは語る。見た目はトリシアと同じか少し下に見えるが、勤務年数には自信があるようだ。

「へぇ～」

感動に近い声を漏らしていると、突然、別のギルド職員が二人の元へ息を切らしてやってきた。

「六人来ます！　大丈夫ですか⁉」

「ええ⁉　たった今十人治療されたばかりなんだ……！」

ゲルトはトリシアの魔力量を心配したらしかったが、彼女には関係ない。

「大丈夫です！　早くこちらに」

患者を連れてきたギルド職員の厳しい表情で重傷度が高いことはわかった。

もちろんトリシアはなんの問題もなく、斬り傷だらけの六人の治療も終わらせた。傷跡一つ残さなかったので、特に女性の冒険者は大喜びだ。

「本当に凄い！　まるで怪我などしなかったようです！　しかもまだ余裕があるように見えますが？」

「いやぁ～どうやら魔力量だけはあるようなんですよね～……他の魔法はサッパリなんですけど」

これはトリシアとルークで共有している彼女の設定だった。

彼女の魔力量は並レベルだ。回復魔法自体はスキルを隠すために訓練し、実際それなりに使えるが、ここまでの効果は発揮しない。魔力の消費は体力の消費に似ている。使いすぎると疲れるので、そもそもトリシアはあまり魔術を使うのが好きではなかった。

「ルーク！　やっぱり今日は私が奢るわ！」

初日からいい収入になった。小遣い稼ぎどころではない。本業にしても問題ないくらいだ。

「なんだ。上機嫌だな」

「私この街気に入った！　初日から大儲け～！」

小躍りしたくなるような気持ちはいつぶりだろうか。ルークもトリシアの表情を見てホッとした顔つきになっていた。

いい仕事をした後のご飯はいつもよりもっと美味しく感じる。ルークおすすめの食堂も大当たり。

トリシアのエディンビア生活はこうして幸先よくスタートしたのだった。

エディンビアにやってきてからあっという間に二週間が経った。トリシアは予想外にもヒーラーとしての実力を買われ、冒険者達からも大好評だ。

「タイミングも良かったわ」

「低階層でこれだけ大怪我の人間が出るなんてな」

領主が焦るほど、ダンジョンの難易度がなぜか急激に上がっているのだ。近隣の治癒院やトリシアのところに運び込まれてくる冒険者達は、入り口に近い低階層だったからこそギリギリ命が助かっていた。ダンジョンの奥に進めば進むほど、無事に戻って治癒院まで辿り着ける可能性は減る。

「こんなに安定して稼げるなんて予想外よ」

おかげでトリシアは貯金に手をつけずしばらくは暮らせそうなのだ。それどころか、『頑張ってる自分にご褒美！』なんていう、貯金に大敵な考えすら抱くようになっていた。

ルークと二人、最近お気に入りのカフェテリアでご機嫌にケーキを食べている。数日前に常駐ヒーラー仲間がダンジョンから戻ってきたので、やっと時間にも余裕が出てきた。

今日は天気も良く、中央広場に面した店の外の席はまさに絵になりそうなオシャレな雰囲気を醸し出している。トリシアは今世でこんな贅沢ができる日がくるとは想像もしていなかった。

「今日はダンジョンに行かないの？」

「お前はどうすんだ？」

ルークは彼女が冒険者ギルドで治療をおこなっている間、ダンジョンに潜っていることが多い。そしてたまに死にかけの冒険者を連れ帰り、トリシアの患者にした。

「私？　私は今日も街歩きよ！」

本格的に物件探しを始めていた。まだトリシアはこの街のことをよく知らない。どのエリアにどんなものがあるのか自分の足で確かめている最中だ。

「ふーん。俺も行こうかな」

「だめ！　あんた目立つんだもん」

「なんかあったら危ねえだろ！」

「いや私も冒険者の端くれですけど！　Ｃ級ですけど！」

その途端、ルークの顔色が一瞬変わったのをトリシアは見逃さなかった。

「なに？」

「ん？」

ルークはとぼけた。どうやらトリシアに気づかれたくなかったようだ。

「何かあるんでしょ？」

「なーんでこんなことばっかりめざといんだよ～」

苦笑いをしながら頬を掻いた。

「まあいいや。どうせわかることだし」

ルークは少し言いづらそうに、言葉を選びながらトリシアに教えた。

「は？　イーグル達がB級に上がった!?　私は!?」

「もうパーティを離れているからダメだろうな……」

「クソ！　やられたわ！　悔しぃぃぃぃ!!」

階級の決定は通常、その前三ヶ月から半年程度の実績を見て決められる。特にC級以上は安定した実績を求められるので下級より査定は厳しく、且つ時間がかかる。つまりイーグル達の昇級はトリシアありきの成績で決定されているのだ。

また内定から適用されるまで一ヶ月程度かかるので、追放された時にはもうB級に上がることは決まっていた。

「絶対知ってたわよね!?」

「情報だけならすぐ下りてくるからな」

「うわーん！　B級だったらギルドのヒーラー業務の単価も上がるのにー！」

トリシアは頭を抱えて足をバタバタと踏み鳴らす。

「……本気でB級上がりたいなら手伝うぞ」

「いい……これで本気で冒険者に見切りをつけることできそうだし」

最初はただ金儲けのためだった。身分のないトリシアのような女が自分一人で生きていくための大金を稼ぐには、冒険者が一番見込みの高い職であったのだ。

もちろんその分生命の危機という物理的なリスクも高いが、トリシアにはスキルがあるし、何より他人に死ぬまでこき使われた挙句、たいした給金ももらえないなんて、まるで前世の続きのようで耐えられなかった。

（あのブラック企業、潰れたかしら？）

だがいつの間にか冒険者という職業が楽しくなった。いつか辞める日が来るのが寂しいとすら感じるほどに。

「金かぁ……結婚って方法は考えないのか？」

ルークは何気ない会話に見せかけて、チラリと横目でトリシアの反応を確認する。

「良い人がいればねえ」

「え⁉　する気あんの⁉」

「なに⁉　孤児出身の私じゃ結婚なんて無理だって⁉」

「そういう話じゃねえよ……」

残念ながらこの世界でも肩書は重要だ。孤児院出身者が金銭的に裕福な家に嫁ぐのは難しい。トリシアが求めているのは安定した生活なので、そうなるとやはり残念ながら肩書が必要になる。

「もっとこう……愛とかそういうのじゃねーの？」

「そりゃ愛もいるわよ！　だけど安定も欲しいの！　心穏やかに生きたいの！」

力を込めて答えた。

「だから自分で手に入れることにしたのよ。他人に頼ってもしかたないもの」

残っていたお茶を啜って立ち上がる。

「……行くわ」

肩を落としたままだった。それをルークが追いかける。

「だから……」

「いいじゃねーか。散歩させろよ」

「あのねぇ」

トリシアは一人でいたいような、いたくないような変な気持ちだった。

アネッタはともかく、イーグルのことは信じていた。信じたかった。自分を追放したのはアネッタに言われて仕方なくだと思いたかったのに。

「私も馬鹿よねえ」

冒険者にとって階級は重要だ。特にヒーラーはC級とB級で人数に大きな差がある。それほどそこまで上がるのが難しい職業なのだ。

B級ヒーラーの肩書はトリシアが強く望んでいたものだった。もちろんイーグルはそのことを知っていたはずだ。

「お前は馬鹿じゃねーよ。どう考えてもアイツらがクソなだけだろ」

「こら！　侯爵家のお坊ちゃまがクソなんて言ったらいけません！」

空元気を出すしかない。あまりルークに落ち込んでいると心配をかけたくはなかった。毎日楽しく過ごしてはいたが、どうやら追放されたという事実に対して、心のダメージはまだかさぶたができた程度の回復なのだと思い知った。ちょっとのことで剥がれるかさぶただ。

「わっ！」

ルークがトリシアの頭をぐちゃぐちゃに撫(な)でる。

「海見に行くぞ！　海！」

そう言って答えも聞かずにルークは彼女の手を引いた。

トリシア達が生まれ育ったウィンボルト領に海はなかった。トリシアは前世の記憶があったからか、そこまで海に感動することはなかったが、ルークは海がとても気に入っているようだった。

（大きな川はあったけどねぇ）

あまり見ることのないはしゃぐルークと一緒にいると、トリシアは少し気持ちが落ち着いてくる。

「この辺がいいんじゃねぇか？　例の貸し部屋！」

「無理よ！　この辺高いんだから！　そもそも集合住宅もないわ」

この辺りはダンジョンに近い西門から離れており、いざ(スタンピード)となれば船で逃げられることもあって、有力者や富裕層が多く住んでいる。所謂、高級住宅街だ。エディンビア領主の城からも近い。そのため憲兵達の見回りも頻繁におこなわれているからか治安もとてもよかった。

「そうか……」

ルークから少しガッカリしたような声が漏れる。

「いやあんた。自分で買えばいいじゃない……」

　Ｓ級となると報酬は天井知らず。彼の財力があれば問題なく自分の屋敷が持てるだろう。

「家なんてあっても冒険者には邪魔だろ～」

「帰るところがあるのは良いと思うけど」

「……だからお前が作るっていう貸し部屋くらいがちょうどいいんだよ！」

　拗(す)ねたような言い方だった。

　次に二人は北側の職人街を見て回る。兵舎もこの近くにあるせいか、ここも兵士が多い。

「わぁ！　この辺初めて来たけど楽しいわね！　見たことない素材がいっぱい！」

「まあこういうとこ、ヒーラーには関係ないわな」

「防具ぐらいは買いに行ってたわよ～」

「修理は……お前には関係ないか」

　少し悪い顔して笑ったトリシアを見て、ルークは苦笑いした。

　トリシアのスキルを使えば壊れた防具も、破れた衣類もすぐに新品同様、綺麗にすることができたのだ。

「ああ！　Ｃ級にしてはずいぶんいいやつ身につけてると思ってたけどもしかして……」

「そ！　中古をお直ししたのよ」

　これがかなりの節約に繋がっていた。トリシア達は他の冒険者達よりもずっと懐に余裕があったのだ。

　冒険に関する道具は全てトリシアが修理していたので、初期費用以上に払う必要はない。イーグルの剣もアネッタの杖(つえ)やその他全て、修理をしたり買い直せば本来ならかなりの金額も、さらに時間も必要になる。

「じゃあアイツら今頃大変なんじゃねえの？」

「ふん！　ザマアミロよ！」

冒険者は自身の武器は自身の財布から払って修理するのだが、トリシアは進んで自ら二人の分も修理した。その方が早く階級を上げることに繋がることがわかっていたからだ。

「アイツらに疑われなかったのか？」

「イーグルは何かあるって察してたと思うわ。何も言わなかったけど。あの人、滅多に踏み込んでこないんだよね」

寡黙なタイプだった。トリシアが言いたくないことは言わなくていいと、そっとしておいてくれた。受け身と言えばその通りだが、トリシアにはそれがありがたかった。

（ま、だからこそグイグイくるアネッタに惹かれたのかもしれないけど〜）

追放されたことを思い出し、いい記憶もあっという間に頭から押し出される。

「アネッタの方はそもそも私に興味ないし、金もかからなくてラッキーぐらいにしか考えてなかったなぁ」

トリシアとイーグルはそうやって、他の冒険者達が治癒や武器の修理で時間をとっている間も冒険に出た。だからかなり早いペースで階級を上げることができたのだ。もちろん金銭的な余裕も生まれ、パーティ預金の潤いにも繋がる。

「南西か北西あたりだと予算に余裕が出るんだけどな……治安がねぇ」

「どの道あの辺じゃ落ち着かねーだろ」

「は！　そうだわ！　本来の目的を忘れるところだった！」

トリシアは冒険者といえど、落ち着いて生活できる空間を作りたかったのだ。西門に近いエリアは冒険者街や貧困街、娼館(しょうかん)も多くあり、夜中までザワザワと騒がしい。

「でもあんまり西門と離れてても不便じゃない？」

「冒険者ギルドに近ければ別にいいんじゃねーか？」

「うーん……じゃあ西側の中央広場寄りかな～」

エディンビアの街の中央は大きな広場になっている。神殿に時計塔、そして劇場があり、頻繁に大きな市が開催された。そして広場を取り囲むように、商店が軒を連ねているのだ。各ギルドもその並びにある。西側に冒険者ギルド、北側に職人ギルド、南側に商人ギルドが位置していた。

「飯食うのも冒険者街かギルド周辺ってのが多いからな」

冒険者は基本自炊をしない。家があるわけではないので当たり前のことだ。仕事中(冒険中)簡易的な調理はするが簡単に火を通した程度に過ぎない。だが、トリシアは冒険後に帰る家を提供するのだ。

（調理場(キッチン)、どうしよう……）

自分なら欲しいが、他の冒険者はどうだろうか？

（ルークは貴族出身だしな）

隣で楽しそうに歩く男は参考にはならなさそうだった。

日が暮れてきた頃、二人は中央広場まで戻ってきた。

「こんな時間まで奴隷市やってんのか」

「ほんとね」

どうやら馬車が遅れて到着したようだ。多くの人々が群がって、奴隷に値を付けている。

「見ていかねぇの？」

「明日は我が身だからね」

トリシアはなるべく奴隷市を視界に入れないよう、顔を背けた。

（私は運が良かっただけ）

この国には二種類の奴隷がいる。犯罪奴隷と一般奴隷だ。犯罪奴隷は死罪を免(まぬが)れた者達で、一般奴隷は金で売られたか、借金を返せなかった者がなる。債務奴隷や借金奴隷とも呼ばれた。それぞれ区別はつけられてはいるが、未来が暗いことに変わりはない。

ウィンボルト領の領主は領民を大切にする人物だった。だから孤児院を作り、教育を行い、大切に育てた。親に売られて奴隷になる子供が多い中で、幼少期のトリシアは運がいい方だったのだ。

「食いっぱぐれれば、私もああなるってこと」

トリシアの言葉の意味がわかっていなさそうなルークに少しムッとしながら説明する。

「お前はならないだろ。しぶとく生きるさ」

ルークは励ますでもなく、自分は当たり前のことを言っているという態度だった。

「……そうね。頑張るわ！」

キョトンとした後、トリシアの口元が上がったのを見て、ルークも同じように口元を上げた。今日のトリシアはいつも通りに振る舞ってはいたが、やはりいつもとは違う顔をしていた。

街歩きが気分転換になったのか、それとも、自分の理解者がいると実感したからか、夕日に照らされる彼女は穏やかな表情になっていた。

「なぁ、また付き合ってもいいか？　街歩き」

「護衛代は払わないわよ！」

　今度はちゃんと、トリシアは笑っていた。

　トリシアがＳ級冒険者ルークとエディンビアへ旅立った翌週、イーグルとアネッタは長らく拠点にしていた街を逃げるようにして去った。

　思っていた以上に周りの目が冷たく刺さったのだ。イーグルにとって、こんなことは冒険者になって初めてだった。

　トリシアをパーティから追放したのは、三ヶ月ほど滞在していたビグレッダという都市だった。近くに魔の森と中規模の攻略済みのダンジョンがあり、低級から中級の冒険者が安定した経験を積むのにちょうどいい所だった。

「なんだって⁉　トリシアがパーティから追い出された⁉」

「アネッタを追い出したんじゃなくて？」

「こうなる気がしたんだよな～アネッタ、前からイーグル狙いだったし」

「トリシア可哀想（かわいそう）……これからどうするんだろ」

　トリシアはヒーラーがいないパーティにも気さくに治療をしていたので知り合いが多い。治癒院と金額は変わらないのに、手早い上に傷跡も残らず、そして確実な治療を受けられていたので、頻繁にあちこちから声がかかった。階級が低い冒険者達にも丁寧に対応していたので新人からも慕われていた。

「イーグルがあんなヤツだとは思わなかったな」

「やっぱり異性のパーティはリスクが高ぇ」

「でもトリシアと二人の時は良いコンビだったじゃねぇか」

「剣士とヒーラーのコンビでＣ級まで上がったんだろ？　今考えたらありえねぇよな」

トリシアは追放された後もビグレッダにとどまっていた。

(なーんで私がこの街から出ないといけないのよ！)

彼女なりの意地の張り方だった。それに予定よりも早く一人になったので、次にどうするかしっかり考えて行動に移したかったのだ。

「トリシア！　治療院でも開けよ！　お前のところなら客が殺到するぜ！」

「飯食い行こうや～奢ってやるよ！」

冒険者達はトリシアを元気づけようと頻繁に声をかけてくる。

「やった～！　ありがと！」

彼女は全く気にしていないという雰囲気で、他の冒険者達との時間を楽しんでいだ。

そんなトリシア達がいるとは知らずに食堂に入ってきたイーグルとアネッタに、その場にいた冒険者全員が舌打ちをする。堂々と非難する冒険者も多くいた。

「イチャつきたいからって昔からの仲間を捨てるなんて、冒険者の風上にも置けねぇ」

「ああいうのがいるから女冒険者が馬鹿にされるのよ。本当に迷惑なんだけど！」

「出てけよ！　飯が不味くなる！」

結局イーグル達は注文すら聞いてもらえず、悔しそうに店を出ていった。

「皆ありがと」

「いいって。ああいうのは全員でダメだってしとかねぇとな。冒険者の質が下がっちまう」

「ヒーラーだからって自分を安く見積もるなよ。大事な役割なんだから。それにお前は十分仲間に貢献してんだろ」

トリシアの実力を知っている冒険者はしっかりわかってくれていたのだ。

彼女が追放されてから三日目、息を切らしたルークが冒険者ギルドに入ってきた。トリシアはたまたまギルドの依頼掲示板で次に行こうとする街の護衛任務がないか調べていた。護衛任務は戦闘能力のない一般人と一緒なので、怪我に備えてヒーラーを希望していることが多いからだ。目的地までただで行ける上に報酬も得ることができる、そんなおいしい依頼を探していた。

「トリシア！　俺とパーティ組もうぜ！」

開口一番、ルークが叫ぶ。

「いや、S級とC級じゃパーティ組めないし」

トリシアは突然現れたルークに驚いて目を丸くしたが、冷静に言葉を返した。

パーティを組めるのは、個人階級前後一つまで。トリシアの場合、相手がB級からD級でないと正式なパーティを組めない。

「なんでまだC級なんだよ～！」

「嫌味か！」

彼女の調子がいつも通りでルークは少し切なくなった。トリシアはいつものようにやせ我慢して強がっているのだと。

周囲はざわついていた。冒険者として最短最速でＳ級に上り詰めた男が、パーティを追放されたヒーラーの周りを嬉しそうにずっとウロウロしている。しかも決して誰とも組まないソロ冒険者として有名な男が、パーティを組めないことに文句タラタラだった。

「トリシア！　Ｓ級と知り合いなの!?」

トリシアと仲のいい女冒険者達がルークを見て群がってきた。皆、頬を染めて彼の顔を見ている。

その後ろからルークの数々の武勇伝に憧れる他の冒険者達もわらわらとやってきていた。

「トリシアの友達か？」

「そう。色々助けてもらったわ」

（アネッタのことやアネッタのことやアネッタのことでね）

ようは愚痴を聞いてもらっていた間柄だった。腹が立ってしかたないことも、彼女達に愚痴を吐き酒の肴（さかな）にすることで乗り越えてきたのだ。

「ふーん。トリシアと仲良くしてくれてありがとな！」

「キャー！　とんでもないですぅ！」

決して他の冒険者となれ合わないことで有名なルークの笑顔に一同は感激した。

「あんたは私の母親か！」

この世界での母の記憶はないが、思わず遥（はる）か昔の記憶が甦る。

ルークは基本、外面（そとづら）はいいが人付き合いが好きな方ではない。だからトリシアは彼が今、自分のために愛想を振りまいてくれていることがわかっている。ルークがわざわざ自分のためにここまで来てくれたのだと思うと、心の奥でやわらかな温もりがじんわりと湧いてくるのがわかった。

そしてそこにノコノコ現れたのが、イーグルとアネッタだ。

「うそ！　ルーク！　ルーク様じゃん！」

「やぁルーク！　久しぶりだな」

イーグルがここぞとばかりに親しげに話しかける。彼もイーグルとは昔馴染みだ。

S級に知り合いがいると周囲から一目置かれたいのが見え見えだった。これまではそんな素振りは少しも見せなかったのだが、流石に自分達が置かれている状況に焦ったのだ。

アネッタはこれまで見た誰よりも男前なS級冒険者に目を奪われていた。ぽぉっと頬を紅潮させ、胸元を見せるように服を直す。

「あの、初めまして！　私、アネッタっていいます！」

噂と違い気さくに他の冒険者達と話すルークに積極的に近づくが、見向きもされない。

「なあトリシア！　今から一緒に魔の森に行かないか？　ベールウルフ出てんだろ？」

「いいけど……あんたにヒーラーいる？」

ベールウルフはAランクの魔物だ。今この街にはその魔物にすぐに対応できる冒険者がおらず、ちょうど困っていた。

「じゃあトリシアの友達も一緒に行こう！」

「いいんですか!?　でも足手まといじゃ……」

「何事も経験だろ！　俺は必要ないからって仲間を裏切ったりしないから安心してくれよ」

その場にいる全員がイーグルとアネッタを横目で見た。そうしてまた二人は顔を赤くしてギルドから出ていったのだ。

ルークは二人のことに全く触れず、存在しないように扱った。静かに、でもとても強い怒りを冒険者達は感じる出来事だった。

ベールウルフの討伐の後、トリシアとルークは一緒にエディンビアへ旅立った。イーグル達がホッとしたのも束の間、結局他の冒険者達は彼らに冷たい視線を向け続けた。

愛し合う二人は居心地の良かった拠点を捨て、逃げるように新たな街へ旅立つしかなかった。

「うーん……どーしよ～……」

「ドツボにハマってんなぁ」

「そうなのよ～」

エディンビアにやってきて、早くも二ヶ月が経っていた。だがトリシアは相変わらず冒険者ギルドの常駐ヒーラーとして忙しく働く毎日だ。

暇ができれば今のように治癒室の椅子に座って、理想の貸し部屋のイメージを書き連ねている。時間がある度に街歩きもしているが、いまだに念願の不労所得用の物件が決まっていない。

「簡単に稼げちゃってるのも悪いのよね……今までこんな安定した収入なかったし」

物件探しに本気度が足りないのではないかと、自分に疑問を持つまでになってしまった。現状、困ることなく暮らせる収入があるためか、それほど焦る気持ちも湧いていないのもまた事実だった。

ダンジョンは相変わらず低階層でも難易度が上がったままだ。それまで出現報告のなかった魔物まで出始めていた。その分、単価の高い素材も多く採れるようになっていたので、冒険者が減ることはなく、怪我人も増え続ける一方だ。

「低階層だと日帰りできるからな。皆チャレンジしたくなるんだろ」

冒険者達の収入源は大きく分けて二つ。依頼をこなして報酬をもらうか、魔物を狩ってその素材を売るかだった。

その素材は通常であればギルドや商人に買い取ってもらうのだが、エディンビアには専門の買取所があり、ギルドや買取所の外の掲示板には、それぞれの買い取り価格まで掲載されていた。

ダンジョンのレベルが上がったせいか、以前より素材の持ち込み量が減っているため買い取り価格も上がっており、冒険者達のやる気もそれに比例して上がる一方だった。

(ヒール代を支払っても十分リターンがあるならそうするわよねぇ)

相変わらず毎日たくさんの怪我人がトリシアの元にやってきた。彼女が休みの時も、トリシアのヒールがいいとごねる冒険者まで出始めているくらいだ。ついには冒険者パーティに誘われるまでになってきた。

「ヒーラーいると楽だからな～」

「でも怪我しなかったら役に立たない上に、報酬の取り分も減っちゃうのよ?」

これはトリシアがアネッタに言われた言葉だった。

「そんなのただの結果論だろ。ヒーラーがいるから思いっきりやれるってのは絶対にあるぜ」

「イーグルはそう言ってくれてたわ」

イーグルの名前を出した瞬間、ルークの顔が曇る。

「別に庇ってはないわよ」

苦笑しながら答えた。

「すみません！　八人来ます！」

治癒室担当のギルド職員ゲルトの声が聞こえる。扉の向こうが騒がしい。

「昼で終わりだろ？　飯食ったら職人ギルドに行くぞ」

「え？　なんで？」

トリシアの疑問には答えず、ルークは手を振って去っていった。入れ違いに冒険者達が運び込まれてきたのでそれ以上聞くことはできないままだ。

結局その日は交代のヒーラーが来るまで立て続けに患者がやってきた。どうやらダンジョン内が急に魔物で溢れたらしい。

「それじゃお先に失礼しまーす」

「おーう！　デート楽しめよ～」

「そんなんじゃないですって」

トリシアの代わりに入ったのはB級ヒーラーのアッシュだ。一度冒険者は引退し、長らく大商人のお抱えになっていたが、冒険者時代が忘れられずにエディンビアにやってきたという噂だった。

冒険者をやっているヒーラーの最も理想的な引退後の生活を送っていたにもかかわらず、それを捨ててまでこの街に戻ってきたのだ。

(私も考えなかったわけじゃないのよね～)

ヒーラーの引退後は他の冒険者より恵まれている。回復魔法はどこででも需要があるからだ。高い階級の肩書があるほど、再就職先も選び放題になる。

(だけどせっかくならもうちょっと自由に生きたいじゃない?)

冒険者は自由だ。きっとアッシュもそういう思いがあって再びエディンピアにやってきたのだろうとトリシアは勝手に予想した。引退後も身体を鍛えていたらしく、しっかり筋肉質な体つきだ。

職人ギルドは入り口からたくさんの細工が施されており、重厚感がありながらも繊細な技術が至る所に垣間見える建物だった。冒険者ギルドでも驚きだったが、こちらの建物もより気合が入っているのがわかる。

(本家本元の力の見せどころって感じ)

この街にいる職人達の本気を感じながら、トリシアは感嘆の息を漏らした。

「えーっと建築部門はこっちだな」

キョロキョロしながら大人しくルークについていく。ルークはなにやらトリシアよりもワクワクしていた。彼にとってもあまり縁のある場所ではないからか、各部門の看板を目で追うだけで楽しそうだ。

「武器や防具を買いには行くが、ギルドの中に入ることはないからな」

「確かに。普通に冒険者やってたら用事なんてないもんね」

冒険者ギルドとは違って人の出入りはそれほど多くない。だが部門も細分化されていて、職員の数の多さもわかる。

「ご用件は？」

無愛想な受付だ。建築系は冒険者にあまり縁のない部門だからか、訝しんでいるのがよくわかる。

「宿泊施設になるような建物を探してるんだが、その手の話に詳しい人を紹介してもらえないだろうか」

トリシアを差し置いて、ルークは珍しく前のめりで尋ねた。

「ボロボロでもいいんです！」

トリシアも負けじと前のめりになる。

「そういったお話は商人ギルドの方がいいのでは？」

「いや、街を歩いててこの建物直せばいけるのにな～って気付くのはその道のプロだろ？」

そんな受付の態度など気にせずルークは話を進める。

(商人ギルドの人は商魂逞しくって……まあエリアを決める参考にはなったけど)

トリシアのスキルを知らないから当たり前なのだが、商人ギルドの物件案内人からはたいして手直しが必要のない、金額の高い建物ばかり紹介されたのだ。

どのみち部屋の内部はトリシアの理想とする貸し部屋に改装が必要となる。改装費分の予算は残しておかなければならない。それならその仕事をおこなう職人に話を聞こうとなったのだ。

「そうですね……うーん……そうか……それなら……」

受付の男は考え込み始めた。どうやら無愛想なだけで仕事はキッチリとやるタイプのようだ。おもむろに紙を一枚取り出すと、トリシア達の依頼内容を書き込みサインをした。

「この裏通り沿いにあるバレンティア工房にスピンさんという建築家がいるんですが、城壁補修だけじゃなくって邸宅もやりたいと常々ぼやいているので力になってくれるでしょう。この街出身ですし、情報通なので彼に聞けば何かしらいい話が出てくるかもしれません」

抑揚もつけずに喋（しゃべ）った。

「すみませーん！」

トリシアは無愛想な受付にたくさんお礼を言って、急いで言われた通りの場所を目指す。

バレンティア工房は思っていたより大きく、外では石工が数人、大きな音を立てて作業をしていた。

「すみませーん!!」

もう一度大きな声で挨拶（あいさつ）すると、作業中の職人が気付き、奥にいる別の職人に声をかけてくれた。

「どうもすみません！　ご用件は？」

バタバタと小走りで出てきてくれた若い男性に挨拶し、職人ギルドでもらった紙を見せると、相手は愛想のいい表情から、パァッと少年のような満面の笑顔へと変わった。

「僕がスピンです！　なんだかとっても楽しそうな依頼ですね！　早速ですが思い当たるトコがあるので案内してもいいですか!?」

ウキウキしているのがわかる。トリシアはすぐに彼のことを気に入った。隣にいるルークも同じ気持ちなのだとわかる表情になっていた。

「冒険者向けの集合住宅ですか～いいですね！」

トリシアとスピンは大盛り上がりだった。あるようでないのが冒険者向けの貸し部屋なのだ。もちろん、冒険者の動きが活発なこの国で先駆者がいないというのはそれなりの理由がある。

まずは価格。

「冒険者向けの宿は安いですからねぇ」

スピンも採算がとれるのかは気になったようだ。今日初めて会ったばかりの、感じのいいこの冒険者の夢が、うまく続くよう心配してくれている。

「高い分の付加価値は付けたいとは思ってるんですが……」

冒険者宿の基本相場はエディンビアのような大きな街では一泊あたり大銅貨三枚から五枚である。ちなみにエディンビアでは、一日の食費は大銅貨二、三枚あれば足りる。しかも街によっては格安の酒場宿なんてものもあり、大部屋の粗末なベッド一台、場合によっては雑魚寝(ざこね)で大銅貨一枚というところもあった。ここまでいくと、利用するのはただ雨風をしのげればいいと思っている冒険者ばかりではあるが。

つまり建物を買い、貸し部屋用に改修するのにかかる費用を回収できるほどの家賃価格となると、冒険者は集まらないのではないかとスピンは心配してくれているのだ。

冒険者は明日どうなるかわからない身だ。だがわからないなりに毎日生きていくのに金は必要である。食費、武器や防具にアイテムの購入に修理、いざという時の治療費。そうして宿泊費となると、それほど多くは出せない。もちろん、現役冒険者のトリシアはそのことをよく知っている。

（確かに冒険者って宿泊費を削ることが多いのよね～野営することも多いから粗末でも抵抗ないし

……）

節約しようとなった時、一番初めに候補に上がるのが宿泊費でもあった。冒険者の街と言われる土地に住んでいるだけあって、スピンはそのことをよく理解している。

「費用はゆっくり回収できたらいいかなって……とりあえず自分の宿泊費の心配がなくなれば、あとは食費分稼げればなんとかなりますし」

「そうか。ヒーラーと仰ってましたね」

ヒーラーは冒険者としてはやや不遇な職業に見られがちだが、社会全体としては仕事に困ることはない。特にこの街は慢性的なヒーラー不足。稼ぎがなくなることは考えにくかった。儲けることを重要視していないので、その分気楽に構えていられるのだ。

（うまく部屋が埋まれば、生活するのに十分以上の収入にはなるはずだし）

なにより働き続けなければという焦りと不安がなくなるのは、前世では馬車馬の如く働いていたトリシアにとって重要だった。

冒険者向けの賃貸住宅が流行らないもう一つの理由は、冒険者退去後の部屋の状態にある。

この世界の賃貸契約に、原状復帰といった文言は存在しない。それぞれのモラルに委ねられているからこそ、冒険者に貸したいと思う家主がいないのだ。もちろん、冒険者に限ったことではないが、生業としてどうしても汚れやすい職業ではある。冒険帰りで魔物の血がついたままだったり、とんでもない臭いを発する魔物の素材を部屋に放置したままいなくなったり……。

酷い汚れや破損分を請求しようと思っても、身軽な冒険者達は次の街へと逃げるように旅立ってしまい、結局家主が泣きを見ることになるのだ。もちろん、そういった状態の部屋だと、次にその部屋に入居する人間への影響も出てくる。

「私、掃除と修理は得意なんです」

この点がトリシアのなによりの強みだった。どれだけめちゃくちゃにされても、一瞬でなかったこと(リセット)にできるのだから。

スピンはそれを言葉通り受け取った。それが苦にならないのなら、この計画を進めるにあたっても心配はない。多くの人はこの問題がネックになって、冒険者への貸し部屋業を諦めるのだ。

冒険者が作る冒険者向けの貸し部屋。スピンは自分が今、人生の中でとても幸運な瞬間にいるということを感じ取っていた。

「確かにこの街なら需要はあるでしょうねぇ。拠点にしてる冒険者が多いですから」

「そうなんです！　それにC級以上もたくさんいますし、そこまで懐(ふところ)がスカスカって人もいないんじゃないかと……家賃は一ヶ月ごとの前払いにしておけば取りっぱぐれもないですし」

「そうですね。それはその方がいいでしょう」

うんうん、とスピンは頷(うなず)いた。

「トリシアさんもそこに住まわれるんですか？」

「はい！　一番いい部屋を使うつもりです」

それは前々から決めていた。なんてったって自分の城だ。自分のための家を作り上げるのだ。

スピンはとても嬉しそうな顔をしていた。

「トリシアさんが作られる家はきっと素敵なものになりますね」

この夢をこれほど語ったのは初めてだった。恥ずかしかったわけではないが、誰にもケチをつけられたくなかった。それくらい大切だったのだ。

「いやしかし、Ｃ級でこれほど予算を貯められるとは……感服です」

「いや～あはは……」

パーティ預金

この件に関しては積極的に語ることができないトリシアだった。

スピンとルーク、そしてトリシアは中央広場を抜け、商業ギルドの横を通り過ぎる。

「もう少し歩きます」

少し前から細めの道を右へ曲がり左へ曲がり……少し坂を登って分かれ道は左へ……どんどん奥まった場所へと入っていく。

（ヨーロッパの路地裏みたい）

彼女はどんどんワクワクしてきた。どの道もとても綺麗に掃除されており、家々の扉はシンプルで美しい装飾で飾られ、至る所に花があり、お年寄りがニコニコと道端で会話を楽しんでいた。途中この辺りの住民向けの小さなパン屋と小さな商店も見かけた。

「別の道には小さな飲み屋と小さなカフェもありますよ」

トリシアの表情に気が付いたスピンがさらにトキメク情報を追加する。

（はぁ……なんて素敵な……ウットリしちゃうわ）

だがしかし、問題もあった。

「道、覚えてる……？」

「まあな」

トリシアはこっそりルークに確認したが、彼はニヤリと得意気に答えた。

(今ここで一人になったら帰れる自信がない！)

心惹かれる風景に夢中になっていたせいもあるが、そうでなくてもこの迷路のような道を初見で覚える自信は出てこなかった。

「帰りに冒険者ギルドへ行くルートを通りましょう！　そちらの道はここまでではないですよ」

どうやらこの辺りは地元の住人が多く住んでいるエリアなのだとわかった。通りすがりの人にスピンが声をかけられることが増えた頃、ついに目的地に到着した。

「……わあ……」

「これは……なかなかだな」

案内してくれたスピンに正直な感想を伝えるのは憚(はばか)られた。彼とはとても話が合う、どうにかこれからも仲良くしたい相手なのだ。下手(へた)なこと言って嫌われたくない。

「アハハ！　言ってもらって大丈夫ですよ！　ボロボロですよね！」

スピンは気を使われたことがわかったようだ。

「床……抜けちゃってますねぇ～」

外から覗いたトリシアが遠慮がちに見たままを述べる。

「窓も……枠ごとなくなってるな」

大きな廃墟(はいきょ)だった。壁はしっかりしているが、窓が一部なくなっている。だが、昔は立派だったのはわかる見た目だ。一階部分は何かの店舗だったのか、広めのスペースになっている。横から裏庭へ抜けるための門も壊れていた。

「だけど躯体はしっかりしてるし、売主は安く提供してくれるんで改修費にお金回せますよ！」

「そうなんですか？」

それはありがたいとスピンの方に顔を向けると、

「これ、持ち主僕なんで！」

えへへと、ちょっとばつが悪そうに笑った。

「ええ!?」

まさか直接売主から営業をかけられるとは。ここで若干トリシアは身構える。

「曽祖父の代まで宿屋をやってましてね。どうにも皆手放せずここまできたんですが、建物を所有しているだけで税は取られますし……」

「……思い出の建物なんですね」

懐かしむように話すスピンを見てトリシアは少し警戒を解いた。

わざわざ税を払い続けてまでこの建物を所有し続けているということは、何か大切な理由があってのことだと思ったからだ。

スピンは優しい目で建物を見上げていた。

「やっぱりここまで古いと修復するにしても費用がかかりますし、場所もね……商人ギルドからはそこそこかかったでしょう？　今更ここを宿屋にって人もいなくって」

そっと壁に触れる。

「だけど変な人には売りたくないし……トリシアさんの話を聞いて、ああついにこの場所が生まれ変わる時が来たなって」

そして急に我に返ったかのようにハッとした。

「あぁすみません！　それより中を見てください！　あ！　足元に気をつけて！」

大きな扉を開け中に入ると、床がミシミシと音を立てる。

「うわっ！」

床に穴が空き、トリシアの足が床の下に落ち込む前にルークが支えた。

「ありがと……」

「C級ねぇ～」

「ぐっ！　C級ヒーラーです～！」

そのままルークはトリシアの腕を離さなかった。

二階に上がった時、スピンが自慢気にニヤリと笑ったのをトリシアは確かに見た。

「ふっふっふ！　実はとっておきの景色があるんですよ～」

「うわ！　海じゃねーか！」

「上の階はさらによく見えます」

スピンは得意気に言う。

高台のような見晴らしだった。家々の屋根の間から海が見える。もちろん、海以外の見晴らしもいい。

「庭も結構広いんだ」

「そうですね。昔は馬小屋もあったんですよ。もう崩れちゃってますけど」

外には何かが建っていた痕跡が何箇所かある。

（う～ん……なんて心惹かれる風景……！）

想定外の眺めの良さに感動しながら、結局覚えられなかった道中のルート地図を頭の中で描こうとする。エディンビアは緩やかな丘上都市だ。この建物があるエリアはちょうど真ん中あたりにある。

気持ちのいい風がトリシア達の肌を撫でた。

（うわぁどうしよう！　すごくいい……！）

どんどん気持ちが昂ってくるのがわかる。胸がドキドキしているのだ。

（庭なんて考えてなかったわ！）

スピンはトリシアの表情を見て安心していた。自分の予想通り、彼女はこの建物を気に入ってくれたと。

◇◇◇

（困ったわ……）

ボロボロ具合はともかく、トリシアはどんどんこの建物が気に入っていく。

一階の店舗のような所は当初は宿の食堂で、それが次第にあれこれ売る雑貨店に変わっていったのだと、スピンは語った。

「昔……と言っても大昔ですが、商業ギルド、うちに近い所にあったんだそうです」

この街は何度か魔物の襲撃(スタンピード)の被害に遭い、時には大きな被害を受ける家屋があった。その度に造り直した結果、エディンビアは中央広場を中心に今のように区画整備されたのだ。歴史的にスタンピードの被害の有無が混在したエリアは、トリシアが今日辿った路地裏のように、ごちゃごちゃとした複雑なルートに沿って建物が建っている。

この元宿屋は昔そこそこの好立地で客を集めていたのだと思うと、なんだか歴史を感じてしまう。

建物は一階の店舗も含めて三階建て、それに広い地下室とさらに広い屋根裏部屋があった。

「眺望重視なら屋根裏を大家の部屋に改修してもいいですね～」

この辺に階段を造って……と、スピンが一人でイメージを膨らませているのを見て、トリシアは話に交じりたくてたまらなかった。今こそ彼女の願望日記の内容を披露する時だ、と。

「お風呂とトイレですか……二階は四人部屋が六部屋、三階は二人部屋が八部屋なんです。それぞれ冒険者宿よりは広いですけど、理想とされる貸し部屋には面積が足りませんし、部屋数は変えてもいいですね」

「……風呂とトイレはただの願望なんですが」

「そんな！　想像するだけならタダじゃないですか！」

そうしてまたニコニコと話を続ける。

「なにも全部同じサイズの部屋にする必要もないですしね！　近くに共同浴場もありますから、風呂なしでも問題ないですし」

それはそうだとルークも頷く。

ワクワクする気持ちと一緒に、トリシアは急にこの夢が現実になるイメージが湧き怖くなった。幸せすぎて怖いのだ。

（どこかで自分の夢は永遠に現実にはならないって考えてたのかも……）

だからちゃんと考えてなかったのだ。今日、本気で欲しいと思える物件が出てくるなんてことを。

（ああ、本当に困ったわ……）

彼女の計画では中古物件を購入後、スキル（リセット）を使うつもりだった。トリシアは対象の一部分だけをリセットすることもできる。お金がかかりそうな部分はそれで直し、改修費を節約するつもりだったのだ。

現状をよく知ってるスピンには急激にこの建物が美しく綺麗になったら何かあったのだとすぐにバレてしまう。なぜならトリシアはこの仕事をスピンに頼みたいと思ってしまっているからだ。トリシアの意見を汲（く）んでくれるし、たくさんのアイディアを提案してくれる。しかも彼女好みのだ。

だから迷っていた。スピンにこのスキルを打ち明けるかどうか。

（もうこの際キッチリお金を払ってやってもらう？　いやでもそうすると他の計画に差し障（さわ）りが出るし……）

トリシアは内装や家具にもお金をかけたかった。ベッドにテーブル、椅子にソファ、クローゼット、それからキッチン用品に各種魔道具……あげ始めたらキリがない。

冒険者は皆身軽だ。だから自分の提供する貸し部屋にいる間くらい、いつもとは違う穏やかな暮らしを送ってほしかった。くつろぎ、安心できる家を味わってほしい。

（もう少しスピンさんのことよく知ってから……いや、時間なんて関係ないわね）

長年命を預け、預かっていた相手にも裏切られることもあるのだ。知り合った期間なんて関係ないだろう。

（まぁその相手にスキルの話をしなかった私の判断は正しかったわけだけど）

思い出して少し自嘲気味に笑った。

「迷ってる時はカンだカン」

ルークにはトリシアが何を考えているか想像できた。だからほんの少し後押しした。少し寂しそうな表情で。もうすぐ自分とトリシアだけの秘密ではなくなる。

でもそれでトリシアの心は決まった。

（頭でごちゃごちゃ考えても仕方ないわね！）

「スピンさん、実は少しお話ししたいことがあるんです。あまり他の人には聞かれたくないことなのですが……」

「……わかりました！　ではよければ私の実家にいらっしゃいますか？」

スピンの実家はそこからすぐ近くにあった。

彼はトリシアの相談内容の見当をつけていた。きっと価格交渉だと。別に珍しいことではないし、彼女から理想のイメージを聞いていたが、同じく彼女から聞いていた予算では到底全ては叶わない。そうなれば建物にしろ改修費にしろ、価格相談はもちろんあるとわかっていた。

（よーしここは奮発して、絶対に改修の仕事ももらおう！　こんなチャンス、次はいつくるか）

だからスピンはその話の内容を聞く前に、秘密保持に関する魔法契約を結ぶよう言われて驚いた。

「いったいなんのお話で!?」

「いやぁ……あ！　犯罪とかじゃないですよ！　こちらの身の安全に関わることというか……」

トリシアは言い淀(よど)んでいたが、スピンにはもう何も見当がつかなかったので素直に同意した。

魔法契約はルークがおこなった。お互いの血を入れた盃(さかずき)を飲み交わす。体が急激に熱くなり、スピンはこれがかなり強力な効果があるスキルだとわかった。

スピンはドキドキした。まさか自分にこんな危険な匂いのする出来事が起こるとは。今朝目覚めた時はいつもの単調な毎日が始まると思っていたのに。

ゴクリと唾を飲み込みトリシアの秘密の告白を待つ。

「わー！　そんなに期待しないでください！　別にたいした秘密じゃないんです！」

真面目で真剣な視線を感じて慌てたトリシアは、一気に自身の特別なスキルの話をした。

「すごい！」

どうやらスピンはこのスキルを肯定的に捉えてくれたとわかり、トリシアは安堵(あんど)する。

「でもこのスキル、皆さんの仕事を奪ってしまうようなものなので……」

（ああダメだ。そんなことない、って言ってもらいたくて言っちゃった……）

少し自己嫌悪に陥る彼女の表情には気づかず、スピンは興奮気味に語り始めた。

「何をおっしゃいます！　法を犯しているわけでもないのに！　いやそりゃあ仕事がなくなるのは困りますけど！　そのスキルって新築同様になるってことですよね!?　ということはそこから建築資材を取り出せるなぁ……あ！　同じところを何回もいけますか!?　というのもここまで資材を運んだりするのにお金がかかるのでその場で調達できればかなり改修費を抑えることができ――」

「落ち着け落ち着け!!」

圧倒されているトリシアにルークが助け舟を出してくれた。

我に返ったスピンは照れ笑いをしながら謝る。

「すみません」

そして深呼吸をしてはやる気持ちを落ち着けた。

「結論から申し上げますと、僕は少しも気にしませんよ！　トリシアさんは節度を守ってそのすごいスキルを使ってくださってるみたいですし」

「変なやつだよな～コイツ、世の中の市場のことまで気にしてるんだぞ」

「アハハ！　欲がありませんねぇ！」

この世界の人間からしてみれば、トリシアのようなモラルを持つ方が変なのだ。前世よりずっとずっと弱肉強食なこの世界、綺麗事だけで簡単には生きていけない。

「そうは言っても……私は毎晩気持ちよく寝たいの！」

ルークもスピンもそんなトリシアを、優しい瞳で見つめていた。

「伺っていたご予算の理由がそれでわかりました」

「ということは、予算の見積もりが甘かったってことですね」

トリシアは反省とばかりにあちゃ～と額を押さえた。彼女の提示した予算で彼女の理想の貸し部屋はできないということだ。

「そうですねぇ。トリシアさんのスキルを知らずにご要望に応えようとすると、元々の建物の状態がよかったとしても資材費も人件費もかなりかかりますから……今のご予算だとどこも厳しいと判断するでしょうね」

「間取りまで変えるとなるとそうなるか」

ルークも予算については、まあそうだろうな、と納得の表情をしていた。

「いやあああ！　なんだか恥ずかしいっ！」

なかなかいい物件に巡り合えないのは自分の想定の甘さもあったのだとわかると、内心不満を抱いていた商人ギルドの案内人に申し訳なくなる。

「いえいえそんな！　専門外で分かる人の方が稀ですから」

トリシアはスピンにトータルの予算として金貨三十枚程度と伝えていた。トータルというのは、建物と改修費を含めた金額という意味だ。希望エリアの集合住宅の過去の取引相場が大体金貨二十枚前後。それも極端に古いものではない。現状、人が住めるくらいの状態のものだ。改修費に金貨十枚もあればどうにかなると考えていた。C級冒険者の平均年収は金貨五枚だと言われており、それが丸々二年分となれば十分だろうと。

「スキルを使ってある程度建物の状態を元に戻して、それから改修しようとされていたんですよね？」

「はい……それでも難しいってことですよね」

「そうですねぇ……ギリギリ……足りないかな……？」

スピンはトリシアが失敗した恥ずかしさで悶えているのを見て少し苦笑しながら濁してくれている。

これまで商人ギルドに物件の紹介をお願いすると、毎度物件だけで金貨三十枚はするものばかり提案された。商人ギルドが提案した建物は、ほとんど改修が必要ないほど状態がよく、あれこれ理想の部屋を考えているトリシアにとっては条件が合わない。

（せっかくならお金かかっても理想に近づけたいじゃない!?）

だが、まだ具体的な内容が決まっているわけではない。だからこそトリシアは建物の費用をできるだけ抑え、改修に多く費用を回したい。しかし商人ギルドはそういう物件を彼女に一軒も紹介しなかった。

「商人ギルドが状態のいい物件ばかりを案内したのは、やはり改修費を心配してのことでしょう。トリシアさんが理想の建物を作り上げることではなく、貸し部屋業できちんと不労所得を得られる方に重きを置いたんだと思います」

別に肩を持っているわけではないですよ？　と苦笑しながら話を続ける。

「改修工事になると商人ギルドの出番は減りますからね。できるだけ取り分が多くなるよういい物件を売りたかったのも本当だと思います」

「そういう商売っ気の強さは少し見習った方がいいかもな」

ルークはトリシアのアンバランスな感覚を心配していた。貸し部屋経営は、将来働かなくても収入が得られるようにするためだ。彼女が持つスキルをうまく使えばもっと簡単に儲ける方法はある。なのに彼女はそれを倫理に反することだと言わんばかりに避けていた。彼女がスキルを使うのは、あくまで『毎晩気持ちよく眠れる』程度なのだ。

「商売っ気かぁ～……別に欲がないわけじゃないんだけどなぁ」

（楽してお金を稼ぎたいって思ってるくらいだし）

その『稼ぐ』金額がルークとトリシアとでは大きく差があることはわかっている。

「一番の優先順位が、貸し部屋業で不労所得っていう夢を叶えることで、不労所得で大儲けってのは二の次なんだよね」

「なるほど。よくわかります」

ウンウンとスピンは力強く頷いていた。ルークは渋々納得したような顔だ。

「心配してくれてありがと」

「するだろ。俺ん家がなくなっても困るからな」

心の内がトリシアにバレていたとわかり、ルークは照れ隠しのようにそっぽを向いて答えた。

「しかたない！　頑張って働いて予算を上げましょうかね！」

フン！　と鼻息荒くトリシアはやる気を見せた。『願望』の端が見えた。今こそそれを掴む時だと。

「トリシアさんに資材費の部分を手伝いいただければそれほど増額する必要もないかもしれません。もちろん、今後お打ち合わせをした上で差額が出れば都度相談させていただきますが」

トリシアの先ほどの答えを聞いてスピンはビジネスモードになっている。少し前までのノンビリ穏やかな雰囲気から、さあ夢を現実にするためにどうしますか？　と少し挑戦的な目に変わっていた。

「それじゃあスピンさん。これからよろしくお願いします！」

「はい！　こちらこそ！」

そう言って二人はかたい握手をかわしたのだ。

幕間1

Ichatsuku noni jama dakara to party tsuihou saremashita!

ルーク・ウィンボルトはS級冒険者。S級というのは冒険者の中で最上位の階級だ。国内に十名までと決まっている。そんな冒険者の高みに、彼は一年で辿り着いた。

そんな彼を指名する依頼はいつも列をなしていた。他のS級冒険者同様、ソロで活動しているが、彼の人気が高いのはなにも顔が良くて出自がいいからだけではない。

依頼を選り好みせず、依頼料も正当な額で受け取り、依頼人には相手の社会的階級にかかわらず平等で、決して高圧的になることもなかった。ただし、常に他人とは距離を取り、深入りはせず、彼に取り入ろうとする人間には冷たい態度が待っている。

「ルークさん！　また一件急ぎの依頼があるんですがご確認いただけますか？」

ウェルヴィアの街にある冒険者ギルドの受付の男性が、神妙な顔でルークに声をかける。彼が直前の依頼が終わったばかりなのは知っていた。一昨日、ウェルヴィアにある商会を盗賊団が襲い、多額の金品を盗んで逃げていた。その盗賊をルークは一晩のうちに発見し、あっという間に一網打尽にして、この街の憲兵に引き渡していたのを多くの人が目撃している。

「いいぞ。今ひと仕事終えたばかりだから」

疲れなど少しも見えない涼しい顔をしている。彼はこの仕事を気に入っていた。それまでとは違い、自分でなにもかも決めることができる。自分の命をどう使うかまで。そして結果的にそれが誰かの助けにもなる。

仕事の難易度は高ければ高いほど面白(おもしろ)い。一瞬の判断でどうなるかわからないスリルはより生きている実感を彼に与えた。そうして淡々と仕事をこなしているうちに、いつの間にか冒険者として最上位のS級になっていた。

ウィンボルト領にいた頃は、言われたことを言われた通りこなすだけ。それも彼にしてみれば難しいことではなかった。楽しいとも退屈だとも感じない日々。ただトリシアのいる孤児院へ行くため、やるべきことをこなしていた。彼が唯一喜びを感じられるのは彼女の側(そば)だったからだ。

だからトリシアが孤児院を去った後、彼は迷わずそれまでの生活を捨てた。

「ようトリシア！　こんなところにいたのか！」

「え？　うそ!?　ルーク!?　なんでこんなところに!?」

「そりゃあ冒険者になったからな」

「そんな……なんで……」

「なんでって……」

冒険者になって初めて再会した際、トリシアの驚きと戸惑いの表情を見て、ルークは衝撃を受けた。主に『戸惑い』の点だ。彼は生まれて初めて強烈に恥ずかしいという感覚が湧いた。

トリシアはきっと自分が冒険者となって彼女を追いかけたことを喜んでくれると思っていたのだ。具体的な根拠があったわけではない。ただ、それまでの彼女との毎日が、彼にとっては人生の全(すべ)てを簡単に賭けることができるほど大切な世界だった。

　トリシアはもちろんルークの気持ちには気付いていたが、貴族の生活を捨ててまで追いかけてくるとは思ってもみなかった。自分にそんな価値があるとも考えていなかったのだ。もちろん、彼のことを大切に思っていなかったわけではない。この世界で数少ない心を開ける相手だったし、いつもはすまして大人びた彼が、時折見せるクシャリとした笑顔が好きだった。

　彼に別れも告げずに旅立ったのは、別れの言葉をかけたくなかったからだ。『さようなら』を言ってしまえば、本当に最後の別れになる気がしていた。トリシアにとってもルークは別れ難い存在だった。

　だが彼女もこの世界でそれなりの年数生きてきたので、身分がいかに重要か、身をもって知っている。彼女と彼の身分差もよく理解していた。

　しかも彼は領地の嫡子だ。ウィンボルト領を守るべき立場として育てられ、本人も自覚し、そのために幼い頃から厳しい教育を受けてきたことをトリシアは近くで見てきた。冒険者となって、これまでの努力と領地への責任をすべて投げ捨てるなんて。しかも自分を追いかけるために。そんなことはトリシアには簡単に受け入れられることではない。ルーク本人に努力したという自覚はないが、トリシアから見て、彼は幼い頃から血の滲むような努力をして今の力を手に入れている。才能だけではないのだ。

「俺だって前から冒険者になりたかったんだよ！」

　ルークは精一杯の笑顔でそう答えた。自分がまた暴走しているのだと気が付いたのだ。

（危ない危ない……また前と同じ轍を踏むところだった）

彼女が孤児院を出る前、彼は自分の恋心を隠すことなく態度で伝えた。常に彼女を探し、常に彼女の隣にいた。結果、彼女は自分の元を去った。そんなの、二度とごめんだ。

「そっか……そうだったんだ……」

一瞬、トリシアは安堵と淋しさが混じりあった表情になったが、ルークはその意味を確認する術を持たない。

その時、二人の様子を見てイーグルが助け船を出すかのように静かに微笑んだ。

「ルークに負けないよう頑張らないとな」

イーグルは冒険者になったルークを非難しなかった。トリシアがそんな言葉を吐き出す前に、シンプルにルークの決意をただ受け止めた。トリシアの方はその言葉でハッとするように目を開き、

「そうね。私達の方が冒険者としては先輩なんだから！」

空笑いをして答えた。一緒に行こう、とは言わなかった。とても言えなかった。イーグルがいなければ、あとほんの数秒後、彼の行動を非難していたに違いないからだ。冒険者になってウィンボルト領はどうするの？　と。

「トリシアは難しく考えすぎだ。ルークが考えて、ルークが決めたことなんだから。トリシアが悩んでも仕方がない」

あっさりとルークと別れた後、一人、事の重大さに落ち込むトリシアを見てイーグルは彼なりの慰めの言葉をかける。

「イーグルはもうちょっと深く考えなさいよ！　……ウィンボルト領、跡継ぎどうすんの……」

ルークには他に兄弟はいない。親類はいるが、彼ほどの能力を持っているとは言い難い。

「そんなの。僕達が心配するようなことじゃない。領主様が考えることだろ？」

またそんな難しく考えて、と呆れるように言った。

「ルークの決断を尊重していいんじゃないかな……きっとトリシアだけが理由じゃない。僕から見てもルークは窮屈そうだった。貴族を羨ましく思わない平民が少数派だって、冒険者になって初めて知ったくらいだよ」

そんなルークの姿を思い出したのか、イーグルは少し伏し目がちになった。

「ごめん……そうだね。私が変なこと言う前にルークに声かけてくれてありがと」

トリシアは自分が心の底で、彼が冒険者となったことに歌いだしたいほど喜びを感じていることに気付いていた。冒険者のルークとなら、またどこかで会うことができるからだ。だがそんな気持ちにはなってはいけないと、心を圧縮し、硬い蓋のついた箱へと押し込める。


ルークはルークで、彼女と一緒に外の世界を冒険することは早々と諦めた。永遠に失うくらいなら、離れて彼女の存在を見守る方が彼にとっては何百倍もマシな選択だった。

（いつかトリシアが困った時……すぐにアイツの助けになれる冒険者になろう）

そうすればまた再び彼女の隣にいる理由ができる。トリシアの不幸を望んだわけではもちろんない。だが、今更領地に戻る気もないルークは冒険者であり続ける理由も必要だった。

「隣国からどうやら龍が流れ着いたようでして」

こわばった声になっているギルド職員に案内された部屋は、冒険者ギルド内にある来賓室だった。

（こりゃ大事だな）

感知スキルを使って館内の状況を探ると、護衛付きの人物がルークのいる来賓室に早足で近づいてくる。そしてすぐに扉のノック音と共に、ウェルヴィア領の領主が姿を現した。表情がかたい。だがルークを見て、安堵するようにほんの少し頬を緩めた。

「ルーク様。お呼びだてして申し訳ありません」

「今は冒険者をしています。気にせず話を続けてください」

ルークが何者かよく理解している者、同じ貴族や大商人であればあるほど、ルークを前にして丁寧な態度をとっていた。いつか彼が冒険者を辞めて、侯爵家を継ぐだろうと考えている人物は今も多くいる。

「S級の貴方様がこの街にいらしている時で本当によかった……」

不幸中の幸いだと、領主は心底そう感じているようだった。もしルークがこの街にいなければ、領主は急ぎ近隣のギルドや領へと救援の依頼をし、討伐隊に加わるよう懇願しなければならない。この街は暖かくなると冒険者の食い扶持である魔物が減り、冬場になると魔物が増える、そんな街だった。そのため今は閑散期。対応できる人員も限られている。

「龍が出たと伺いましたが」

「はい。どうやら隣国から一体、若い龍がディアスの森伝いにこの領地へ……」

ディアスの森と呼ばれるダンジョン並みに魔物の溢れる森がこの領地に隣接していた。そしてこのディアスの森を境にして隣国と繋がっている。この近辺は長らく龍の生息は確認できていないので、その隣国からやってきたのだろうと領主は判断していた。

「斥候部隊によると、おそらくかなり若い龍……縄張りを探してここまで来たようです」

「隣国からの龍ということは鋼龍ですか」

「はい……流石、よくご存じでいらっしゃる」

（トリシアと一緒に、龍の図鑑を眺めていたからな）

そんな昔のことを思い出す。龍だけではない。他にも魔物やダンジョン内の様子が描かれていたもの……冒険者に必要な知識は、彼女と一緒につけてきた。

冒険者であるルークはなにをしていても、全てはトリシアへと繋がっていく。

鋼龍はその名の通り全身を鋼のように硬い鱗で覆われている。単純に物理攻撃が通らず、退治する場合は人間側の大きな損害と長期戦を覚悟しなければならない。それほど龍は珍しく、そして恐ろしい存在なのだ。

「鋼龍は気性も大変荒いと聞きますから、何をきっかけに暴れ出すやら……悠長に待っているわけにもいかず」

その龍は現在、街とディアスの森の間にある洞窟を住処にしていた。知っているのは一部の冒険者とウェルヴィアの領兵のみ。もしこの情報が知れ渡ればパニックになりかねない。せめて戦力が揃うまではと箝口令が敷かれていた。

「早い方がいいでしょう。今から俺が行きますよ」

「ああよかった！　すぐに領兵を……」

「いや、俺が一人でやります。兵には一般人が近づかないように周辺警備だけお願いしたいんですが」

ルークの話を領主は目をパチクリしながら聞いていた。一人で龍を倒すなんて聞いたことがない。なのに目の前の青年はそれが当たり前のように言う。

そうしてルークは彼が言った通り、一人で鋼龍を倒してしまった。荒ぶる龍の攻撃を間一髪でよけ続け、懐へと潜り込み、鋼の鱗の隙間から龍の心臓を炎を纏った剣で一突きにした。

ルークにはその返り血すらついていなかった。

彼の勇姿を目撃した兵達は、あまりの出来事に興奮気味でその武勇伝をあちこちで語った。その噂はあっという間に国中へと広がり、彼は『龍を倒した冒険者』として、さらにその名を馳せていったのだ。

トリシアはそんなルークの活躍を耳にした少し後、長年の相棒からパーティを追放される。ルークはその時、トリシア達がいた街から偶然片道二日ほどの別の街にいた。その街の小さな食堂で、トリシア達の揉めていた現場を見ていた他の冒険者達の話をたまたま聞いたのだ。

「ありゃいけねぇよ。トリシアが下準備してたからアイツらうまくいってたのに」

「そんなこともわかんないなんてもう誰も組みたがらねぇぞ」

「アイツ、身内を裏切って女を選んだようなもんだろ？　そりゃねぇよ」

「イーグル、そんなやつだったとは思わなかったのになぁ……」

その冒険者パーティは他人事ながら怒りが収まらないと、食堂で酒を飲みながらイーグルのことを非難していた。

「今トリシアって言ったか⁉」

ルークは決して聞き漏らさなかった。急に酒の席に突撃してきたＳ級冒険者の姿を見て、その冒険者達はあっけに取られてただ彼の綺麗な顔を見ている。

怒りと焦りと、彼女のもとに行く理由ができた喜びでルークは感情がぐちゃぐちゃになり、泣きそうな顔になっていた。

「あ……ああ。俺ら、この街への護衛の依頼が決まってたからその後どうなってるかわかんねぇけど……」

何事だ？　と他の席の冒険者達からの視線も集まっている。

「トリシアが……イーグルに裏切られたんだな？」

ルークは大きく息をした後、なんとか冷静さを取り戻そうとしていた。

「アンタ、Ｓ級のルークだろ？　知り合いか？」

「ああ……」

「裏切られたっつーか……追い出されたんだよ。パーティから」

ルークは何も言わなかったが、怒りを抑えようと拳にぐっと力を込めていた。爪が食い込んで血が滲み始めている。

それには気付かず冒険者達はスイッチが入ったかのようにトリシアの話を始めた。

「ヒーラーがパーティを抜けるのはあくまで自主的にってのが俺達のお約束だ」

「じゃねぇとヒーラーやる冒険者が減っちまう……ヒーラーいねぇと怖ぇからなぁ」

冒険者の最低限のマナーだと、周囲の冒険者達もうんうんと首を縦に振っていた。彼らが傷の手当てをする治癒院はどこにでもあるわけではない。歩く治癒院であるヒーラーは危険地帯にいる冒険者達の命綱だ。決して蔑ろにしていい職業ではない。まともな冒険者はそのことをよく理解していた。

「オレらちょっと前に治癒院もヒーラーもいない街で仕事して危うく死にかけたんだ」

「たまたまトリシア達が通りかかって助かったんだよな」

命の恩人に借りを返せていないと、酔いもさめたのかその冒険者達はしんみりとし始める。

「やっぱまたビグレッダに戻るか」

「だなぁ」

そんな彼らの姿を見て、ルークは激しい怒りが緩やかに収まってきているのがわかった。トリシアは自分が見ていないところでも彼女らしく生きている。そのことがわかって、寂しいやら嬉しいやら安心するやら、そして誇らしいやら……。

「トリシアを気にかけてくれてありがとな」

そうしてすでに夜だと言うのに、そのままルークは街を出た。一瞬でも早く、トリシアの側に行くために。

「それで……あのS級はトリシアのなんだったんだ？」

という疑問を冒険者達に残して。

《願望日記2》

碧芽(あおめ)の月　一の日

エディンビアに来たのは正解だった。誘ってくれたルークに感謝しなければ。街並みもワクワクする路地がたくさんあり、ただ歩いているだけで楽しい。物件探しの途中、ため息が出るほど美しい眺めに出会うこともある。

そしてなにより私の願望を叶(かな)える資金が予想以上に貯(た)まり始めたのには笑いが止まらなくなりそうだ。今日の稼ぎはなんと大銀貨一枚！　正直うまくいきすぎて怖い。常駐ヒーラーの今月の給金、金貨一枚いけるかもしれない。この調子なら風呂とトイレに手が届く。少なくとも自分の部屋には置けるのでは⁉

○冒険者専用の貸し部屋業でのんびり不労所得計画　メモ　商人ギルドより
・風呂（一人サイズバスタブ）　新品　金貨二枚から
中古　金貨一枚から
・トイレ（安いの）　新品　金貨三枚から
中古　金貨一枚から

雷樹（らいじゅ）の月　七の日

　商人ギルドの案内人にはどうも私の要望が伝わっていない気がする。何度言っても綺麗（きれい）な集合住宅ばかりを勧めてくる。

○冒険者専用の貸し部屋業でのんびり不労所得計画　メモ　案内してもらった物件

・建築後オーナーがダンジョン見学中に死亡
十五部屋（新しい・全館空調）　金貨三十九枚

・商家の使用人用の元社宅
十部屋（部屋広め・キッチン・風呂・トイレ共用）　金貨四十五枚

・とある豪農が一族のために建てたらしい建物
十二部屋（新しい・やや広め・家族向け・小さいキッチンあり）　金貨二十九枚

◇◇◇

雷樹の月　二十八の日

　最高の建物に出会えてしまった。もうこれ以上のものはないと言っていい。興奮しすぎて眠れない。

明日はついに契約だ。夢が膨らむ。

〇冒険者専用の貸し部屋業でのんびり不労所得計画　メモ　購入予定物件詳細
・部屋数　二階六部屋（四人部屋）／三階八部屋（二人部屋）／地下室／屋根裏部屋
・一階に小さな厨房（ちゅうぼう）あり（現在は使用不可）
・冒険者ギルドから徒歩約十分から十五分
・周辺環境　パン屋／商店／小さな食堂／小さな酒場／公衆浴場
・庭付き！　馬小屋跡あり

ルークはトリシアとエディンビアにやってきた際の護衛依頼を最後に、冒険者としての活動は専らダンジョン内での素材採取ばかりになっていた。

「王都までの護衛依頼、ルークさんに指名がきてるんです！　なんとかお願いします！」

冒険者ギルドの可愛い受付嬢がいくら頼んでも、ルークはうんとは言わなかった。

「悪いが、俺はしばらくエディンビアを離れる気はないんでね」

けんもほろろに断る。誰もが可愛いと呟く受付嬢をもってしても、ルークの気持ちをほんの少しも変えることができなかった。

エディンビアに拠点を置く冒険者達はそれが不思議で仕方がない。これまであちこち拠点も決めずに放浪していた冒険者として最短最速でS級に上り詰めた男が、なぜかこの街に留まることに執着している。

「エディンビアになにかあるのか？」

エディンビアといえば世界最大級のダンジョン。難易度も高い。まだまだ新たな階層も待ち構えていると言われている。人々は初め、ルークがこのダンジョン攻略のため本腰を入れているのだと考えた。なぜなら彼を見かけるのは、ダンジョンか冒険者ギルドどちらかだったからだ。ダンジョン攻略は冒険者にとって最大級の名誉。ダンジョンの規模を問わず、王都にある王立図書館に未来永劫名前が残ると言われている。

人々がどうやらその予想は違ったようだ、と思うようになったのは、ルークがダンジョンに入っては、死にかけの冒険者を毎日のように連れ帰る姿を見かけたからだ。ダンジョンを攻略するには、装備を整え長期間潜る必要があった。なのに彼は、傷つき動けなくなった冒険者を見かける度にダンジョンの外へと出てきたのだ。そんなことをしていては攻略など到底できない。

出自もよく、顔もいい、さらに魔術を器用に使いこなす上に剣の腕も一級品ときている。だがその性格は、他人に興味を持たず冷酷だと言われていた。そういう風に噂される男がなぜ自分の利益にならないことをしているのか。

「おーいトリシア！　客が来たぞ～」

冒険者ギルドの治癒室の前で、ルークがご機嫌に声をかける。

「わっ！　ひどい火傷！」

火傷をしているのはもちろんルークではなく、ルークが両脇に抱えていた冒険者二人。あまりの痛みに気を失っている。

「ダグラスさんとこ、もういっぱいだったの？」

寝かせて寝かせて、とトリシアに促されたルークが彼らをベッドの上に転がす。ダグラスとは、エディンビアの冒険者街に治癒院を構える元冒険者。もちろんヒーラーだ。ダンジョンから一番近くにあるので、緊急の患者が多く担ぎ込まれる。

「今日はサラマンダーが出たんだ。それも特大の。俺もあのサイズは初めて見たな」

もちろんその火トカゲ（サラマンダー）はルークが討伐済みだ。

「おっさん（ダグラス）のとこはてんてこ舞いになってたよ。だいぶやられてたから」

トリシアが患者に触れた瞬間、手のひらから暖かな光が溢（あふ）れ、みるみる火傷の跡はなかったことになっていく。

「うっ……ここは……？」

「これが死後の……世界？」

見慣れない天井を見て、火傷で連れてこられた冒険者達は混乱気味に目を覚ました。パチパチと瞬（まばた）きをし、なにがあったのかと記憶を辿（たど）る。

「ここは冒険者ギルド。あなた達は無事生き残ってここにいる。ルークが助けてくれたんだよ」

そう伝えた瞬間、冒険者達は目を丸くしてベッドから勢いよく起き上がり、ルークの顔を見上げた。

まさか自分達がＳ級の世話になるなんて、しかもあのルークだ。他の冒険者に見向きもしないという噂を聞いていた。

「た、助かりました……ありがとう」

少しオドオドと礼を言う冒険者に、ルークはただ、

「おう」

と、小さく返事をしただけだった。だが、それだけで冒険者達はいたく感動する。噂で聞いていたよりずっとルークは『いい人』だと。少々ぶっきらぼうだから勘違いされているだけなんだろうと、彼らはこのあと、あっちこっちで言いふらすのだった。そしてルークの知らないところで、彼の好感度はじわじわと上がっていった。

トリシアは彼らの表情からその流れを予想し、こっそり嬉しくなる。ルークが自分の面倒を見るために、わざわざ患者をここまで連れてきていることに気付いていたので、ルークが本心から冒険者を救いたいと思ってやっていることではないとわかってはいたが、実際彼は多くの冒険者の命の恩人だ。どうにかこの行動が、ルークにとっていいように働いてほしかった。彼はそんなこと、少しも気にはしないだろうが、どんな理由でも誰かを助けることは尊いことだとトリシアは思っている。

「それでは、お支払いはアチラです」

トリシアの視線の先にはギルド職員のゲルトがいた。ちょうど部屋のドアを開けたところだ。ここでの金銭のやり取りは全てギルドがおこなう。

「あ！　もう治療終わっちゃいましたか！　お疲れさまでした！」

ゲルトは冒険者達に支払い方法の説明をし、

「もし動けるのであれば移動をお願いします。またすぐ次の患者さんが来るかもしれないので」

そう促すと、三人は連れ立って別の部屋へと出ていった。

「ありがとう……！」

最後にまた二人は深々と頭を下げていた。

エディンビアの領主はS級冒険者のルークが自領を拠点にしていると連絡が入ると、すぐにこれまで考えていた計画を実行に移すと決めた。現状打破だ。

エディンビアのダンジョンは元々難易度が高い。推奨冒険者ランクはC級以上。つまり、冒険者として十分な力量を持ってやっと無駄死にはしない、そういうレベルだ。だが現状はC級冒険者がばったばったと倒れている。そのせいでこの領地の主産業である魔物の素材量が最近大幅に減っていた。

今はまだ素材の買い取り価格を上げることによって冒険者達は各地から集まってきていたが、このままではそのうちC級では太刀打ちできないと噂が回ってしまう。訪れる冒険者が減ってしまえば、冒険者で経済を回しているこの街にとっては大ダメージ。素材も集まらず、冒険者もいなくなる。負のスパイラルが待っているのは間違いない。

「ルーク・ウィンボルトとガウレス傭兵団に至急連絡を。問題階層のボスを叩くぞ」

急にダンジョンの難易度が上がったのはこのボスのせいだと言われていた。通常、領主が積極的にダンジョン攻略に動くことはない。ダンジョン周辺は領兵が駐在しているが、冒険者の領分を侵さないよう気を払っていた。だが、ここまで領地に悪影響があれば話は別だ。

「エドモンドとエドガーも呼んでくれ。打ち合わせをしておこう」

領の騎士団長である息子と、次期当主であるもう一人の息子も交えての今後の方針を話し合う。

「まずは内部の様子を確認しましょう。ボス討伐のはずみでスタンピードが起こった例もありますから」

次期当主エドガーはそれを一番恐れていた。スタンピードは恐ろしい。歴史上、この街は何度もそのせいで街を破壊されてきた。

「そうだな。私とガウレス、それからルークがいればなんとかなるだろう」

長子のエドモンドは無表情のまま答える。

「それは兄上！　あまりに少なすぎませんか!?　私は反対です！　き、騎士団長が何日もダンジョンの中だと領民も不安になるかもしれませんし……」

エドモンドは口数が少ないが、その強さにかけてはS級冒険者に引けを取らないと言われていた。ガウレスも同じだ。だがやはり弟としては兄の身の安全が第一。畑違いだとわかっていても、つい口出しをしてしまう。

「人員の選出はエドモンドに任せよう。私達には強さの基準もわからないからな」

「うっ……そうですね」

母の言葉にエドガーは渋々納得する。エドモンドの方はそんな弟を見て、穏やかな目つきになっていた。

「エドガーの言う通り領民が不安に思うのはよくない。現状、ダンジョンの難易度が上がったことを気にしている者も多いとも聞いている。それに下見で主戦力が全滅してしまうのも避けたい」

全滅という単語を聞いて、エドガーは顔がこわばる。

「偵察はルーク・ウィンボルトとガウレス傭兵団に任せよう。実際あまり仰々(ぎょうぎょう)しいとこちらの焦りが領民や冒険者に伝わってしまうかもしれない」

そう言って今度は領主の方へとエドモンドは向き直った。

「ガウレスが到着次第、人員選出の話を詰めます。あそこには手練(てだ)れが揃(そろ)っている。なんとかなるでしょう。それでよろしいですね？」

「ああ頼む」

母である領主は全面的にこの無愛想な息子を信用している。エドガーもホッと胸をなでおろしていた。

「それでは母上、それまでルークに領から難易度の高い素材集めの依頼を出してもかまいませんか？」

　エドガーの眼鏡がキラリと光る。この眼鏡は伊達だ。彼はこの領の跡継ぎでありながら、兄とは違い細身で少々威厳が足りない。だから小道具を使ってそれを誤魔化していた。

「そうだな。そうしてくれ」

　口元が少し上がっているエディンビア領主は、息子がなぜ語気を強めてルークの話をしているのかわかっている。

「だいたいアイツはなんですか！　よくもぬけぬけとうちの領地を拠点にできましたね!?」

「婚約に乗り気でなかったのはこちらも同じだ」

　同じ侯爵家であるエディンビア家とウィンボルト家では、以前ルークと彼らの妹との婚約話が上がったことがあったのだ。だがどちらも本人達が強く拒否したため、話はまとまらないまま終わった。エドガーは妹が断るのは許せるが、ルークが断りを入れたことにいまだに腹を立てていた。

「エドガー。あまりエリザベートを甘やかさないでおくれ」

「そんなつもりで言ったのではありません！」

　少し顔が赤くなっている。図星だったようだ。

「と、ともかく！　私は今から魔物買取所へ行って打ち合わせをしてきます！」

「所長をここに呼んだらどうだ？」

「現状を確認したいので。終わったら所長と一緒に戻って参ります。母上はその時に」

　エディンビア現領主は生まれた時から体が弱かった。それを専属のヒーラーと本人の気力で乗り越えてきたが、最近は臥せっていることも多い。エドガーは領主代理として務めを果たそうと必死に動

いていた。

「助かるよ。ありがとう」

「いえ。では！」

照れ隠しをするように、素っ気なく部屋を出て行った。


「領からの依頼が入っています。ダンジョン内の難易度の高い素材の採取です。こちらなら引き受けてくださいますね⁉」

冒険者ギルドの受付嬢は今度こそこのＳ級冒険者に『うん』と言ってもらおうと作戦を練っていた。

（トリシアさんと一緒の時ならいけるはず！）

彼女は毎日観察していたのだ。噂通り他人に無関心な男、自分の魅力など少しも通用しないＳ級冒険者ルークがいつご機嫌となるか。

「わっ！　ガルムの牙にハーピーの羽根……グリフォンの卵ぉ⁉　あ、これは殻でもいいんだ。それにしてもＳ級相手の依頼だと、こんなに難易度高いの⁉」

ルークと一緒に食事に出る途中のトリシアが、提示された依頼用紙を見て驚きの声を上げる。

「ええ。ギルドとしても今のダンジョンでこれだけ素材を集められるのはルークさんしかいないかと」

「はぁ～～～！　やっぱりすごいんだルーク」

依頼用紙に記載された他の素材名もトリシアは感心しながら目で追っていた。改めてルークの実力を実感している。そしてそんなトリシアを横目で見ている二人。ルークは明らかに口元が緩んでいた。

トリシアの反応が嬉しくてたまらないのだ。そして受付嬢の方は勝利を確信した。

（勝った！　さあ、言うのよ！）

ニヤリとこちらは悪役のように口元の片方が上がる。

「ま。この程度ならすぐ済むからいいか。わかった。引き受けるよ」

明らかに格好をつけて余裕ぶっている。

（っしゃー！）

だが受付嬢はもはやそんなことはどうでもいい。心の中では勝利のガッツポーズだ。

「ではそのように」

いつも通りの笑顔で、二人が食事に行くのを見送った。

◇◇◇

秘密を打ち明けた翌日、トリシアはついにスピンから例の最高に素敵な物件を購入した。もちろん貸し部屋への改修はスピンにお願いする。

契約は商業ギルドでおこなわれた。エディンビアでは物件購入の場合は必ず商業ギルドで契約する。その後、このギルドを通して領へ納税するのだ。

「正式に貸し部屋経営を始めた場合、税金が変わってきます。部屋数によっては現在の五から八倍程度になりますのでご承知おきください」

「……はい」

返事をする声は小さい。

（うーん。生まれ変わっても税金からは逃げられないとは……）

商業ギルドへの加入も勧められた。加入すれば税は多少安くなるらしい。だが商業ギルドへの加入金を聞いて驚いた。

「登録料が大銀貨八枚で、年間大銀貨五枚⁉　皆そんなに稼いでるの⁉」

今でこそ常駐ヒーラーとして安定した稼ぎがあるトリシアだが、いつまでこの安定が続くかはわからない。むしろついに終わりが見え始めたとトリシアは予想していた。

最近では安定しないダンジョン内部をどうにかしようと、エディンビア領主は兵団の訓練を進めていたり、やり手の傭兵団を雇ったという話も聞いているからだ。

「商人ギルドに加盟すると横の繋がりもできますし、祭りの時に広場で出店できるのは商人ギルドに登録してる店だけですからね」

「でも出店する時はまた場所代も払うんですよね？」

冒険者ギルドとの違いに戸惑っているトリシアにスピンは苦笑していた。

「冒険者ギルドは年間大銀貨一枚よ⁉　まぁ初期登録で大銀貨二枚取られるけど……」

この初期費用を払うのに冒険者は四苦八苦する者も多い。

「人数が違うからな。冒険者ギルドは個人だが商人ギルドは店舗ごとだろ」

「うっ……まあそうか……」

冒険者ギルドに入るためには大銀貨二枚支払わなければギルドに加入できない。ギルドに入らなければ階級はつけてもらえず、ギルドを通して依頼をこなせない。だから必死になって皆、貯めるのだ。

トリシアとイーグルもそうだった。

トリシアは首にかけてあるタグを揺らした。これが冒険者としての身分証明になっている。そのタグが本人のものかどうかは、特殊な魔道具で調べることができた。

小さな銀色のプレートにさらに小さな文字で名前と階級が書いてある。少し前は裏面にパーティメンバーの名前もあったが今はまっさらだ。

「タグも違うのね～商人ギルドは大きな鍵なんでしょ？」

「そうですね」

「職人ギルドは？」

「個人で違います……皆自分の特技をアピールしたくて」

スピンのものは家の形が彫られた懐中時計だ。

「ブレないですね！」

「あはは！　そうなんです。だから今とっても嬉しくて」

一度目の打ち合わせはエディンビアの中央広場を中心におこなわれる祭りの前日に決まった。一週間後だ。

トリシアは最近ヒーラーとして引っ張りだこだった。明日からしばらく西門を出たダンジョンの側で出張ヒーラー業務をおこなう。

「う～！　早く計画たてたい!!」

「俺の部屋、海がよく見えるとこな」

すかさず話に入り込むルークにスピンは微笑んだ。

「来週までに色々ご提案できるようにしておきますね」

「ありがとうございます！　本当に楽しみ！」

「僕もです！」

そうして興奮冷めやらぬまま寝床でもある冒険者ギルドへと戻る。

「ああ～こんなに働きたいって思ったことないわ！」

（前世から含めてね！）

ご機嫌なトリシアはいつもよりさらに足取りが軽い。スキップでもしそうだ。

「今日は非番なんだろ？」

ルークはしっかりトリシアのスケジュールを把握していた。

「そうよ。明日からに備えて久しぶりに防具を綺麗（リセット）にするわ。よかったらルークのもやるわよ？　昨日魔法契約お願いしたし」

「あれは俺が心配で勝手にやっただけだ。スピンなら魔法契約なしでも他人に話したりしなかっただろ」

「まあそう言わずに！　気分いいんだから！」

「……じゃあ後で部屋に持ってく」

上機嫌な彼女を見て、ルークもつられて笑う。

「さー！　今のうちに稼ぐわよ!!」

トリシアの理想とする部屋を作るにはお金がいくらあっても足りなかった。だから少しでも予算を上げるためにしばらくは積極的に仕事をとりにいくことに決めたのだ。

「ルークも明日からダンジョンだもんね」

ルークの防具を新品のように綺麗な状態に戻し、マジマジと見つめる。

(これいったい何の素材でできてんのよ……)

「ん。断ったんだけど行くことにした」

「傭兵と仲良くできるの～？」

トリシアはルークが他の冒険者との共闘を嫌うのを知っていた。なのに今回の仕事を引き受けたと聞いて、少し意外に思ったのだ。

「まああそこの団長とは知り合いだからな……」

明日から三日ほどかけて、ルークは傭兵団の主力数名と一緒にダンジョン内を探索する。現状を正確に把握して、後日おこなわれる予定の大規模探索の計画を立てるためだ。

そのうち一人はＳ級相当の実力者で他のメンバーもＡ級クラスというから、かなりの気合が入っているのがわかる。

「その団長さんってどんな人なの？」

「食えないおっさんって感じ」

「なんじゃそりゃ」

この探索情報がどこからか漏れ、おこぼれに与ろうと冒険者がダンジョンに殺到することが見込まれた。さらに言うと冒険者だけでなく、ギルド未登録のアマチュアもすでにダンジョン近くに群がっているらしい。

一攫千金を夢見て、強い者達が魔物を倒した後をのんびり探索しようというわけだ。

「実に効率的な素材の集め方ね」

何となくアネッタが好みそうなやり方だとトリシアは思った。そして急いで頭を振って脳内から彼女を追い出す。

「ま、それだけじゃたいした経験は積めないけどな」

ニヤリと不敵にルークが笑う。

「くれぐれも気をつけてね」

「誰に言ってんだ誰に！」

嬉しそうにトリシアの髪の毛をくしゃくしゃにした。

◇◇◇

トリシアの願望日記は日本語で書かれているため誰も読むことはできない。

「何それ？　暗号か？」

彼女の願望日記を覗(のぞ)き込むのは傭兵のレイルだ。金色の髪の毛を高い位置で短く結び、どうにか暗号を解こうと真剣な顔をしている。なんでも匿名のS級冒険者に雇われて西門の外で待機するヒーラーの護衛として雇われたらしい。

「匿名にする気ないじゃん」

「過保護だな～お前の旦那(だんな)」

アッシュがすかさずおちょくる。

「え!? 旦那なの？」

「違います！　腐れ縁です！」

今回トリシアはアッシュと一緒に三日間ダンジョンの側で待機する。近くにある兵舎の一室も借りているので寝る所には困らない。

「いやでもあのルークが入れ込むだけあるな～可愛いし、ヒーラーの腕も一級品じゃん！　なんでこれでC級なんだ？」

「冒険者ギルドじゃヒーラーはあんまり評価されねぇんだよ」

面白そうに笑うアッシュと、わかっていて言ってるであろうレイルに冒険者ギルド治癒室担当職員のゲルトは渋い顔になっている。

「じゃあうちの傭兵団に入らねぇ？」

「ちょっと！　引き抜き禁止です!!」

「なんだよ～そんなルールねぇだろ～？」

ルークと傭兵団の主力がダンジョン内に入ってしばらくが経った。続々と冒険者達も後を追うが、今のところ怪我人は運び込まれてこない。唯一来たのは、二日前から入っていた冒険者の一団だった。ボロボロの状態で命からがら出口へ向かっていたところルーク達とすれ違い、辛うじて命拾いしたのだ。

どうやらルーク達は予定通りメインルートの魔物達をことごとく狩って進み続けている。

「運び人達は少しずつ出てきてますよ」

「こんな短時間で出てくるなんてやっぱ魔物で溢れてるんだな～」

『運び人』は冒険者達に付き従ってダンジョン内に入り、冒険者が倒した魔物の素材をダンジョンの外に持ち帰る荷運びだ。パーティ人数が少ない冒険者達やソロ、それに特別狙っている素材がある者達がよく利用する。

ダンジョンの近くにはそういった人員を貸し出す店が営業していた。今回は店の前に『本日終了』の看板が出るほどの盛況ぶりだ。

この『運び人』は、本人の戦闘力の有無は関係ないのでかなり危険な仕事とされている。困窮している者や奴隷が主にその仕事を担っていた。

「往復三日っていったらどのくらいの階層まで行けるの？」

「片道一日半だと並の冒険者ならたいして進めてないだろうけど……団長達だからな～」

その日の午前中は穏やかなまま終わった。トリシアは臨時の治癒室代わりのテントでノンビリと貸し部屋のアイディアを考える。

（一階どうしよ～……食堂やカフェなんて開く柄じゃないし、雑貨販売もね～……いっそのこと治癒院開くのもあり？　そもそも貸し部屋にしちゃってもいいし）

ノートにガリガリと書き連ねる。

（自分の部屋には玄関作ってもらお！　靴を脱ぐのよ!!　素足で過ごすんだから！）

トリシアが住む予定の屋根裏部分はかなり広い。自由度も高いのだ。

何となく前世で住んでいた間取りを描いてみるも、それよりも屋根裏はずっと広いスペースのため途中で手が固まってしまった。

（……出てこい私の想像力～!!）

長らく1LDKで暮らしていた前世の記憶では広い空間が埋まらない。案外自分の住む部屋の詳細は考えていなかったのだ。住んでも貸し部屋に毛が生えた程度だと思っていた。まさかこれほど広いスペースが自分のために用意できるとは。

(実家もな〜何の変哲もない総二階建てだったし……あ！　そういえば前行ったあの子のマンション、エントランスが豪華だったな〜カフェも入ってるし子供の遊び場も……ゲストルームは綺麗だったな)

そうして結局一階部分の内容を考え始めるというループにハマり腕を組んでウンウン唸っていると、またもレイルが覗き込んできた。彼も護衛として雇われはしたものの時間を持て余しているのだ。

「なにそれ？　家？　部屋？」

「コイツな、冒険者専用の貸し部屋業始めるんだってよ」

アッシュは嬉しそうに話す。トリシアは物件を購入したままのハイテンションでついつい彼に計画を話したのだ。その時アッシュはずっと相槌を打ちながらニコニコとトリシアの話を聞き続けていた。

「俺もお願いしようと思ってんだ」

「え!?　ホント!?」

「ほんとほんと。ギルドの部屋も悪くはねぇが、もちっと広い方がいいしな」

すでに二部屋が埋まりそうでトリシアは顔が緩むのを隠せない。

「じゃあ参考に色々聞かせてください！」

「ちょ！　ちょっと……！」

急にゲルトが話に入り込んできた。

「トリシアさん、常駐ヒーラーお辞めになるので⁉」

「そりゃまあいつかは……でもまだしばらくお世話になりますよ！」

「そんなぁ～！」

「おいおい！　俺たちゃ冒険者だぞ？　好きに生きる人種って忘れてねえか？」

ワハハとアッシュは笑った。

「それでアッシュさん！　部屋の間取りなんですけど、小さなキッチンにリビングと、それからベッドルーム、できたらトイレとお風呂もつけたいんです……ランドリーは共用のものを設置しようかと思ってて」

ゲルトには悪いが、トリシアはこの話がしたくてたまらない。前のめりになってアッシュにまくし立てるよう早口で次々と質問を投げかける。

「はぁ⁉　風呂にトイレ⁉　それにランドリー⁉　どんな高級集合住宅なんだ⁉」

「いえ、価格はあまり上げる気はないんです！　月払いなのでダンジョンに入っている間も家賃は発生してるわけですし……」

「あぁ、それはそうだな……ということは俺みたいなタイプだとその部屋満喫できるのか」

そうして満足そうに頷（うなず）いた。どうやらその暮らしを想像したようだ。

アッシュはソロのヒーラーとして時々他パーティに誘われダンジョンへ潜っている。だがその間隔はかなり空けていた。ヒーラーとしての腕が確かな彼はあちこちで仕事をし、収入には余裕があるらしく、悠々自適に本当に好きに生きていた。

（やっぱりＢ級ヒーラーの肩書、欲しいわ～）

レイルはそんなトリシア達を面白いものを見る目で見ていた。美しいエメラルド色の瞳を細める。

「いや～暇なのも良いもんだな～」

そう言って頭の後ろで腕を組んだ。

「あーー!!」

声を上げたのはゲルトだった。

「え!? 何!?」

ゲルトだけでなく、アッシュとトリシアもじとぉっとした目で彼を見ていたので、レイルは思わず身構える。

「まぁただのジンクスだけどな……」

「え？」

「暇って言うと忙しくなるってジンクスがあるのよ」

トリシアとアッシュ、それにゲルトはそのジンクスを何度も経験していた。よって最近は絶対に治癒室内でその単語を出さないようにしている。

「すみません！　二十人くらい来そうです……！」

手伝ってくれている領の兵士が駆け込んできた。

一斉にレイルの方を見る。恨みがましい目で。

「俺のせい～!?」

そうして患者は夜まで休みなく続いた。

ルーク達は予定通り三日目の夕方、無事ダンジョンから出てきた。

「新しい階層のボスが強化付与系のスキル持ちだな。それでダンジョン内の魔物が活性化してやがる」

ダンジョンの魔物達はルーク達に駆逐された後、半日も経たずに再度増え始めた。そういうことは過去にはない。ダンジョン内の【ボス】の定義はこのスキルの有無だった。普通、魔物はスキルを持たない。ボスは人間以外でこの世界で唯一スキルを持つ存在なのだ。

「ええ!? ボスの近くまで行ったの!?」

「様子見だけな」

その場にいる領の兵士達も騒(ざわ)つく。往復三日でそれはありえないと言いたげだ。

ルークと傭兵団の団長ギルベルトは防具に汚れはついているもののピンピンしている。残りのメンバーはダンジョンから生還した瞬間、地面に倒れ込んでいた。

「もう！ 二度と！ このメンバーでダンジョン入らねぇ！ 絶対にだ！ あの二人はおかしすぎる!!」

赤毛でタレ目の傭兵リードが、涙目で文句を言っていた。

「うわ！ 武器ボロボロですね」

刃こぼれした武器や刀身の先が欠けているのが見える。鞘(さや)もなくなっていた。

「マジで休みなし弾丸コースだぞ!?」

「しかも深層のボスのとこまでって……領主も別にそこまで望んでなかったから三日って言ってたんだろ!?」

短く刈り上げた黒髪の傭兵ラディも非難に加勢する。目の前にはボトルから水分を取りながら余裕で立っている二人の男が。

「俺とルークが雇われてんのにチンケな結果持って帰れないだろ～」

「んなことない！　Sクラスの魔物三体倒した時点でどう考えても引き返してよかった！」

死ぬかと思った！　と訴えかける団員の声を、耳を塞ぎ聞こえないフリをしてギルベルトは揶揄(からか)っていた。

(強化されたSクラスと遭遇なんてゾッとするわ……)

トリシアと同じように想像した兵士達が身震いして青ざめている。

団長はどうやらこの二人の文句には慣れているようだ。はいはい、と適当に流していた。

トリシアは倒れ込んでいるメンバーから回復魔法(リセット)をかける。打撲に軽い裂傷がいくつか、極度の筋肉疲労……だが致命傷になるほどのものはない。

(流石(さすが)やり手の傭兵団ね～)

「うお！　すげぇ！　やるじゃんあんた！」

赤毛のリードがトリシアの能力に感動していた。

「なあレイル！　ちゃんと勧誘したか!?」

「冒険者ギルドの奴に阻(はば)まれてるんだわ～」

それにほら、とルークに目線を向ける。

面と向かって褒められてトリシアは頭をかきながら照れていた。そこでムッとしたルークに引き寄せられる。

「あと詰まってんだから早くしろよ」

「はいはい」

ルークの身体(からだ)には傷一つなかった。そもそもルークは回復魔法も使える。わざわざトリシアがどうこうする必要はない。だがとりあえず探索メンバーのために雇われた身なので、それらしくヒールをかける。仕事をしているフリだ。

西門の近くにある魔物の素材の買取所は久しぶりに大賑(にぎ)わいだった。

「領主もこれでひとまず満足だろーよ」

魔物の素材はこの領の一大産業だ。最近は閑古鳥(かんこどり)が鳴いていたので、買取所の職員は大変だ大変だと言いながらも嬉しそうに走りまわっている。

傭兵団とルーク合同によるSクラスの魔物が納品された時は大盛り上がりだった。

「祭り前に景気がいいな～」

「まだしばらくいるのよね？」

「いるいる！　多分このまま騎士団と共闘して、ボスを討伐することになるな」

レイルは少し嬉しそうだ。この三日でトリシアとかなり仲良くなった。今回ルークが探索メンバーに入ったことにより抜けたのがレイルで、彼もそれなりに実力者としてその道では知られている。

「トリシアが作る貸し部屋ができたら見せてくれよな～」

「いつ出来上がるかわかんないけどね」

トリシアは少しぶっきらぼうに答えたが、内心そう言ってもらえるのは嬉しかった。自分の夢を否定せずに一緒に楽しんでくれる人といるのは心地いい。

今回の出張業務はこれまでに増してかなりいい稼ぎになった。

「いや～この街に来て正解だったな～こんなにうまい話があるとは」

アッシュも同じ感想だったようだ。階級が上のアッシュはトリシアよりもさらに給金がいい。

（アッシュさんレベルでＢ級ならＡ級ヒーラーってどんなんなんだろ）

アッシュはトリシアが見てきた中で一番腕のいいヒーラーだ。治療効果はもちろんだが、痛みや毒で暴れる患者を自身でうまく押さえ込み、あっという間に彼らから苦しみを取り除いた。

トリシアは相手に触れさえすれば一気に治すことができるが、大男が痛みや毒でのたうち回っている場合、そもそも近づくのが難しい。その場合スキルなしの遠隔ヒールで多少落ち着けた後の回復魔法(スキル)なのでそれなりに時間がかかってしまう。

（このスキルに自信はあるけど、治療となると奥が深いわ～）

出張が終わり、久しぶりにギルドのベッドに倒れ込む。この部屋も長い、ここの匂いはもう自分の家のように感じる、落ち着く空間になっていた。

そのまま出張中に書き連ねた願望日記を見返す。

（レイルはキッチンいらないって言ってたな～アッシュさんとゲルトは欲しいって言ってたけど。多分ルークもいらない派だろうし）

トリシアには今少し悩みがあった。ここに来てから女冒険者と少しも仲良くできていない。治療に来た冒険者とは仲良くなりそうなところで立て続けに患者が来てそのまま、というのを繰り返していた。交流の機会が少なすぎる。

臨時パーティの誘いを受け冒険者として同行することも考えたのだが、常駐ヒーラー不足故（ゆえ）になかなか抜けられずにいた。

（女性陣からの意見も聞いてみたいのに～）

そもそも治安の悪さに悩む女冒険者は多い。もちろん腕っぷしに自信があるからこそ冒険者をやっているのだが、大体の女冒険者はただ絡まれるだけで鬱陶（うっとう）しいと思っている。

「よし！　営業かけよ！」

トリシアはやる気に満ちていた。改築前の段階で二部屋予約が入ったことで自信もつけていたのだ。

冒険者ギルドの職員休憩室はいつもより騒ついていた。もうすぐある祭りや、その後おこなわれると噂になっている大規模なダンジョンのボス攻略作戦のために冒険者の動きが活発なのだ。トリシアが休憩室を覗き込むと、すぐに気が付いたゲルトが駆け寄ってくる。

「ねぇゲルト。ちょっと相談があるんだけど」

「まさかもう常駐ヒーラー辞めるとか言わないですよね!?」

不安そうな顔をしたゲルトはアワアワと手をばたつかせていた。今は困る！　と。

「違う違う！　ちょっと掲示板に張り紙と、治療室の料金表に項目追加してほしくて」

その日の夕方には一枚の紙がギルドの大きな掲示板の一角に掲示された。

『古傷消します　銀貨一枚から　詳細問い合わせ：冒険者ギルド治癒室　回復師（ヒーラー）　トリシア』

トリシアの営業活動はうまくいった。冒険者ギルド側からは今後二ヶ月の常駐ヒーラー継続を確約することでアッサリ追加治療項目の許可が下りた。

「例のボス討伐まではいろってことね」

「アハハ……その……そうです！」

ゲルトはへへへと誤魔化すように笑った。

そもそもトリシアはかなり長い期間この街にいる予定だ。何しろ自分の住処（すみか）も兼ねた建物を購入したのだから。それでもギルド側からすると確約を取ることが大事だった。

今のトリシアの人気だと実力あるパーティに引き抜かれる可能性がある。そして冒険者としてダンジョンに入れば一攫千金を狙えるのだ。彼女にそちらを選ばれたらギルド側は勝てない。

「手数料なしで」

「え!?」

「この分は手数料なしにしてくれたらまた出張業務も受けるわ」

「わ、わかりました！」

慌ててゲルトは上役に確認に行き、その場でまたもアッサリ許可が下りた。

（わりと需要はありそうなのよね）

トリシアはこれまでの経験から、古傷をどうにかしたいと思っている冒険者が多いことは知っていた。思い出したくはないが、アネッタは肌に傷がつくのを極端に嫌がり、ほんの些細な傷でもトリシアに治療をお願いしてきた。そういう時だけ甘えた声で低姿勢にやってきたのを覚えている。そしてそれを見た他の冒険者も古傷治療を依頼してきたことが過去にはあった。

そうしてここエディンビアでも、傷跡が綺麗に治るからとわざわざトリシア指名でやってくる冒険者が何人もいた。できるなら傷跡なんて残したくないと思う冒険者は多いということだ。

トリシアの思惑は当たった。古傷を治してほしいという人が殺到したのだ。そもそも古傷の治療を料金設定している治癒院はあまりない。命に関わらないので表立って気にしている人はいないからだ。

「機会があれば消したいわよこんな傷！」

「価格設定がないとぼったくられそうで自分からは言えないのよね～」

トリシアは明確な料金表を用意した。単純に傷の大きさで金額を決め、少し頑張れば手が出る価格にしたのだ。そうしてさらに一文を付ける。

【期間限定】

これが案外、迷っている冒険者達の後押しになった。

古傷の治療は予想外に男性も多かったのだが、これはトリシアのヒール能力を評価してくれている証拠だった。金を払えば確実に綺麗になると思ってもらえている。古傷を治すのは並のヒーラーには難しい。

「古傷は勲章だー！　なんて言う奴もいるけど、単純に冒険者なりたての時にヒーラー代ケチったから残っちゃったのよね～」

「傷跡が全然ないと最初から滅茶苦茶強い冒険者に見えるじゃん？　ほら。あのS級みたいによ！」

「傷跡が引き攣っちゃってさ～」

「この傷はモテるから残したいんだけど、こっちの見えないのはウケないから消してほしいんだ」

「うわ！　マジで綺麗さっぱりじゃん！　ありがと！」

この時はいつもより余計に治療時間をとった。古傷の部分だけを綺麗に治療していく。あまりざっくり広範囲にリセットをかけると、鍛錬で得られた筋肉すらその古傷ができた時の状態に引っ張られてなかったことになりかねないからだ。よってトリシアの場合、小さい傷ほど慎重にスキルをかける必要があった。

(慎重に～慎重に～かけすぎないように……範囲を絞って……よしよし)

あえていつもより治療の時間をとって、ついでに貸し部屋計画に使えそうな意見の探りを入れる。

「えぇ～貸し部屋に求めるもの～？」

誰もなんで？　などと聞くことなく素直に答えてくれた。

「うーんそうだな～綺麗で大きくてふかふかのベッドかな～ゆっくり寝たーい」

寝床の要望は多かった。やはり疲れには睡眠環境が大事なことを冒険者はしっかりわかっている。

「ちなみに小さなキッチンがあったら使う？」

「欲しい！　たまに故郷の味が恋しくなるし。自分で作りたい」

「キッチン～？　いらなーい！　片付け面倒くさいじゃん」

「それって保冷庫も付いてるの？」

（そうだ！　冷蔵庫いるじゃん！）

新たな魔道具の必要性を思い出し、トリシアは頭を抱えた。

（ええっと……あれっていくらくらいするんだろ……）

そうしてさらに常駐ヒーラー（仕事）へのやる気を出すのだった。

「私は貸し部屋より貸し金庫とか貸し倉庫みたいなのがいいな～」

「え？」

「商人ギルドには貸し金庫あるらしいじゃん？　まあそこまで金払って……とは思うけどさ。ダンジョン潜ってる間にきっちり荷物預かってくれる所があるとね～」

「それいい！」

目的とはそれたが、トリシアは地下室や庭の使い方も迷っていた。

（とりあえず洗濯室、それからただの倉庫って思ってたけど……貸し倉庫いいわね～）

トリシアも全（まった）く同じことを思ったことがある。冒険者宿に荷物を放置しようもんなら盗難は珍しくない。盗られたくなければ全てを持って冒険に出るしかなかった。

彼女は解決策として貸し部屋という答えを出したが、人によっては小さな倉庫レベルで問題ない。

なんなら手持ちの貴重品だけ預けるために小さな金庫程度でも。

そもそもトリシアは部屋を借りてくれた冒険者のために幾つか特典を考えていた。その中の一つに荷物の預かりもあったのだ。

特典の一つは簡単なヒールは無料にすること。それから冒険者が生死不明で部屋に戻らない場合、最長一年間別室で室内にある私物を預かること。それから……、

「退去後三ヶ月、無料で棚一つ分の荷物預かるってどう？」

「そうだな〜エディンビアをメインに周辺の街を回るとすると……まあギリかな」

トリシアに尋ねられ、ルークは頭の中で周辺地図を思い浮かべルートを辿る。それも自分基準ではない。一般的な冒険者のレベルの動きを想像して。

「そう？　そしたら半年くらい？」

トリシアはトリシアで、ルークで三ヶ月なら一般的な冒険者は追加日数がそれなりにいるだろうと判断していた。

「……つーかそこまで面倒見てやる必要ないだろ」

ルークはトリシアがあれこれ考える特典（サービス）の必要性がイマイチ理解できない。

「ちゃんと金取ればいいじゃねーか」

「それを言ったらおしまいなのよー」

自分があったら嬉しい貸し部屋を作っているのだから、あったら嬉しいサービスくらいつけたい。

（キッチンはやっぱ意見が割れたわね〜この街、安くて美味（おい）しい食堂も多いしな〜）

深夜だが自室にある小さなテーブルに向かい必要な魔道具を書き連ねる。

（えーっとまずライトでしょ……ってこれだけでも種類ありすぎ～～！）

冒険者ギルドに置かれているのは小さなランプ一つだけだ。小さい割に光量があるため、特に困ることはない。

（これ、どこのランプか明日聞こ）

魔道具はここ二十年で急速に発展している。魔道具を開発する魔具師はそれぞれ工房を持っていることが多い。職人ギルドの領分だ。

実はトリシアは以前一度、ある魔具師を探したことがある。風呂にトイレ、コンロに冷蔵庫、他にも前世で見たことのある物はだいたい同じ人物が開発したと聞いたからだ。

その事実は前世の記憶を引き継いだトリシアの孤独感を癒してくれた。自分だけじゃない。きっとこの人物も記憶を引き継いでいる。きっと同じ世界からこの世界に転生したのだと。

（結局わからないままになってるな～）

だからトリシアはいまだに日本語で文字を書く。相手が日本人とは限らないが前世で見たことくらいあるかもしれない。そんな淡い期待を持って。

（スピンさんとの打ち合わせ楽しみ～全然まとまってないけど！）

うとうとしながらも考えるのは貸し部屋のことばかり。最近はイーグル達の夢も全く見なくなった。

そうして今日も心地よい疲労感の中、眠りについた。

待ちに待ったスピンとの打ち合わせの日がやってきた。

（まだ初回だし、何度も打ち合わせしてから決めるのが当たり前って言ってたから……いいわよね？）

トリシアの鞄の中にはびっしりと願望が書かれたノートが入っている。

（今更引かれたりしない……よね⁉）

最近、自分は浮かれているという自覚があった。フワフワと浮足立っている。柄にもなくガツガツと自分から仕事を取りにもいったのだから相当だ。

（まだ時間あるけど、ちょっとカフェ行って今日言いたいことだけまとめ直そう）

話したい議題が多すぎて頭の中でもまとまっていなかった。事前に整理しておけばよりスムーズに計画が進む。

そんなことを考えながら部屋の扉を出ると、目の前にルークが立っていた。予想もしていなかったことに足が止まらずそのままぶつかってしまう。

「うわあ！」

「おっとわり……！」

相手はちょうど扉をノックする直前だったようだ。

「なんだもう行くのか？　スピンとの打ち合わせは昼からだろ？」

「ちょっと打ち合わせ内容確認しとこうかと思って」

トリシアはお茶を飲む真似をした。それでルークには伝わったようだ。

「俺、今日は城に呼ばれてっから行けねぇけど」

「来る気だったの!?」

「……いいじゃねーか！　俺だって気になるんだよ！」

顔を逸らし、少し赤らめて誤魔化した。どうやら本人も自分が買ったわけでもない物件の打ち合わせにまでついて行くのはちょっと変だと気が付いたようだ。

「俺の部屋どうなるか決まったら教えろよ！」

「はいはい」

そう言ってお互い行ってらっしゃいと見送った。


（とりあえず部屋数と魔道具のことを相談しよう。予算がかなり変わってくるし）

中央広場に面したカフェのテラス席は今日もとても気持ちがいい。

トリシアはたくさんの屋台やテントが張られていく広場の様子をのんびりと眺めていた。山ほどの花で鮮やかに飾り立てられていてどんどん目の前の空間が華やかになっていく。

明日はエディンビア領主の末娘エリザベートの成人を祝う祭りなのだ。

祭り用の大量の荷物も運び込まれていて、馬車や人ですでに大賑わいだった。

「エリザベート様はあんまり表に出てこないからなぁ。明日は楽しみだ！」

同じようなことを言う人をトリシアはここ最近しょっちゅう見かけていた。エディンビアの領主は評判がいい。その子供達も領地のためにしっかり働いていたので、領民達には人気があった。

エディンビア侯爵家は女領主の下に息子が二人、娘が一人いる。現領主の夫はすでに亡い。末娘が生まれる少し前、王都への道中、突如魔物の大群に襲われ命を落としている。

（一階をどうするかは早く決めないとダメよねぇ）

トリシアは腕を組んで考えていた。どうしてもこの空間をどうするかが決まらない。なんとなく、あの部分をただの部屋にするのはもったいないような気がしたのだ。もちろん、不労所得を掲げ購入した物件だ。余すところなく有意義に使い、金を稼ぐ手段へと変えた方がいいのは理解している。

（でも、この『なんとなく』が厄介なのよね～）

理由ははっきりと言語化できないが、心情面であの部分の変化を望んでいない自分のことはわかっていた。スピンから建物の歴史を聞いたからかもしれない。

（おお……綺麗なプラチナブロンド）

先ほどからトリシアの目の前を何度も同じ女の子がウロウロしていた。真新しい冒険者の服を着ており、なんと腰に大きな剣まで携えて。

（模造刀かしら）

フードを被って頭を隠していたようだが、強い風が吹いてそれが外れたのだ。

（あれは貴族のお嬢様ね……お付きとはぐれたのかな？）

急いでフードを被り直し、落ち着かない様子で辺りを見渡している。行きかう人々とぶつからないように器用によけてはいるが挙動不審だ。

（まあ西門の方へ行かなきゃ大丈夫でしょ）

今日は憲兵もこの辺りに多くいる。コソ泥対策だろう。そのおかげで今挙動不審なのはあのプラチナブロンドの彼女くらいだ。

（ってあー！　西門の方行くのー⁉）

どうやら憲兵から逃げるようにその場を離れようとしている。

（気付くんじゃなかった……）

その日気持ちよく眠るために、トリシアは気になることはその場でキッチリとやることにしていた。スピンとの約束までまだかなり時間がある。最悪迷子を憲兵の所まで連れて行っても十分時間に余裕はあるだろうと、お茶を一気飲みした後、トリシアはプラチナブロンドのお嬢様を追いかけた。

（んもぉぉぉ！　案の定～！）

そのお嬢様を数人の怪しい男達がつけていた。冒険者の格好はしているが、どうにも身なりが良い。トリシアが気付くくらいだ。その道のプロである小悪党達にしてみれば、金銀財宝をジャラジャラ見せびらかして歩いているようなものだろう。

全員が西門へ向かうメイン通りを歩いている。メイン通りは人通りが多い。だからまだそのお嬢様は小悪党達に手を出されてはいないが、少しでも横道に逸れたら何をされるかわからない。

「あっ」

何かを探しているのか、お嬢様はキョロキョロとしながら武器屋の隣の細い横道に入っていった。男達が後を追ってその角を曲がる。

トリシアは走った。一つ手前の道から男達より前にまわり込む。

「おじょーちゃん！　迷子かな？　コッチにおいで。イイトコ案内してやるよ」

案の定、下品な笑い声が聞こえた。

「ちょっと待ったぁー！」

人通りがない小道で、急いでトリシアが間に入る。

例のお嬢様は男達の方に振り返っていたが、顔を隠すのに必死なようだった。

(大通りの方に逃がしたいけど……相手は三人だからな。追いかけられたらそれで終わりか)

チラリと男達の奥を見るが、道幅もあまり広くはないのでかわして逃げるのも難しそうだ。

「あんた達が触れていい相手じゃないわよ！　さっさと帰んな！」

トリシアはとりあえず凄んではみる。だが迫力が足りない。ゴロツキ共には少しも効果がなかった。

ただの若い女だと舐めている。

「おお～！　上玉が二人になった！　こりゃあ楽しめそうだ！」

そう言うと男が一人、短剣を抜いてトリシア達の方へじりじりと迫ってきた。

「ほーら。痛い思いは嫌だろう～？　コッチにおいでぇ！　ケケケ」

残りの二人も余裕しゃくしゃくで下品な笑い声を上げている。

(三人かぁ～いけるかな～)

トリシアだって冒険者の端くれだ。一応階級もC級ときている。いくら魔の森やダンジョン内で足手まといになると言えど、ある程度我が身を守る術は知っていた。

(ど素人のゴロツキに負けたなんて知れたらアネッタになんて言われるか！)

そうやって負の感情を高めてメンタルを自分で荒らす。お嬢様を守るため、やれるもんならやってみろ！　と慣れない気合を入れながら。

その時急に背筋がゾッとした。背後から剣を抜く音が聞こえ、トリシアは敵を前に思わず振り向いてしまう。

「ああ、ちょうどいいわ。ちょっと教えてくださるかしら」

美しい赤紫色の瞳がギラリと輝くのを確かに見た。

「ケケ！　なんだぁ冒険者ごっこかぁ」

その言葉が気に障ったようだ。プラチナブロンドの少女は一瞬でその男を地面に沈めた。

「……」

地面に転がるその男を、ただ無言で少女は見下ろしている。どうやら柄の部分で思いっきり頭部を殴ったようだ。倒れた男は血が流れていた。

「テメェ!!」

他の男達が激昂して短剣を抜いた。大声を上げて威嚇しているが、お嬢様は涼しい表情のままだ。

「よそ見をしててもいいの～？」

よっ！　というトリシアのかけ声と共に、小さな風の弾が男たちの手から短剣を弾き飛ばした。

「しまった！」

甲高い刃物の音が少し離れた石畳を鳴らす。

(ラッキー！　こんな魔術で武器を落とすなんて本当にど素人じゃない)

すかさず例の少女がゴロツキの懐に一撃を入れると、相手は衝撃で胃の中のものが全部出てきてしまっていた。

残り一人はそこでようやく勝ち目なしとわかったのか、情けない声を上げて逃げていく。

「そこの転がっている貴方、もう一人の転がっているお仲間をつれてさっさと何処かへ消えなさい。次見たら刺すわ」

呻き声を上げながらもヨタヨタと起き上がり、ゴロツキ共は全ていなくなった。

フンと鼻から息をもらしたその少女は剣を鞘に戻し、クルリとトリシアの方へと向き直る。先ほどまでの冷たい印象が消え、無表情ながら穏やかさを見せた。

「ご親切な貴女（あなた）。どうもありがとう」

「あ、いえいえそんな」

改めて見るととても美しい少女だ。だがそんな美しさとチグハグな持ち物が、彼女のか細い腰にある。存在感をこれでもかとアピールしている大剣だ。

もし彼女が冒険者ならば珍しいタイプだといえる。女剣士はレイピアのような細くて軽い剣を選ぶことが多い。もしくは扱いやすい短剣だ。だが彼女の剣はゴツゴツと重そうな、大柄の剣士が使うようなものだった。

「少々お伺いしたいことが」

彼女は淡々と喋（しゃべ）りつづける。それでトリシアも淡々と答えることにした。この後どうすべきか自分の行動方針を決めないまま助けに入っていたからだ。

「はい。なんでしょう」

（本当に聞きたいことあったのね）

そういえば先ほどこのお嬢様がゴロツキにそんなことを話しかけていたのを思い出す。

「冒険者ギルドはどちらかしら？」

冒険者ギルドは先ほどトリシアが彼女を見かけたカフェのすぐ近くにある。おそらく祭り道具を運び込むたくさんの荷馬車に隠れて入り口が見えなかったのだろう。

(ここにいるよりギルドに連れてく方が安全ね)

彼女をこのまま一人にするのは躊躇われる。また何が起こるかわかったもんじゃないと、トリシアは内心苦笑いだ。ギルドまで送り届けるくらいであればそれほど難しくはない。

「ではご案内いたしましょう」

「手間をかけます」

彼女は偉ぶるでもなく、道に迷った自分を卑下することもなく、それが当たり前のことではあるけれど、下々の者への感謝は決して忘れないという態度をとった。

(こ、高貴〜〜! こりゃそんじょそこらの貴族じゃないぞ!?)

優雅な振る舞いにトリシアは戸惑った。先ほど剣を振るっていたのは同じ人物だろうか。

背はトリシアより少しだけ低い。だが背筋がピッと伸び、モデルのように美しい歩き方だ。長い髪の毛も綺麗に手入れされている。少しの傷みも見えない。手がかかっていることがよくわかる。

「貴女、冒険者なの?」

「はい。ソロの冒険者でございます」

大通りを歩きながら、トリシアの服装や胸元で揺れる銀色のタグを見て気がついたようだ。この少女も冒険者の様相をしている。だがフード付きのマントの下はどう見てもオーダーメイドの特別仕様。宝石類こそついてはいないが、銀糸の細やかな刺繍が美しい。

本人の姿も持ち物も全てに品格があった。

「では、いくつか伺ってよろしいかしら」

「私程度でお答えできることでしたらなんでも」

(なになに!? 私が貴女のこと聞きたいわよ!)

相手が何者かわからずトリシアは内心ビビっていた。明らかに年下の少女ではあるが、お貴族様だし何よりべらぼうに強い。あまりまじまじと見つめることも憚(はばか)られるので、詳しく表情も読めなかった。

「貴女、強くもないのにどうして私(わたくし)を助けたのです?」

心底不思議そうに、そして同時にトリシアを案ずるような声だった。

(あれで助けたカウントしてくれるの!? 気前いい~)

トリシアが手助けせずとも結果は同じだった。あのゴロツキ程度ではこの少女に傷一つつけることはできなかっただろう。

「助けたなどと……貴女様お一人で賊を片付けられたではありませんか」

態度は随分偉そうだが、内面はとても素直で善良なようだ。

「貴女が怪我をしたかもしれなくてよ?」

「ご心配いただき恐縮です。これでも一応冒険者ギルドよりC級という階級をいただいておりますので、あの程度のゴロツキであればなんとかなると踏んだのです」

「まあ! 貴女がC級!?」

まさかといった表情で目を丸くして驚いていた。トリシアは素直な反応に笑ってしまいそうになる。

「C級の回復師(ヒーラー)ではございますが、我が身を守る術は心得ておりますので」

（別に嘘じゃないわよ⁉　あの程度の相手ならいける！）

トリシアはこのお嬢様に見せる余裕ぶった態度とは裏腹に、自分自身に頭の中で言い訳していた。

彼女の返答を聞いて、美しい少女の表情がすぐにまた先ほどの無表情へと戻る。

「なるほど。合点がいきました。私の想像が足りませんでしたね。ソロのヒーラーがいることを失念していました。どうか気を悪くしないで」

「気になどしておりません。そのようなお気遣いだけで光栄でございます」

そして今度は少し眉をひそめて聞いてくる。

「貴女……どこかの屋敷勤めでもしていたのかしら？　冒険者にしては随分振る舞いが整っているようだけど」

「いいえ。ただの孤児でございます。この振る舞いは見様見真似でございますので、失礼がありましたら申し訳ございません」

実際トリシアは誰に教わったわけでもない。だが皮肉なことに貴族のいない前世の世界での社畜経験が、彼女の立ち振る舞いに妙な説得力を持たせていた。

「……やはり私の身分はわかりますか」

「恐れ入りますが……」

（今更⁉）

どうやら隠せていると思ったようだ。

（ただのお金持ちのお嬢様ならここまで威厳を感じることはないだろうしね。この品のある立ち振る舞いは貴族でしょ……）

相変わらず表情があまり変わらなかったが、失敗してしまったと少ししょげているように見えて、トリシアは思わず微笑んだ。

「あら……」

目線の先にある冒険者ギルドの前には人だかりができていた。エディンビア領の兵士達だ。それに冒険者達も。ルークの姿も見える。こちらを見てギョッとしたのがわかった。

「エリザベート様!!」

兵士達が血相を変えて駆け寄ってきた。

(まさかと思ったけど、そのまさかだったか……)

薄々そんな気はしていた。エディンビアは王都ほどではないにせよ大きな街だ。近隣の貴族や物好きな貴族が観光目的でやってくることすらあった。そのため、貴族と見当をつけても誰かまではわからない……はずではあった。

(明日の主役がこんなとこにいるとは思わないじゃん?)

トリシアは領主の娘の容姿を知らなかったが、本人から漏れ出る格式の高さからその可能性がずっと頭の端に鎮座していた。

(ん?)

ふと見ると、兵士達が敵意を向けてコチラに迫ってきていたのだ。明らかにトリシアが狙われている。どうやら人攫いと思われているのだとすぐに察した。

「げぇ！　ちょっと！」

トリシアが急いで訳を説明しようとしたその瞬間、体が宙に浮く。いつの間にか兵士を追い抜いたルークに抱きかかえられていた。

「てめぇら何してんのかわかってんのか」

　静かな、だが刺さるような声だ。

「誰を敵に回すか考えて動けよ」

「ちょっと！　降ろして！」

　バタバタと足を動かしてどうにかトリシアはルークの腕から逃げ出そうとするが、びくともしない。

（恥ずかし～～～！）

　兵士達は無意識に恐怖で体がすくんでいた。冷や汗がダラダラと流れ始める。

「この方は恩人です。敵意を向けることは許しませんよ」

　エリザベートも静かに言ったが、兵士達は彼女からもプレッシャーを感じたようだ。涙目になっている者までいる。

「兵を威嚇するな。お前が城を抜け出したせいだろう」

「……あら、エドモンドお兄様もいらしていたの」

　エリザベートの兄、エドモンドは髪色に瞳の色、さらに雰囲気まで彼女にそっくりだった。

「ワガママな妹を連れてきてくれて感謝する。失礼をして申し訳ないが、急ぎ城へ連れて帰らねばならないのだ。後ほど改めて礼を」

（お礼来たー！　良いことはしておくものね！）

　実はトリシアはこっそりそれを期待していた。なんたって彼女も本来は収入が不安定な冒険者。報酬が出るならもらうに決まっている。

（出たらラッキーだとは思ってたけど、思ったよりずっと期待できそう！）

スッと他所行き用の表情になる。ビジネスモードというやつだ。

「そんな……当たり前のことをしたまでですので」

ルークに降ろしてもらいそれらしい発言をするが、頭の中は彼にバレているようで白けた目を向けられた。

「いや、おかげで誰も傷つかず妹を確保できた。兄として、この領の騎士団長として感謝する。ありがとう」

「まあ。人を魔物かなにかのように仰るのね」

バチバチとした空気を感じ、気まずそうに様子をうかがう周囲を無視して、静かに睨み合う兄妹だった。

「貴女、名前を聞いていませんでした。教えてくださる？」

「トリシアと申します」

丁寧に頭を下げる。女性的なものではなく、騎士のような礼の仕方だ。これで少しはＣ級冒険者に見えるだろうか。

「トリシア、世話になりました。また会いましょう」

そうしてエリザベートだけでなく兄の騎士団長にまで頭を下げられ、トリシアはあわあわと恐縮した。

（孤児の冒険者相手に頭下げるの⁉　こりゃ領民から人気があるわけだ）

では。と、馬に跨り颯爽と城の方へ去っていった。本当に急いでいるようだ。

「あ、そう言えばさっきエリザベート様がゴロツキをボコってたんだけど……」

騎士団長が誰も傷つかずと言っていたが、ゴロツキが二人ほどやられていることをトリシアは思い出した。

「は⁉　お前怪我は⁉」

こんどはルークが慌てている。

「ど素人くらい捌（さば）けるわよ」

「いーや。怪しいね！」

結局エリザベートの目的がなんなのかわからないまま、この騒動は終わった。ルークに聞いても、

「魔法契約してっから話せねーんだよ」

と言われてしまったのでどうしようもない。秘密保持の魔法契約は貴族や商人など立場のある人間はよく利用する。エディンビア侯爵家が絡んでいる仕事を受けているのなら、少しも意外なことではない。

「まぁいいわ！　じゃあスピンさんのとこに行ってくるね」

「おう。気をつけて行けよ」

「あ！　騎士団長さんからいつ連絡来るかな⁉」

領主の娘の面倒をみたのだ。それなりに期待できる。これから行く打ち合わせの予算を増やせるかもと、トリシアはさっそく皮算用していた。

「お前な～……早くて明後日だ。俺が話しとくよ」

「ありがと！」

トリシアはご機嫌に駆け出した。どうなることかと思ったが、思わぬ幸運に巡り会えたことを素直に喜んだのだった。

幕間2

Ichatsuku noni jama dakara to party tsuihou saremashita!

トリシアがパーティから追い出されもうすぐ三ヶ月が経とうとしている頃、追い出された側は今日も楽しく暮らしていたが、追い出した側のイーグルとアネッタはすでに困窮していた。

二人とも、トリシアと別れた時すでにあまり手持ちのお金もギルドの個人預金もなかったのだ。

「ま、すぐに貯まるでしょ！　なんてったってトリシアに渡してた分の報酬が増えるんだから！」

もうすぐB級に上がることも決まっており、アネッタはなんの心配もしていなかった。

アネッタはイーグル達のパーティに入ってから格段に生活に余裕ができていた。服や武器、防具の修理や治療費すら払う必要がなかったからだ。通常かかる冒険者としての必要経費がまるっと削減されていた。

「きゃー！　可愛い！」

大きな街に行くといつも彼女は散財した。貴族の令嬢が使うという化粧品を買い漁ったり、デザイン性優位の魔術師用の杖を買ったり……。トリシアに小言を言われても無視していた。自分が得た報酬の使い道を他人にあれこれ言われたくない。

（次大きな街に行ったら大きな石のついた耳飾り買おっと！）

だがトリシアを追放しても思ったようにお金に余裕は生まれなかった。やっと依頼をこなしても、報酬は日々の生活で全て消えていく。冒険者として必要な物をまともに揃えることすらできない。

(なんで!?　あの女は一瞬で傷跡も消してたのに！)

回復師を追放した彼らは、アネッタレベルの回復魔法で十分だと思っていた。確かにアネッタでも簡単な裂傷くらいは治療できる。……傷跡は残るし、魔力の残量は減ってしまうので冒険中はよくよく考えて使わなければならなかったが。

アネッタ自慢の玉の肌はあちこちに傷跡が残ったまま。もちろん彼女はそれが許せない。

「ヒーラーの奴ら、ぼったくってんじゃないの!?」

イーグルもアネッタもヒーラーがいないパーティは初めてだったので、通常の料金を聞いてひどく驚いた。

「はぁ!?　こんな小傷一ヶ所で大銅貨五枚!?　ってことは二ヶ所だと銀貨一枚ってこと!?」

「そーだよ。そんなことも知らずに冒険者やってんのかよ」

他所のパーティのヒーラーに馬鹿にされたと感じたアネッタは不快感を露わにする。

「C級ごときのヒールが高すぎなんじゃないの」

「アネッタ！」

流石にイーグルが止めに入った。彼女はB級に上がってから前にも増して傲慢になっている。

「C級ごときのヒールを受けたくねぇなら、そもそもこんな所で怪我すんなよ。B級なんだろ？　よそ当たってくれ。俺はそこまでお人よしじゃねぇ」

ここは小さな魔の森が近くにある小さな街だった。ただここの森にいる魔物からとれる素材がそこそこ良い価格で買い取られるので、小遣い稼ぎの冒険者がパラパラと集まっている。

結局その怪我はアネッタの魔力回復を待って治療した。しかし彼女の頬には傷跡がくっきり残ったままだったので、その後わざわざ治癒院へ出向き、少ない報酬から治療費を払うことになってしまった。もちろん、パーティの共同預金からだ。

「私にはいつまでも綺麗(きれい)でいてほしいでしょ？　必要経費よね」

そうあっけらかんとして、イーグルが断れないような笑顔を見せる。

（残金が心もとないな……ちょっと気をつけなくちゃ）

イーグルは頷(うなず)きながらも不安を覚え始めていた。トリシアがいた時は一度もこんなことはなかった。いつも清潔な衣類を身に着け、体には傷一つない。お金の心配をしたのなんて、冒険者になりたての頃以来だ。

鏡の中のイーグルは顔中に傷跡が残り、以前の穏やかな男前の様相は消えていた。もちろん見えないところにはもっとたくさんある。

イーグルの剣はトリシアのヒールありきだったことがわかった。今彼の剣は怪我への恐怖で鈍っている。

（もしも大きな怪我をしたら治療費を払えるだろうか……）

払えなければ奴隷として売られてしまうかもしれない。そんなの耐えられない。

『イーグル、いつか私がパーティを抜けても絶対お金にだけは堅実でいるのよ！』

冒険者を始めてからトリシアが何度も口うるさいくらいに言っていた言葉だ。

イーグル達は孤児だ。冒険者になって初めてたくさんのお金を自由に使うことができるようになった。

　他の冒険者も出身は似たり寄ったりで、彼らは金が手に入った嬉しさからか散財し、その日暮らしのような生活をしている者も多い。今のアネッタのように。

　だからイーグルはトリシアが提案した、他所よりもパーティ預金の割合を多くすることに同意した。彼女が言っていたことは一理あると思ったからだ。

『お金に余裕があると心にも余裕が出るからね～』

（この貯金があれば仕事辞めてもしばらく困んない！　ってのは心の支えだったわ～）

　トリシアだって今まで孤児だったのだから、なんでそんなわかったような口を聞くんだ？　と他の冒険者に笑われていたが、イーグルは昔から彼女の経験談のような語り口を聞いていたので、特に違和感を持たなかった。

　その日、この辺りで一番安い冒険者宿の大部屋にイーグルは泊まった。少しでも節約するためだ。もちろんこんな所では、アネッタとイチャつくことなどできない。ガラの悪い冒険者達からボロボロの武器や防具を盗まれないよう抱きかかえて眠る。それはとてもB級冒険者の姿には見えなかった。

「はぁ!?　来月C級に落ちる!?」

「仕方がないよ。なんの実績も残してないんだから……」

「B級に上がるのはあんなに時間かかったのに！　なんで落ちるのは早いのよ!!」

（アネッタはそんなに長くC級にいたわけじゃないだろ……）

　長らくC級で頑張ったのはイーグルとトリシアだった。約二年近くC級にいた。だがそういう冒険者は珍しくもない。冒険者の階級で一番多いのはC級とD級なのだ。一度もD級に落ちることなくC

級を維持できていただけでも冒険者界隈（かいわい）では評価された。結果を残さなければ簡単に階級は落ちていく。

トリシアが抜けてから二人はほとんどまともに依頼をこなせていない。それどころか何件も失敗し、ギルドからの評価はがた落ちだった。もちろん魔物から出る素材も、到底Ｂ級が取り扱うレベルではないものばかり持ち込んでいる。

『私にできることはやるわよ！　イーグルは体張ってくれてるんだから！』

そう言ってこれまではトリシアがあれこれと計画を練ってくれてた。次の依頼、狙う魔物、向かう街……もちろん決める時は必ずイーグルと一度話し合った。彼が考え込むしぐさをすれば再考したり、説得したりと、お互い納得や妥協ができるところを見つけていた。本当にいい相棒関係を築けていたのだ。

『いつもありがとう……僕はどうもトリシアみたいに色んな方向から考えるのが苦手で……』

『得意な方が得意なことやればいいのよ』

イーグルはその代わり一心に剣を振るった。頑張ってくれる仲間のため、少しでも強くなるために。他の冒険者ともトリシアのヒールをきっかけに仲良くなり、良い情報をもらったり、合同で上位クラスの大物を狩りに行ったりと充実した冒険者生活だった。

（ああ、あの頃は楽しかったなぁ……）

「どうにかしてよ！　イーグルがリーダーでしょ！」

キーキーとヒステリックに叫ぶ彼女（アネッタ）を、イーグルは他人事（ひとごと）のようにただ眺めていた。

トリシアとイーグル、まだ二人だけのパーティ時代。まずトリシアはその街に今、どんな依頼があるかを調べる。ギルドの掲示板だけではない、ギルドの職員と世間話をする関係にまでなれば、掲示板へ掲載前にいい仕事の情報を教えてもらえることもあった。

「トリシアって人と仲良くなるのがうまいよね」

当たり前のようにおいしい情報を持って帰るトリシアに、イーグルは思わず本題とは関係のないことを話してしまう。彼にしてみればちょっと羨（うらや）ましく感じる彼女の特技だからだ。

「えぇ!?　そんなことはじめて言われた……」

前世でも言われたことがないわ、とはもちろん言わない。

「まあ、侯爵夫人（ウィンボルト）以外だけど」

イーグルはいたずらっぽく笑いながら、トリシアがこれからこなす依頼の候補として書き連ねた紙に目を落とした。

「それ言っちゃう～!?」

トリシアもわざとらしく顔をしかめる。

「ごめんごめん！」

彼女のおどけた顔を見てクスクスと小さく笑いなら、書かれた依頼内容を指さす。

用紙に書かれているのは、今いる街から少し離れた場所にある洞窟にいる巨大蝙蝠（こうもり）の討伐依頼と、道中の森に生息している珍味として人気のある食虫植物の採取価格だった。その植物の蜜が酒によく合うという噂だが、採取には危険が伴うため買い取り価格が高い。

「この討伐依頼を受けて、道中の森でこの植物を採取できるか確認しとくってこと？」

イーグルはトリシアのメモの書き方を見て、彼女の意図がくみ取れるようになっていた。選択肢がある時は羅列されているが、複数同時にこなすことを考えている時は大きな丸でその依頼が囲まれている。

「そう。聞いた話じゃこの辺のはもう取りつくされてるらしいのよね～」

「誰に聞いたんだ？」

「ほら、この間食堂で隣の席に座ったグレッグ達のパーティ。あの人達、この依頼を受けたのに、いざ採取に行ったらもうほとんど残ってなかったって」

グレッグは駆け出しの冒険者。まだE級だが、意欲的に依頼をこなしていた。

「素手で触ったから消化液が手にかかってただれてたのよ。私達も採取するならちゃんとグローブ用意しないとね」

彼のパーティにはヒーラーがいないにもかかわらず、治癒院が閉まっている時間にやっとこさ街に戻ってきて困り果てていた。たまたま同じ宿屋に泊まっていたトリシアがそれに気が付き、慌てて彼らを治療し縁ができたのだ。

他の誰かの経験から学べることも多くあった。冒険者達の情報交換はいつも口頭だ。紙に書いて残されているわけではないので、仕事を取り合うライバルとはいっても、仲良くしていて悪いことはない。

「お互い助かったんだね。グローブまで用意して収穫なしじゃたまらないからなぁ」

素材採取のために道具を新調するのも金がかかる。報酬と見合うかどうか確認するのも大事なのだ。

「洞窟の方までは行ってないらしいから、もしかしたら残ってるかもしれないわ。よく観察しながら行きましょ」

「よし。じゃあ決まりだな。トリシアの人の良さに感謝だ」

異議なし、とイーグルが至極真面目に答えると、

「そりゃどうも」

照れ隠しをするように、トリシアははにかんでいた。

彼女はコミュニケーション能力が特別高いわけではない。それは前世から同じだ。いたって標準的な人付き合いをしてきた。だが、彼女は前世基準の礼節を持って他人に接しているので、相手はそれをとても好意的に受け取っていた。

「敬意を払えば相手も悪い気はしないでしょ。それだけだよ」

言葉の意味がわからないと、イーグルは黙ってトリシアを見つめる。よくあることなので、トリシアも今更気にしない。

「誠実に接するの。たとえ相手の階級が下でも、新人のギルド職員だったとしてもね。喧嘩ごしはダメよ。嘘をつかず、相手がしてくれたことに感謝する」

「それだけ?」

ごく普通の、当たり前のことだと言いたげなイーグルの表情を見て、トリシアは嬉しそうに顔をほころばせた。長く彼女と一緒にいたせいか、それとも元々穏やかな気質の持ち主だからか、彼は他人に感謝し、礼を言うことに少しも疑問も抵抗もない。だがそんな性格のせいか、彼を狙う婦女子が

年々増加していることが、実はトリシアの小さな悩みだった。

「でも僕だと、トリシアみたいにはいかないなぁ」

イーグルも人が良い。純粋な人の良さで言えば、間違いなくトリシアよりずっと上だ。それはトリシアの大きな悩みで、たとえ誰かに騙されたとしても、しかたないよ、で終わらせることもあった。だから彼女はより自分が積極的に動かなければ、と情報収集役を買って出ていたのだ。騙され先が増えたらたまらない。

「ま、イーグルはあんまり他人と長々おしゃべりしないしね」

「誰かの話を聞いているのは好きなんだけど」

それを聞いて、トリシアは苦笑する。

イーグルは他人との距離感を保っていた。自分から近づくことはあまりない。自分がマイペースという自覚もあるので、人と少し離れている方がなにかと動きやすいのだ。トリシアと一緒に行動している時は、それでなにも困ることはなかった。他人との間にトリシアがいたのだから。

「それがいいって人もいるじゃない」

だから深く気にすることなんてないよと、うつむきはじめたイーグルに明るくトリシアは声をかけた。

冒険者の中には冒険者ギルドの職員に対して横柄な態度をとる者もいる。冒険者ギルドは依頼主と冒険者との間に入ることで仲介手数料を取り、それを運営費の一部にしていた。

「俺達の依頼料をギルドが一部横取りしてる！　なんて思ってる冒険者もいるけど、ギルドがなかったらまともに暮らせる冒険者はぐっと減るでしょうね」

「そうだね。この間ギルド通さずに男爵家の依頼を受けたら、報酬払ってもらえなかったって愚痴ってる冒険者を見たよ」

報酬をもらえなかったからといって、貴族にたてつくわけにもいかず泣き寝入りするしかない。ギルドを通さない仕事は常にこのリスクが伴っている。

そういうわけで、トリシアとイーグル、二人だけで冒険者をやっていた時は、いつも冒険者ギルドや他の冒険者に目をかけられていた。だがそれもアネッタ加入によって終わりを告げる。

「あんな言い方ないでしょ!?」

珍しく険しい目つきをしてトリシアがアネッタに詰め寄った。

「え～だってギルドの職員ごときが偉そうに勘違いしてるから事実を言ってあげたんじゃん」

その少し前、アネッタはギルドの受付の女性に対してぞんざいな態度をとった上、彼女が身に着けていたイヤリングを見て、

『私達から中抜きしたお金で買うなら、もっとましなの身に着けてよね。似合ってないわよ』

と、ニヤニヤと馬鹿にした顔つきで言い放ったのだ。

「先にあっちが馬鹿にしてきたんじゃない。このくらいの依頼、私達ならやれるでしょう?」

トリシア達は、依頼掲示板で見つけた日帰りの護衛依頼を引き受けようと、ギルドの受付へと話しに行った。だが受付の職員には、この街での護衛の実績が足りないからと断られてしまったのだ。

護衛の依頼は少し特殊だ。直接依頼主と接するので、冒険者ギルド側としても、安心して任せられる冒険者を優先的に斡旋(あっせん)したい。こういうことは別に珍しくはない。だいたいの冒険者はその場合す

ぐに引き下がるか、自分達を売り込みギルド側を説得する。悪態をつく者ももちろんいるが、いい結果になることはない。

「まだこの街に来たばっかりだししかたないじゃん！　あっちだって依頼を失敗されると困るから、信用ある人に頼むんでしょ！　ていうか！　もうこの街の護衛依頼は絶対回ってこないよ⁉」

わかりきったことでごねるなと、トリシアは苛立ちを隠さなかった。これが初めてではないのだ。

アネッタは相手によってきっちり態度を変える。権力を持った人間を嗅ぎ分けるのも、取り入るのもうまい。自分に味方してくれるような人間かどうかの見極めも。同じ冒険者から反感を買ったとしても、いつも逃げ込み先は用意していたため、歯ぎしりして耐えるしかない被害者はこれまでも多くいた。

「じゃあ別の街に行けばいいじゃん。こんな小さい街、つまんないもん」

幼い子供のようにプイっとそっぽを向くアネッタに、トリシアの怒りは増していく。

「あのねぇ！　そんな簡単に言うけどこっちは色々考えて……！」

「勝手にやってるだけじゃない！」

その言葉に、一瞬言葉に詰まったトリシアだったが、アネッタがあえて自分が言われたくない言葉を使ってきたことを察し、思い通りに反応してなるものかとすぐに反撃をする。

「なにそれ！　一人でギルドの受付すらまともにできないくせに！」

「ひどい！　だって今回のは……！」

「私だって事実を言ったまでよ！」

意趣返しとばかりに、アネッタが使った言葉で返す。だが、これ以上の追撃はできなかった。

「もういいじゃないか！　そんなに強く言う必要ないだろ！」

イーグルが二人の間に入る。というより、アネッタをトリシアから庇うようにして彼女の前に立った。イーグルの後ろで、アネッタの口角が上がっている。

こんな喧嘩が度々起こるようになった。トリシアとアネッタが言い争い、そしていつもイーグルはアネッタを守るようにトリシアの前に立つ。

最後にイーグルがアネッタを庇うようにしてトリシアの前に立ったのは、長年苦楽を共にした相棒をパーティから追い出すためだった。またトリシアがアネッタを責め立てたりしないよう、自分が防壁になるためにそうした。いつも通り。

だがその時、トリシアはアッサリとパーティを抜けることに同意し、スッキリとした表情で出て行った。それがどうしてかイーグルが気づくのは、ずっとずっと後のことだった。

（トリシアはどうしてたっけ？）
イーグルはギルドの依頼掲示板の前で頭を悩ませていた。これまでは、自分達のパーティにとって一番いい依頼はなにか、それを精査してくれていたのはトリシアだった。彼女がいなくなってからはイーグルとアネッタ、二人揃って依頼掲示板を見て決めている。
「効率よく依頼をこなそうと思うと色々考えないといけないな」
「え～？　ギルドの掲示板をただ見るだけでしょ～？　なにがそんなに難しいの？」

アネッタにそう言われた時、イーグルもそれもそうだと深く考えるのはやめた。

(確かにそうだ。僕だって文字くらい読める。アネッタだって)

トリシアのようにギルド職員と仲良くならずとも、他の冒険者達に気遣いなどせずとも階級を上げる冒険者はいくらでもいる。

(別に効率よく稼ぐ必要はないんだ。依頼をこなして評価されさえすればそれでいい)

そうやって依頼掲示板を眺めていると、

「あ！　これにしよ！　『暮夜(ぼや)の薔薇(ばら)』の採取だって！」

ピョンピョン飛び跳ねてアネッタが指をさす。

「本当だ。報酬もいいね」

夜の森に咲く妖(あや)しげな輝きを放つその薔薇は、愛の妙薬(惚れ薬)の材料として使われていた。だが、イーグルは一瞬、嫌な予感が頭をよぎる。

(依頼の書かれている用紙が他より古いな……)

他に掲示されているものより少し退色しているように見えたのだ。こういう依頼はたとえ報酬額がよくともトリシアは選ばなかったことを思い出す。

(依頼が取り下げられず残っているってことは、それなりの理由があるって……)

イーグルは素直にアネッタに相談した。トリシアと一緒にいた時、疑問や不安があればその場で尋ねるようお互い決めていたからだ。だがアネッタはそれが気に障(さわ)ったようで、不機嫌に顔を背けた。

「もうトリシアは関係ないでしょ！　私とイーグルのパーティじゃない！」

「そ、そうだね……」

アネッタに嫌われたくないイーグルは再び考えることをやめた。もう彼にはアネッタしかいないのだ。

冒険者ギルドの依頼受付の女性は、淡々と彼らに依頼の詳細を説明する。もしもこの場にトリシアがいたのなら、この女性からここだけの話を聞けただろう。決して報酬に見合わない、リスクの高い依頼だと、暗に引き受けないよう助言を受けることができたはずだ。だが今ここにトリシアはいない。

（……ここにもう噂が回ってるのかな）

冒険者達がチラチラこちらを見ているのに気が付いたイーグルは、ため息が出そうになるのを我慢していた。すでにトリシアを追放した街から自分達も移動していたが、悪評が彼らを追いかけてくる。くだらない理由で大切な仲間を追い出した、と。

「気にしちゃダメだよイーグル。C級にもなって、いつまでもパーティに居座り続けたトリシアが図々しいだけなんだから」

アネッタの強気な発言はイーグルの心を軽くした。彼女は悪評などものともしない。すでにB級からC級に階級を落とすことは決まっていたが、まだ彼らの冒険者タグにはB級と刻まれてある。冒険者の中で上位に位置する自分達に意見があるなら言えばいいとアネッタは周囲を睨み返していた。

冒険者の階級は決定した後、各地のギルドに情報が回ってからの変更となるためタイムラグが生じる。これにはある種の救済措置という面も含まれており、このタイミングで挽回すれば階級降格は取り下げとなる。

（そうだ。僕達にもうヒーラーは必要ないっていうのは本当なんだから。今度こそここで依頼を成功させてそれを証明すればいい）

なにもアネッタと誰にも邪魔されず一緒にいるためだけに彼女を追い出したわけじゃないんだと、自分自身に言い訳する。正当な理由があったのだと。その理由はトリシアに起因するものだと無理やり思い込んだ。


闇夜の森の中をイーグルとアネッタは道に迷いながら進んでいった。トリシアがどこからか安く手に入れた魔道具が周囲を明るく照らしていたので、今どこにいるか場所の把握はしやすかったが、事前の下調べが足らず、肝心の『暮夜の薔薇』が見当たらない。

「ちょっと！　なんでどこにもないのよ⁉」

苛立っているのか強い口調でアネッタは悪態をついていた。

「この辺りに生えているってギルドの受付が……」

「本当にアイツら、全然役に立たないくせに金だけ取って！」

自分は下調べもしていないが、文句だけは一人前にグチグチと続けていた。ただ歩き回って、時間だけが過ぎていく。

「いたっ！」

「大丈夫か⁉」

気が付くと、周囲は鋭い葉を持つ草木ばかりになっていた。軽く触れるだけで皮膚から血が流れる。

(こんな危険な場所がある森だったのか)

そんなことも知らず、肌身を守る準備をしていなかったので、冒険者服が裂け、肌が出ている部分には容赦なく傷がついていく。

「もう！」

自分の腕についた傷を治そうと、アネッタは手をかざしたが、

「アネッタ！　なにが起こるかわからないから、ヒールに魔力を使うのは待ってくれ」

「えぇ～」

イーグルに止められ不満声を漏らす。だが直後に獣の遠吠えが聞こえ、言われた通り魔力を温存することに決めたようだ。

「気を付けて進もう」

森で火の魔術は厳禁だ。イーグルは剣を抜き、バッサバッサと目の前にある棘のついた蔓や大きく鋭利な葉を薙ぎ払いながら進んだ。アネッタも黙ってその後ろについていく。

（刃こぼれ!?　……街に戻ったらすぐに鍛冶屋に行かなきゃ）

そして深夜を迎える頃、ようやく目的地に着いた。

「この香り……暮夜の薔薇が近いわよ！」

アネッタの嬉しそうな声を聞いて、イーグルはやっと不安から解放されると安堵した。だが同時に気になる音が。

「……誰だ！」

人の足音がした。暗闇の奥から……薔薇の匂いと同じ方向から聞こえてくる。

「D級のグレッグだ！　採取の依頼で……ってイーグルか!?」

採取中、冒険者がかち合うことはよくある。余計な戦闘やトラブルを避けるため、相手はすぐに名乗った。

「グレッグ……？　サイラスにカロンも！」

「え⁉　イーグルか？」

魔道具の灯りに照らされ、眩しそうに目を細める冒険者は、以前別の街でトリシアを介して知り合った冒険者だった。グレッグの後ろに、暗闇の中キラキラと小さく輝く薔薇が見え、やっと見つけたとイーグルはホッと息をつく。

「久しぶりだなぁ」

にこやかに挨拶をしようとしたイーグルだったが、

「なにしてんだ！　魔道具の灯りを消せ！」

グレッグのパーティの一人、サイラスが大声で叫んでそれを阻んだ。

「え？」

ポカンとしたイーグル、訝しげな顔をしたアネッタの魔道具が『暮夜の薔薇』を照らした瞬間、

「あぁ！　そんな！」

その輝く花びらは瞬く間にヒラヒラと散っていった。

「ふざけんな！　あの薔薇に魔道具の灯りは厳禁なの知らねぇのか⁉」

怒りを隠すことなくサイラスはイーグル達に向かって怒鳴り声を上げた。

「そ、そうなのか⁉」

急いで灯りを消すがもう遅い。その場で咲いていた『暮夜の薔薇』はすべて散ってしまっていた。

地面に落ちた、光を失った夜空色の花弁にイーグルは視線をやりながら謝罪する。

「すまない……」

彼らも『暮夜の薔薇』の採取に来ているのはすぐにわかったからだ。自分達のせいで、グレッグ達の依頼も失敗扱いになってしまったのだと。

「……まあいいよ。俺らは薔薇の葉の採取だからな」

グレッグはやってしまったことはしかたがないとこれ以上責めなかった。以前、トリシアには世話になったという気持ちがあったからだ。

「そんな依頼もあったのか……」

「こっちは花びらの方とは違って魔物除けに使えるんだ。薔薇の葉や茎の部分は日中でも残ってるからな。難易度は少し下がるんだよ」

グレッグは親切にイーグル達に説明した。そして不意に気が付く。

「あれ？　トリシアは？」

「……」

イーグルはまだグレッグが例の噂を聞いていないことへの安堵と同時に、どう返事をするべきか迷った。正直に言えない、その意味に彼はまだ気づかないふりをしている。

だが彼の答えを待たず、グレッグの仲間二人が不満の声を漏らしはじめた。

「どうせなら花を丸ごと持って帰りたかったけどなぁ。入れ物も準備してきたっつーのに」

「何のためにわざわざ夜中にここまで来たんだよ……」

蓋つきの大きな瓶をグレッグは苦笑しながら眺めていた。あの薔薇はできるだけ密閉した状態で保存しなければ薬効は半減してしまう。採取の際は必ず必要な物なのだ。それすらイーグル達は準備していなかった。

「……やる気あんのかよ」

ボソリ、とカロンが嫌悪感を丸出しにして呟いた声が闇夜に響いた。

「え～だってギルドの人なんにも教えてくれなかったんだもん」

その言葉をアネッタはわざわざ拾い上げた。自分が悪いわけじゃない、と言わなければ気が済まないのだ。

「依頼受けるんだから、んなこと知ってて当たり前だって思うだろ！」

カロンは自分達の収入源をダメにされ、苛立っていた。それでもアネッタは悪びれもしない。

「どうして？　ギルドが教えてくれた方が確実じゃない」

「ギルドがいちいちそこまで面倒みるかよ！」

「本当ケチね～」

自分の思い通りに動かないものに、アネッタはいつも否定的だ。

「わかんねぇなら聞けばよかっただろ！」

「ひ、人によっちゃあ教えてくれるよなぁ。確かに確認くらいしてくれた方が成功率も上がってギルドにとってもいいわけだし……」

仲間とアネッタが険悪な雰囲気になってきたのでグレッグが慌てて間に入る。だがアネッタはそんなこと気にも留めない。

「採取依頼って大変ね～。私、討伐の方が得意だからよくわかんない」

小馬鹿にするように笑うアネッタを見て、グレッグ達は明らかに気分を害したという表情になった。

彼女は自分達の依頼が達成できない腹いせに、周囲を不快にさせたくてこんなことを言っている。彼らの中で花形の仕事はやはり武力を必要とする護衛や討伐だ。冒険者によっては稀に依頼内容に優劣をつける者がいた。アネッタのように。

（トリシア……トリシアはどうしてたっけ……!?）

アネッタがさっそく不穏のタネをまき散らしているというのに、イーグルは対処できていなかった。オロオロするだけだ。こんな時は、いつもトリシアが間に入ってなんとか丸く収めてくれていたことを思い出す。

「その瓶、使わないなら貸してよ。散った花びらでもちょっとは買い取ってくれるかもしれないし」

「オイ！　何して……」

相手の答えも待たず、アネッタが地面に落ちた花びらに触れた瞬間、彼女の指先が燃え上がった。

「キャアッ!!」

「アネッタ!?」

彼女の悲鳴で我に返ったイーグルの目には、彼女が自分の指先に急いでヒールをかけている姿が映っていた。

「素手で触るやつがあるか！　マジで何も知らねぇのか!?」

この花は夜間に開花した状態の時が一番安全に採取できる。蕾も、散ったあとも危険度が高い。触れるには専用のグローブが必須だ。開花したものを持ち帰るために重たい瓶もいる。要は取り扱いが危険で手がかかるのだ。だからこそ、依頼料が高い。イーグルはここにきてそのことにやっと気が付いた。

（こんなこと、今まで一度もなかったのに）

またトリシアの顔が浮かぶ。だがその記憶に浸る時間はなかった。

「どうして教えてくれなかったの？　わざと？」

「はぁ!?」

自分の指先に傷跡が残ってないか注意深く観察をしながら、アネッタはまた相手を馬鹿にするような半笑いになっている。

「あのなぁ！」

流石のグレッグも一言なにか言わなきゃ気がすまないと体を乗り出したその時、先ほどの遠吠えがより近くで聞こえた。

「……騒ぎすぎた！」

魔物の気配を感じて冒険者達はすぐさま撤退の準備を整える。この森に出る魔物といえばガルム。小型の狼に似た姿で、一体一体はそう恐れることはないが、集団で狩りをするので相手にするには厄介だ。先ほどの遠吠えはその合図の可能性であることを冒険者はよく知っている。

「討伐が得意なんじゃねぇのかよ……」

と、カロンが呟く。

「足手まといがいなければねぇ」

「んだと!?　こっちは大損食ってんだぞ！」

「もういい！　やめろ！」

イーグルもグレッグもそれどころじゃないと仲間に移動するよう促した。アネッタ達も我が身は可愛いので、しぶしぶ喧嘩をやめて早足でその場を去る。

結局、彼らはガルムの群れに遭遇したが、イーグルとグレッグの活躍によってなんとか逃げ切った。

しかしアネッタは魔力切れをおこし、サイラスとカロンもせっかく採取した『暮夜の薔薇』の葉や茎の入った瓶を投げ捨てて逃げる羽目になっており、全員にとって散々な夜となった。

「トリシアが去った理由がわかったよ」

別れ際のグレッグの言葉がイーグルの心に刺さる。

「トリシアは実力不足で追い出したってちゃんと言わないと。私達が悪いみたいじゃない」

プゥッと不満気な彼女の言葉をイーグルは聞こえないふりをしていた。

「アネッタ。とりあえず治療を……」

「え～私、疲れてるのに……」

イーグルの傷の応急処置は終わった。アネッタの魔力が足りず、大きな傷跡はしっかり残っていたが、ひとまずは生活に影響はない。

「剣を修理に出さなきゃ。それに服も」

「どうせなら新調しましょうよ！」

ワクワクと浮かれた声のアネッタは、今回無報酬で終わったことなど少しも気にしていないようだ。

翌日、イーグルは久しぶりに自分の足で向かった鍛冶屋で驚きの声を上げてしまう。

「修理に最低一週間!?」

(ちょっとの刃こぼれだけで大銀貨一枚かかるのか……)

費用がかかるというのに、修理に出している間、まともな依頼を受けることはできない。なんせ武器がないのだから。予備として短剣は持っているが、それだけでは心もとない。

トリシアがいた時は彼女に全て任せていた。武器はすぐに直ったし、服も防具もいつも綺麗にしてくれていた。

（鍛冶屋とも仲良くしてたんだろうか……）

そうして優先的に武器を直してもらっていたのかもしれない。そんな風に考えていると、服を見に行っていたアネッタが不機嫌な顔つきでイーグルのもとに戻ってきた。

「この街駄目ね。新品は高いし、古着はボロすぎ。他の街で見ましょ」

それはそうだ。トリシアが用意していた道具に衣服、それに武器はどれも中古価格だったが、新品同様だった。だがそれを聞いてイーグルは助かったとばかりに息を吐いた。

「アネッタ。新しい服は買えないよ。修理費が思ったよりかかるんだ。それに時間も。ヒール代も捻出しなくちゃいけないし」

「ええ～！　なんでそんなに余裕がないの⁉」

最近彼らは金銭面で揉めることも増えていた。トリシアがいた時は心配したことすらなかったのに、今は常に頭の中で金勘定をしている。

トリシアがいなくなって、昇級して報酬額が上がり、一人当たりの報酬の取り分が増えたというのに、気が付くと彼らの生活はギリギリだった。

「トリシア、いつもどうやってたわけ⁉」

流石にアネッタも、トリシアがいた時と大きく変わった金銭の流れに気が付いた。

「食費に宿泊費、ヒール代に武器の修理、冒険用道具の調達……それにどういう依頼をどういう順番で受けるかも考えなきゃいけない」

暗い表情のイーグルを見て、アネッタの表情も曇る。

「別にイーグルの傷はすぐに治さなくてもいいでしょ。それで少しはお金が浮くんじゃない？」

「……そうだな」

だが、それでも今の財布の中身では長くは持たない。そのことをアネッタに告げなければ。イーグルにはそれがとても億劫でしかたがない。

（こんなはずじゃなかったのに）

トリシアと離れて困ることなんて出てくるわけがないと思っていた。彼女がやっていたことは特に難しいことではない。依頼を探し、武器を修理に持っていき、必要なものの買い出しと、ヒールだけだ。なのにあれだけ望んだ恋人と二人きりの生活だというのに、険悪な雰囲気が続いている。これまで感じたことのないストレスとプレッシャーの中に自分がいるのも感じている。トリシアと離れたら自由に振る舞えると思っていたが、トリシアがいたからこそ自由に振る舞えていたのだと、この時初めてイーグルは気が付いた。

（これからの生活、どうしたらいいんだ……）

いまだに見慣れない自分の体の傷跡は、きっとこのまま治療することなく終わるだろうという確信が彼にはあった。そしてこれからさらにこの傷跡は増えていくであろうことも。その瞬間、ゾッとするような想像がイーグルの頭に浮かんだ。

（これ以上怪我をするわけにはいかない……）

そうしてまた、青い顔のまま忘れたいはずの元相棒のことを思い出すのだった。

《願望日記3》

空音(そらね)の日　一の日

打ち合わせ前だが、一階と地下の仕様の方向性を決めた。メインの貸し部屋と庭、そして私の居住スペースはもう少しプロの意見を聞いてから詳細を考えよう。

○冒険者専用の貸し部屋業でのんびり不労所得計画　メモ　居住スペース以外
・一階……エントランス（待ち合わせ・打ち合わせスペース）テーブル・椅子(いす)・ソファ設置
・地下……ランドリールーム・倉庫・避難所

エディンビアの建物の地下にはスタンピード対策として避難所が設けられていることが多い。他の街ではあまり聞かなかったので、いかにこの街がダンジョンで成り立っているかがよくわかる。だけどこの貸し部屋は冒険者向けだ。いざスタンピードなんて起きようもんなら、皆、表に出て行く可能性は高い。スタンピードで活躍すればギルドから大きな評価もゲット。領主からも報酬ゲット。うーん……利用があるだろうか。

空音の月　三の日

　スピンさんとの打ち合わせまでに考えておくことがたくさんある。とりあえず、私のこの願望日記のメモを翻訳しておかないと。日本語からこちらの言葉に書き直す。書き直すついでに願望の取捨選択もしなければ。

○冒険者専用の貸し部屋業でのんびり不労所得計画　メモ　スピンさんへ伝える内容
・大型魔道具の設置……風呂とトイレとキッチンのスペースの確保／サイズ確認
・セキュリティ……鍵や扉の設置／種類の確認
・収納……武器や冒険者道具の置場、その他衣類
・ランドリールーム……地下利用
・倉庫……ストックスペースと退出後預かり用の荷置場
・ゲストルーム……何と言われても入れ込みたい

◇◇◇

空音の月　二十五の日

　さて、家賃のことも考えなくてはならない。金勘定をしなくては、不労所得でスローライフが送れなくなるかもしれない。しかし儲(もう)けばかり考えて入居者が集まらないのも嫌だ。塩梅(あんばい)が難しい。

○冒険者専用の貸し部屋業でのんびり不労所得計画　メモ　家賃
・部屋数……六～十部屋＋ゲストルーム
・家賃（予定）　大銀貨二枚／月　……家賃収入　大銀貨十二～二十枚／月（満室の場合）
年間収入　大銀貨百四十四～二百四十枚　＝　金貨約十五～二十四枚　不労所得！

毎月満室であれば、イーグル達とパーティを組んでいた時の倍以上の収入になる。そう考えると家賃が高すぎるように思えてくる。

ということは、家具や魔道具にもっとお金をかけていい気がしてきた。大型の魔道具、キッチンに風呂、トイレ、手洗い場に空調だけでなく、小型の魔道具も用意しよう。照明機器も個数を増やして、ドライヤーや冒険者道具の貸し出しをしてもいいかもしれない。

想像するだけで早く住みたくなる！

第三章 願望が未来に変わる時

初めての打ち合わせはスピンの実家でおこなわれた。トリシアが買った建物も近いので、イメージが難しい場合すぐに現物を見に行けるからだ。

「今日は前回教えていただいたお話を基に外観の素案と簡単な間取り図を描いてきました」

スピンが広げる大きな紙を見てトリシアは胸がドキドキしてきた。大きな用紙が何枚もテーブルの上に並べられる。

そのうちの一つをスピンが取り出し説明を始めた。

「外観にこだわりはあまりないとのことだったので、元の状態からあまり変わりがないのですが……その、ここだけは大きく変えていまして」

予算を知っているスピンは色々と考えてくれたようだった。

「あぁ！　窓が大きくなってる！　いいですね！　ルークが喜びそう」

各部屋についた窓は縦長に大きくなり、今はない小さなバルコニーが付いていた。

「そうよね！　せっかく眺めがいいんだし」

ニコニコしながらトリシアが何度も何度も頷く。

「そうなんです。ただその」

「お金かかりそう～～～……」

夢とは違い現実は、なにをするにしても、金、金、そして金である。

「……はい」

だがもうこの図面を見ると、これ以外考えられなくなってきた。

「宿屋との違いを出そうと思ったらこういうのいいですね」

「高級な宿屋にはあったりするんですけどね。僕も縁がないので泊まったことはないんですが、一度補修に入った時にこれは良いな～と記憶していたのを思い出して」

トリシアは腕を組み目を瞑(つぶ)って、そうなった建物の姿を想像する。

「採用！」

「え!?　もう決めちゃっていいんですか!?」

スピンはまさかこんな序盤にトリシアが決めるとは思わなかったようだ。彼はすでに大量にアレコレとこちらの世界の文字で書き直されたトリシアの願望(アイディア)メモを読んでいる。

「予算の振り分け考えないといけないですしね。大きくお金かかるところから決めてしまおうかと」

「……わかりました！」

スピンは自分の案が採用されてとても嬉(うれ)しそうだ。

「一階はやっぱりあの空間を残したいと思ってて。とりあえず入居者のフリースペースにしようかと思ってるんですけど」

「……僕に気を遣わないでくださいね。もうあの建物はトリシアさんのものなんですから」

とても真面目(まじめ)な顔だった。トリシアは本当にスピンが真剣にこの仕事に取り組んでくれていると実

感する。

「まぁまぁ、そんな寂しいこと言わないで～！　……一階あまりいじらなかったら予算は抑えられます？」

「あはは！　それはそうですね」

大家兼管理人になるトリシアは部屋数をどうするか迷っていた。あまり多くても管理しきれないと判断し、一階にも部屋を作る案は早々に外していた。

（ピンとくるものがない時は急いで決める必要ないわよね）

そうやってトリシア達があれもいいこれもいいと白熱した打ち合わせをしていると、ノック音の後、ゆっくりと扉が開く。

「どうだい？　良い家になりそうかい？」

「ちょっ！　ばぁちゃん！　来ちゃだめだって言ったじゃないか！」

美味(おい)しそうな匂いのするお茶をトレーに載せて、スピンの祖母が入ってきた。

「友達じゃなくてお客様なんだから！」

「なら余計にちゃんとしたおもてなしをしなさいな」

スピンの実家には彼の祖母が住んでいた。両親はすでになく、彼はこの祖母に育てられたのだ。

「ありがとうございます！　いただきます」

「すみませんねぇ……孫にちゃんと言ってたんですけど……スピン！　おかわりもちゃんと出さないかい！　……たいしたお構いもできませんで」

年齢のわりにシャキっと背筋が伸びた人で、トリシアは内心とてもカッコいいと思っていた。

スピンの祖母はあの建物が現役だった頃を唯一知っている人物だ。彼女の父親まであの宿屋をやっていたのだから。

「出来上がったら見に来ていただけますか？」

「まぁそんな！　なんて素敵なお誘いかしら！　ありがとうございます。是非伺わせてください」

とても嬉しそうに微笑む姿がスピンそっくりだった。

「すみません……祖母にまで気を遣っていただいて……」

スピンは恐縮していたが、同時に喜んでいるのもわかる。

「一階を開放するなら二階に別の入り口を作りますか？」

この建物は入ってすぐの所に階段がある。その隣に作り付けられたようなカウンターがあった。おそらくフロント代わりに使われていたのだろう。

（う～ん……別の玄関か～）

トリシアは階段を登った所に一枚大きな玄関ドアのようなものを作るつもりでいた。今後一階がどんなスペースになってもいいように、空間を分けたかったのだ。

（入り口を二ヶ所か～考え付かなかったわ）

だがそれには気になることも。

「入り口が多いと鍵の数が増えちゃいますよね？」

一階玄関、二階の居住スペースの入り口、それから別の入り口を付けるならそこも。さらに各自の部屋の鍵。

「そうですね～一階玄関と二階入り口の鍵を同じにするという手もありますし、最近魔道具で何桁か番号を入れたら……従来の数字を左右に回転させるタイプではなくて……」

スピンは金庫の鍵を開けるようにクルクルと手の動きで表現している。

「数字を押すと開くタイプの鍵も出たんですよ～それだとだいぶ手軽ですよね」

こんどは人差し指でピッピと何かを押す動作をした。

「え!?」

(暗証番号だ……)

トリシアは心臓の鼓動がどんどん速くなるのを感じていた。

「その開発者ってご存じですか？」

「えーっと確かあの有名な」

「クラウチ工房？」

「そうそう！　それこそ魔道具のトイレとか保冷庫とか発明したとこですよ！」

(まだ生きてる)

同じ世界から来たと思われる魔具師がまだ現役でいるとわかって、トリシアは静かに興奮した。

「クラウチ工房ってどこにあるかわかんないんですよね？」

「そーなんですよ！　展示会の時も代理店が出るみたいですし。流石(さすが)お詳しいですね」

詳しい理由は理想の貸し部屋を作るためではないのでトリシアは曖昧(あいまい)に笑って答える。

「いつか行ってみたいですね～王都である展示会！」

「……ですね！」

トリシアの次の目標が決まった瞬間だった。

（貸し部屋経営が軌道に乗ったら展示会を見に王都に行こう！）

そして今度こそ例の魔具師に会おうと決めた。

「で、部屋数なんですけど……」

楽しいことはまだまだ待っている。

（追放されてよかった！　なんて言ったら負け惜しみに聞こえるかな）

スピンとの最初の打ち合わせは結局夜まで続いた。

「んで、昨日どうだったんだ？」

「スピンさんのおばあちゃんのミートパイは最高」

ルークの問いかけに、トリシアは真面目な顔をして答えた。

エリザベートの成人を祝う祭り当日。ルークの反応から察するに昨日城から脱走した本日の主役は今、厳重な監視下にいる。

一方トリシアはまだギルドの治癒室にいた。今日は常駐ヒーラー四人全員で交代しながら対応している。と言っても昨日から急激に利用者は減っていた。冒険者は祭り優先でダンジョンへ行く人数は減っていたからだ。

「俺も食いてえ」

「城で豪華な食事してきた人がよく言うわ！」

「今度スピンに俺も食いたいって言っといてくれよ～！」

ルークは笑いながら自分の要望だけ伝える。

「んで？」

「大まかな外観とだいたいの部屋数だけ決めたよ！」

「ちゃんと儲けが出るよう考えてるだろーな」

今度は笑っていない。以前トリシアが、

『家賃？　あんまり高いと人集まらないじゃん！　予算内で出来上がればそれ以上お金かかることないし～壊れても汚れても自分でどうにかできるし～』

などと舐めた発言をしてから、口を酸っぱくして利益のことを言うようになったのだ。

「わかってるってば！　不労所得での生活が夢なのよ!?　ちゃんと払うものは払ってもらうわ！」

広がっている図面を見てルークは驚いた。通常の貸し部屋にさらにゲストルームと書かれた部屋が各階に一部屋ずつある。

「ゲストルームって……冒険者向けの家なんだろ？」

冒険者のゲストってなんだ？　パーティメンバーか？　と、深く突っ込まれ始めたのでトリシアは急いで話題を逸らす。

(ゲストルームがある集合住宅って高級マンションみたいでなんかカッコいい！　なんて言えない……)

倉庫を大きくしてもよかったのだが、なんとなく味気なかったというのもある。

「あって困らないわよ！　全然利用がなければそこも貸し部屋にするわ」

各階に貸し部屋は三室、さらにゲストルーム、それから倉庫を作る予定だ。この倉庫はストックルームであると同時に、住人が生死不明になって戻らなかった時の荷物置き場になる。そう考えると、倉庫が広ければ広いほど縁起が悪い気がしたのだ。

(できればずっと使わずにいたいくらいよ)

だがそれは無理なことを冒険者であるトリシアは知っている。

「部屋数、かなり減らすんだな」

「ちょっと迷ったけどね。私が住みたい部屋ってのから始めたから。冒険者宿と違いを明確にしたかったし」

まさにトリシアの前世で言うところの1LDKの間取りだ。孤児の時は大部屋で、冒険者になってからはベッドルームだけで完結する世界で暮らしてきたトリシアのささやかな願望だった。

(まぁ自分の居住スペースはそれ以上にやりたい放題だけど!)

「よく見ると少しずつ部屋の中が違うな」

「そこはまだ決まってないけどね。予算とか工期を考えてベースはだいたい同じ感じになるかな」

「ふーん……どの部屋も入り口のすぐ側に風呂か」

汚れは落として部屋には入りたいもんな、とトリシアの意図に理解を示しながら、ルークはかなり詳細まで確認し始める。

(やばい……バレちゃう)

そうして冷や汗が流れそうになっているトリシアの予想通り、ルークはしっかり気が付いた。

「お前……こんな……魔道具がいくらすると……!」

図面をマジマジと見るとあちこちに魔道具と思しき名前が書き込まれてある。

コンロ、流し台、保冷庫、洗面台、風呂、トイレ……冷暖房機。他にも小型の魔道具の名前がちょこちょこと。

目を見開き、信じられない、正気か？　と言いたげな顔でトリシアを真正面から見た。

「うっ！　そんな目で見ないでよ～！　スピンさんが中古の魔道具に当てがあるって言ってたし……」

中古どころか壊れていたって構わない。部品取りだけして廃棄される物があるらしく、スピンは今そちらを見に行く手配も進めてくれていた。

「風呂トイレは前々から言ってたから想像はしてたけどよ……冷暖房機って……」

シュンとしているトリシアを見て、ルークは言葉を続けるのをやめた。

「……いや、お前の家だ。俺がどうこう言うのはなしだな」

だがトリシアはそれをルークに見放されたと感じて大慌てでだ。

「やだやだ呆れないで～！　ちゃんとした位置から見てくれる人も必要なのよー！　私とスピンさんじゃどうも暴走しがちで……」

実際昨日はあれもいいこれもそれもいい！　のお祭り騒ぎだった。とても楽しかったが予算には限りがあり、いつまでも話がまとまらないのも困る。

ルークはトリシアにバレないよう、ホッと胸をなでおろしていた。彼女にはいつも楽しそうにしていてほしい。そして同時に自分が特別に頼られたことが嬉しくてしかたがない。

「じゃあ冷暖房機の必要性を説明してくれ」

急にどこかの面接官のような態度になったルークにトリシアは思わず声をあげて笑ってしまう。

エディンビアには四季がある。夏は暑いし、冬は寒くなる。だが夏場、前世の日本のような熱帯夜になることはない。冬場は雪がたまに積もる程度で、毎日極寒というほどでもなかった。

通常の家は、夏には夜風を入れてやり過ごすし、冬は火鉢などで暖をとる。

だからルークはここまでの設備は必要ないと言いたいのだ。

「今は全館にダクトを通して建物を冷やしたり暖めたりする魔道具もあるらしいんだけど、ほらこの建物、内部は新品(リセット)にしちゃうじゃない？　そうすると結局余計な手間増えちゃうし……」

（こういうこと考えると私のスキルも万能とは言い難(がた)いのよね）

もちろんスピンとは少しずつ、部分的に建物にリセットをかけて作り変える方法も考えたが、作業するのはスピンだけではないし、かかる日数を考えたら現実的ではなかったのだ。

チラリとルークの方を見て反応を確認する。そういうことじゃない、という表情が読み取れたのでトリシアはもう気持ちを曝(さら)け出すことにした。

「……超快適な部屋にして私の作る家を大好きになってもらいたいの!!」

さらに声が大きくなる。

「この貸し部屋凄(すご)い！　って言われたいの!!」

自分がいいと思うものを、他人にもいいと思われたい。ある種の自己顕示欲であり、承認欲求だ。

そういう自覚もトリシアにはあった。

「なんか物で釣ってる感じにならねぇか？」

「そ、そうだけどいいの！　……でも予算的に無理だったらこれは諦めるわ……」

（最悪コレは後から買っても別に問題ないし）

そんなことをこっそりと考える。

他の魔道具も同じように必要な理由を口に出していった。そうすることによって魔道具に優先順位をつけたのだ。

「調理場関係は後ろにきたんだな」

「意見割れたからね。これは再検討よ」

トリシアは今、頭の中がスッキリしている。今まで楽しいオモチャで頭の中がごちゃごちゃになっていたのを、綺麗に片付けた気分になった。

「それで家賃は考えてんのか？」

「その～あの～……部屋によって変えようと思うんだけど……」

「そうだな。上の階の方が海がよく見えたし」

ルークは海の話題となるといつも声色が明るくなる。それに今日は表情も。トリシアはそれをチラリと確認し、恐る恐る小さな声で、さらに早口で答える。ちょっぴり、ルークが聞き流してくれるのを期待して。

「……最低、月に大銀貨二枚はいかがでしょう？」

これはトリシアが今宿泊しているギルド内の宿泊所と同じ料金だ。通常の冒険者向けの宿屋の一・

五倍くらいの料金になる。もちろんもっと安い宿屋もあるが、そういう人はそもそも貸し部屋など借りない。トリシアはいつもギルドの宿泊所が満室なのを見て、貸し部屋業への不安が少しずつ払拭されていくのを感じていた。この金額なら十分需要は見込めると。

(ギルドの宿泊所を使ってる冒険者は、やっぱり清潔さと周辺環境のこと言ってたし)

しかし貸し部屋だと、ダンジョンへ長期間潜っている間も賃料を払うことになる。これは宿屋なら発生しない費用だ。

(その分は便利で快適な部屋と魔道具で打ち消しよ!)

ルークは眉間にシワがよっていた。大銀貨二枚と聞いて、トリシアの思惑はすぐにわかったが、それでも眉間にシワがよる金額だ。

「……あのなぁ……これだけ設備(魔道具)が整ってんだぞ?」

「だって全室(六室)入居があればこれだけで毎月最低金貨一枚に大銀貨二枚よ!?」

大銀貨十枚で金貨一枚の計算だ。トリシアは毎月大銀貨一枚もあれば食費はどうにか賄える。贅沢しなければだが。

それにトリシアは今後宿泊費はかからない。これから生きていくのに必要なのは日用品や日々の食費くらいになる。さらに言うと、将来のために建物の修繕費を貯める必要もない。一度完成してしまえば、いつだって元通り今の姿にできるのだから。ぼろ儲けする必要はないのだ。

「全室埋まるとは限らないだろ」

「つ、強気でいかなきゃ……! きっとどの部屋も空き待ちになるわ!」

「いや、この価格設定は弱気な証拠だろ」

ズバリとルークに見透かされてしまっていた。

「パーティで借りるっつったらどうすんだ？」

「一部屋最大で二人まで。その場合家賃を少し上げるか、はじめから二人部屋としても大丈夫なように作るか迷ってて」

そもそも冒険者でも静かな日常を求める人向けに作る貸し部屋だ。部屋は広くても人数制限はかけるつもりだった。

「あ、でもカップルは利用禁止」

「……」

(イーグルとアネッタみたいなのが来たら嫌だし)

これにはルークは何も言わなかった。

「……税だって払うんだぞ」

「六室と大家の部屋で年間金貨一枚くらいだろうって」

すでにスピンが金額を商人ギルドに確認してくれていた。一階の利用方法が変われば再度申請が必要だ。

ここでルークが真っ直ぐトリシアの目を見てズバリと指摘する。

「新しい魔道具欲しくなったらどうすんだ？　今だってこれだけあんのに」

そうして願望日記のメモに目線をやりながら言われると、トリシアはぐうの音も出なかった。

(確かにー！)

そんな彼女を見て、少し呆れながらルークが助言する。

「最低大銀貨三枚くらいにしとけよ……家賃下げるのは簡単だけど上げるのは難しいんじゃねーの」

「……それはそうね」

トリシアは素直に頷いた。

(危なかった……他人の意見を聞くのって大事だわ～)

今のことに集中しすぎて、先のことを考えていなかったと反省する。今でも新作の魔道具が出てきているのだ。これからだってきっと出てくる。その時欲しいと思っても買えなければ、トリシアは大人気(おとなげ)なく小さな子供のようにジタバタと暴れたくなる衝動に駆られるだろう。

(だいぶ舞い上がってるな～私)

すでにそのことは自覚していたつもりだったが、思ったより重症度は高いようだと自省する。

「老後の資金も貯めなきゃだしね！」

「ぷっ！　なんだそりゃ！　そんなこと言ってる冒険者初めて見たぞ」

先ほどまで彼女の今後を心配して深刻そうな顔をしていたルークがやっと笑顔になり、トリシアも一安心だ。

「またお金を貯めて別の貸し部屋作ってもいいし」

「お！　すっかり経営者じゃねーか」

わざとらしくルークがもて囃(はや)す。

「はっはっは！　そのうち左団扇(うちわ)で暮らしてみせるわ」

「左ウチワ？」

「ああ気にしないで。お金の心配なく気楽に生きるってこと！」

(こんなセリフ、前世でだって使わなかったな)

そんなことを思って一人で笑った。

結局、各部屋の間取りが決まったのはそれから一ヶ月以上後のことだった。
◇◇◇

この国の成人年齢は十五歳。だがそれは一般人にはあまり関係がない。

一応の決まりとして、各ギルドに加入可能なのは成人のみと規定されている。だがちゃんとした戸籍があるわけでもないので言ったもん勝ちではあった。

(孤児なんて年齢わかんない子もわんさかいるし)

トリシアは明らかに生まれたての状態で孤児院の前に置かれていたので年齢はハッキリとしているが、イーグルは違った。孤児院の近くで泣いていたその幼い子供は、体の大きさからおそらく二、三歳だろうとなんとなく年齢をあてはめられただけだった。

だが貴族は違う。十五歳の誕生日はなにより重要な節目となっている。成人するということは後見人が必要なくなる、まさに独り立ち。それまで全ての決定権はその両親にあったが、実際問題はさておき、これからは自身であれこれと決めることができるのだ。

そして成人すると国から正式に結婚が許された。

「すごい人!」

(エリザベート様、今日逃げ出した方がうまく逃げ切れたんじゃないかしら)

トリシアとして生まれ変わってから、彼女はこれだけの賑(にぎ)わいを見たのは初めてだった。冒険者としてあちこち旅をしてきたが、その中でもエディンビアは一番大きく活気がある。行きかう人々は皆笑顔だ。

楽師達があちこちで明るい音楽を奏(かな)でている。どこからも踊り出したくなるような明るい曲調が聞こえ、トリシアの視線も落ち着きなくあっちにこっちにと移っていく。

「スられるなよ」

「わ……そうだね」

これだけ人がいればスリも仕事がしやすそうだ。

中央広場ではたくさんの屋台が食欲を誘う匂いをふりまき、人々は自分の腹の容量を確認しながらあれを食べるべきかこれを食べるべきかと、嬉しい悩みを抱えて匂いの元を覗(のぞ)き込んでいた。

「おお！　丸焼き！」

猪(いのしし)のような姿の大きな魔物が丸焼きにされている。その肉と味付けした豆を潰したものがパンに挟まれて売られていた。

(美味しそう～あとで食べよ！)

他にも串焼きに腸詰め、パイの包み焼き、子供向けに焼き菓子もたくさん出ている。もちろんエールやサングリアのようなフルーツがたくさん漬かったお酒も。

野外劇の方は大盛り上がりだ。かなりの人数を集めている。食い入るように舞台をみつめている観客が、悲しく切ないシーンではため息を漏らし、腹立たしい登場人物が現れると怒りの声を上げ、主人公に幸運が訪れると自分のことのように喜んでいた。

「演目なんだろ？」

「冒険者とどっかの令嬢のロマンスだな」

観衆の多くが冒険者だった。男女どちらも真剣に見入っている。

「冒険者の街にピッタリの演目ね」

「だな。稼ぎどころがわかってる」

二人は横目に見ながら通り過ぎた。

「ガラス細工はやっぱ綺麗ね～」

露店に並べられた品物を見て、トリシアには本物の宝石と見分けがつかなかった。どれも本当に綺麗なのだ。

「赤紫色のものが多いけど、やっぱりエリザベート様の瞳の色をイメージしてるの？」

「ああ。エディンビア家の血筋はこの色の瞳を持っている人間が多いんだ」

「そういえば……」

エリザベートの兄も同じ瞳の色だったことを思い出した。

「そろそろ時間かな？」

人々が城の方へと徐々に移動し始めていた。あまり人前に出ないエリザベートが領民達への挨拶のために城のバルコニーに出てくるのだ。

「昨日見たじゃねーか」

「いやぁあんまりに綺麗だったからドレス姿も見てみたくって」

冒険者姿でもあれだけ見応えがあったのだ。どうせなら彼女にとっての日常姿も見てみたいとトリシアは楽しみにしていた。ルークはどうでも良さそうだったが、それ以上は何も言わずにトリシアについてくる。

城の門の中に入ってすぐ傭兵（ようへい）のレイル達と遭遇した。ルークと一緒にダンジョンに入った赤毛のリードと黒髪のラディも一緒だ。

「おーう！　ちょっとぶり！」

「レイル達もエリザベート様を見にきたの？」

「そうそう。絶世の美女で第二王子様が追いかけてきたって聞いてさ」

「第二王子!?」

急いでルークの方を振り向くと、目を合わさないようサッと顔を背けられた。

（それで昨日急いで城に戻ったのか）

ではエリザベートが城を抜け出した理由は？　トリシアの想像力がうなりを上げて働いた。そしてこの後出てくるであろう彼女の表情も予想できる。

（無表情に見えて案外わかりやすかったもんね）

エディンビアは魔物の侵攻（スタンピード）から市街地を守るために海をのぞいてぐるりと壁で囲われているが、城の前にはさらに別の塀がある。いざという時領民はここへ逃げ込むようになっているのだ。

今日はその城門が特別に開かれていた。民衆が顔を上げ、今か今かと城のバルコニーに視線を向けている。

わあああ！　と一斉に大きな歓声が上がった。

エリザベートが美しい所作で手を振っていた。無表情で。

（昨日大剣を振り回してた手とは随分使い方が違うわねぇ）

隣には先ほどレイルから聞いた通り、第二王子が満面の笑みで一緒に手を振っている。エリザベートはそちら側には一切目を向けていない。

「やはりご婚約の噂は本当だったんだ！」

「リカルド様カッコいい～！」

トリシアも第二王子の噂くらいは聞いたことがある。別に悪い評判ではない。むしろ良い話ばかりだ。穏やかで魔術に明るく、とても誠実な人柄だと。

だからエディンビアの領民達は歓迎していた。愛すべきエリザベート嬢の婚姻相手としてなんの不足も不安もないからだ。

「……」

トリシアの左に立つルークは何も言わない。ただぼんやりとエリザベートを眺めている。

「……!?」

「どうしたの？」

一方トリシアの右手にいたレイル達傭兵は、冷や汗を浮かべながら固まっていた。

「え!?　ん!?　あれが例のエリザベート様だよな!?」

「そうだよ」

そして我に返ったように三人ともアワアワと挙動不審な行動をとり始める。青ざめ、頭を抱え、あーとかうーとか声が漏れていた。凄腕傭兵団のエース達の姿には到底見えない。

「ヤベェ……俺、ナンパしちゃった……」

「俺、おじょーちゃん！　なんて揶揄って軽々しく呼んじゃった……」

「つーか団長知ってたんじゃね⁉」

「ありえる……」

レイル達の話を聞くと、どうやら昨日、エリザベートはトリシアに会う前に傭兵団を訪ねていたのだ。

「実力を試したいから手合わせしてくれって言ってきたんだよ」

「副団長がそういう殴り込みみたいなのはよくないって諭してたな……」

「そもそも冒険者みたいな格好してたし、入団希望なのかと思ったのに」

下を向いてボソボソと、侯爵令嬢に対して失礼な振る舞いをした理由を言い訳のように話し始めた。

「あなた達、騎士団長にも会ってなかったの？　そっくりよ？」

この三人はあの傭兵団の中でトップクラスの実力を持つメンバー。依頼人の情報くらい知っていてもよさそうなものだとトリシアは呆れるような表情になる。

「俺達お偉方と会ったりしねーんだよ。そういうのは団長と副団長の仕事！」

「とは言っても明日から会うけどな！　ダンジョンの新ボス対策するからって……」

「ヤベェよマジでどうしよ……」

エリザベートをナンパしたというリードはこの世の終わりのような顔になっていた。自分が一番マズイことをやらかしたという自覚がある。

「あの方なら気に入らない奴がいたらバッサリ切ってそうだから大丈夫じゃない？」

「慰めてくれるの⁉　優しい～！　ねぇこのあと暇……じゃないな！」

トリシアの背後からただならぬ気配を感じ、リードは早々に引き下がった。

エディンビアでの初めての祭りを満喫したトリシアは、ご機嫌に夜の海辺をルークと散歩していた。

領城の方を見るとあちこちの窓から明かりが漏れている。波の音の合間には優雅な音楽も。しばらくそうしていると、トリシアは本日の主役の心情がどうにも気がかりになってくる。

（エリザベート様、今の生活が辛いのかな……）

所変われば苦労も変わるのだ。

夏も終盤。トリシアがエディンビアにやってきてすでに四ヶ月経っていた。

「ついに終わったわ！　いや、ついに始まるのよー！」

「お！　ついにか！」

この日まで一ヶ月以上、暇さえあれば打ち合わせをしていた貸し部屋の間取り図がついに完成したのだ。

「決めちゃった！　決めちゃったわ！」

「思ったより早かったな」

「でしょ？　スピンさんにも言われた！」

トリシアにはこれまで散々書き溜めた願望日記のメモがあったので、あとはその中からどれをどれだけ現実にするかを決める作業だった。もちろん、予算と相談しながらだったが。

「ああ～どうしよう！　早くできないかな～！」

ソワソワと気持ちが落ち着かない。落ち着かないからずっとギルドの治癒室の中をぐるぐると歩き回っている。

「良い報告聞けたし、そろそろ行くかぁ」

「はーい頑張って～！」

ニコニコと機嫌よく手を振ってルークを見送った。彼は今、来月おこなわれる予定のダンジョンの新階層攻略へ向けて領の騎士団や傭兵団と合同の訓練に参加している。

今ダンジョン内にいるボスは内部にいる魔物の排出率を上げ、さらにその魔物達を強化する能力があることがわかっていた。

(結局、数対数なのね～)

数の力で魔物を捌き、主力でボスを叩くのだ。もちろんルークはその主力にあたる。

この街にやってくる冒険者の数も日に日に増えていた。前回のようなおこぼれ狙いも多いが、彼らはボスが倒され、新たな階層が現れるのを待っている。

新たな階層には新種の魔物や新種の素材が出てくる可能性が高い。そういった素材は発見されてしばらくはかなり高値で取り引きされる。

「すみません！　三人来ます！」

浮かれているところでゲルトに声をかけられ、トリシアは急いで治癒室のベッドを整える。

「トッドさん!?」

「うっ……あぁトリ……シア……?」

「うぁぁぁうぅ……」

「助かる……よかった……助かる！」

トリシアがよく知っているパーティだった。ちょうど彼女がイーグルとアネッタに追放された時、気遣って元気付けてくれた冒険者達だ。

一人は腕が腐りかけ痛みが強く、もう一人は毒でうなされていた。残り一人は比較的軽傷だったが、仲間の大怪我(けが)にかなり動揺し震えている。

まずは急いで毒が回っている二人を治す。トッドと呼ばれた大男はふぅと大きく呼吸を整えてすぐにベッドから起き上がった。もう一人はやっと苦しみから解放されたからか、寝転がったままぼぉっとして天井を見つめていた。

「流石トリシアだ！　助かったよ！」

トリシアは笑顔を向けながら残り一人の治療をする。ショックを受けた表情で、傷だらけだが特に問題はなさそうだ。

「すまねぇ！　俺がドジふんじまったせいで……」

「いやあれはお前じゃなくても同じ結果になってたって！」

「そ～だぞ～」

まだ寝転がっている方もすかさずフォローを入れていた。こんなことがあってもお互いを思いやるとてもいいパーティだ。

「俺達来月Ｂ級に上がるんだ」

「わぁ！　おめでとう！」

彼らは長くＣ級で頑張っていたことをトリシアは知っていた。まだ彼女がパーティに所属していた時はお互い切磋琢磨して冒険者としての経験を積んできた仲だ。だからトリシアも彼らの昇級は自分のことのように嬉しい。同時に、信頼し合う彼らの姿が少しだけ羨ましくも。

「お祝いに今さっきのヒール奢るわ！　ギルドの職員には伝えとくから」

「いいのか⁉　高額だぞ⁉」

（あの時のお礼、全然できてなかったし）

追放されて息を切らしたルークがやってくる前も、トッド達のような冒険者がずっとトリシアを気にかけてくれていた。トリシア以上にイーグル達を怒ってくれた。あの時は平気を装いながらも余裕がなくて、ちゃんとお礼ができないままだったことがずっと気になっていたのだ。

いくらトリシアでも滅多にこんなことはしない。そんなことをすればいつか自分の身を滅ぼすことになるのはわかっている。それなりの相手と理由が必要だ。

「Ｂ級に上がるからって浮き足立っちまった。少し深く行きすぎたんだ」

「それで帰ってこられたんだから、やっぱり実力はついたのよ」

奥に進んだまま帰ってこない冒険者は少なくない。

「運び人の奴隷がいっぱい死んでてなぁ」

「奴隷だってわかっててもよ。あんまり見たい光景じゃないわな」

「冒険者も何人か……タグだけでも持って帰ってやれたらよかったが」

「逃げるのに必死だったからなぁ……」

ここまで大きな怪我をしたのは初めてだったらしく、死を覚悟したショックもあったのかまだ少ししんみりとしている。

「あなた達が生きててくれてよかった」

トリシアはハッキリとトッド達の目を見て告げた。彼女にも彼らの気持ちは痛いほどよくわかるからだ。前世の世界よりよっぽど死の近い世界でトリシアは生きている。

誰かの死を感じながら必死に生き残るために走ったことが彼女にもあった。そうしてその後生まれる罪悪感も知っている。しばらく夜眠れなくなるほど頭にこびりつくものだ。だから、ただ彼らが生き残ったことを自分は喜んでいると伝えたかった。今大切なのはそこだと。

「……そうだな。ありがとよ！」

その気持ちは確かに伝わった。彼らは少しずつ穏やかな表情を取り戻し、心の傷まで気にかけてくれるトリシアに感謝した。


冒険者ギルドでの仕事を終え、トリシアは中央広場へと向かう。今日は定期市が開かれており、そこには古道具や家具などもよく出ていた。

(スピンさんの職場に感謝ね)

トリシアが買い集めた貸し部屋用の家具をバレンティア工房の倉庫で事前に預かってもらえることになったのだ。

(ベッドは作ってもらうことになってるけど、後のは全部ここで調達するわよ！)

だいたいのモノはこの市で揃う。そのくらい多くの品物があちこちにあった。

「うわぁ～ソファってかなりするのね!?」

店主に値段を聞き、腕を組んで悩み始める。

（う～ん……ベッドじゃなくてソファに転がりたい時もあるし……それぞれの部屋に置きたいんだよなぁ……）

フカフカとは程遠い座り心地だが、クッションでも置けばいいと、トリシアはその辺りを気にしていない。

「そりゃ貴族の家から払い下げられたようなのしかないからな。そんなたくさん出回るわけでもないし、欲しいなら早目をおすすめするよ」

「うーん……」

「でもあんた冒険者だろ？　ソファなんて使うのか？」

店主はトリシアの真剣な眼差しから冷やかしではないとはわかったようだが、同時に彼女の服装を見るとどうしても疑問を抱かずにはいられなかった。

「ねぇ。ここに出てないのもあったりする？　こぅ……寝っ転がれるタイプのが欲しいんだけど」

「ああ。でも補修も終わってないからな～出すなら次の市になるぞ」

「補修途中でもかまわないの！　数があるならまとめて買うから少し安くならないかしら」

店主はやはり怪しんでいたが、トリシアがキチンと前金で払うと約束したのでそれ以上追及しなかった。

（はぁ～買っちゃった！　でもこれでまた一歩理想の部屋に近づいたわ！）

目的のものが買えた満足感でホクホクと胸を満たしながら他の店を覗く。市は一期一会の出会いが多いので、貸し部屋に必要な物を見逃すわけにはいかないと、余計なものまで購入する自分に向けて言い訳をする。

「奴隷市もう終わってんじゃん！」

通り過ぎる冒険者達の声が聞こえた。

「騎士団が討伐に出るって話だし、運び人用の奴隷が人気なんだろ」

「いやでも、余ってる奴いるぞ？」

「あーアレは仕方ないだろ……ボロボロだし。……娼館でも引き取らねぇだろうな」

トリシアはいつもならあまり目を向けない。前世の倫理観が働いてどうにも辛くなるからだった。

なのに今日はどういうわけかその奴隷を見てしまった。そしてその瞬間、目が合う。

結論から言うと、トリシアはその奴隷を買った。

そして急いでまた決まったはずの図面を直してもらいにスピンの工房へと走るのだった。

◇◇◇

トリシアが買った奴隷は痩せ細り、顔が焼け爛れ、まともに喋れない状態だった。足も引きずっていて、この街で今、最も需要のある運び人として使うには回復師にかなりの額を払う必要があるのは明らかだ。

しかも怪我をしてしばらく経つのだろう。足の骨は曲がったままくっついてしまったのか、動作に違和感も見られた。そうすると並のヒーラーでは綺麗に治すのは難しい。回復魔法は怪我をした直後が最も効果を得やすいとされている。時間が経てば経つほど、回復魔法の難易度は上がるのだ。

「罪状は？」

彼女は犯罪奴隷として売り出されていた。

債務奴隷、所謂借金奴隷は自身の借金を買い主に肩代わりしてもらっている状態で、肩代わりしてもらった代金を労働によって返済し終えれば自由になれる。実際は労働単価がかなり安く設定されているため、自由を得るのはかなり困難だが、待遇は犯罪奴隷よりもいくらかマシではある。

だが犯罪奴隷は死ぬまで奴隷だ。人間的な扱いをしなくても許された。ただ唯一、奴隷といえども故意に殺すことは許されない。それ以外は必要最低限の衣食住を与えればいいとされている。

「姦淫の末に相手の奥方……女子爵に大怪我をさせたとなっている」

奴隷商が書類に目を落とし、書かれた内容を不愛想に読み上げる。トリシアのことをただの冷やかしだと思っているのだ。そのくらい奴隷の状態が悪い。不良品とわかっていてわざわざ買う人間などいるわけがない。

（相手の言い分をそのまま受け取ったらとんでもない悪女だけど……）

奴隷の女が急いでブルブルと首を横に振る。奴隷に落ちた今となっても自分の罪を否定し続けているのだ。

（貴族相手じゃまともな裁判なんてなかっただろうし）

残念ながら冤罪の末に奴隷となる者はいる。特に貴族相手だとそういうことは多々あり、それは周知の事実だった。だからトリシアはその罪状をそのまま受け取る気にはとてもならない。

「取り調べに魔法契約は？」

「あの奴隷は平民だぞ……」

奴隷商は呆れるような物言いだ。嘘(うそ)をつくのを禁止する魔法契約を使う方法だってあるにもかかわらず、平民相手に一切コストはかけなかった。

(犯罪奴隷って本当に闇だわ……)

平民であるトリシアにとっても他人事(ひとごと)ではない。

彼女の首元には犯罪奴隷の証(あかし)である消えない奴隷印が押されている。

「拷問でも受けたの？」

痛々しい姿の奴隷の外見に言及した。拷問されてしかたなく冤罪を認めたのかと思ったのだ。

「顔と足は女子爵がその奴隷に襲われ抵抗した際にできた傷だと書いてあるな。背中の傷は鞭(むち)打ちの跡らしい。こちらは取り調べの時の傷だそうだ」

「んん？　どういうこと？」

どうやって大怪我した女子爵がこの奴隷をここまでの姿にしたのかトリシアには想像ができない。

(えーっと女子爵は大怪我を負いながら、この奴隷の顔を焼いてボコボコに殴って足を折ったってこと？)

打撲痕も女性の拳(こぶし)の痕には思えない。なにか鈍器を使ったのだろうと、それなりの期間冒険者をやっているトリシアにはわかった。

女子爵が負った大怪我というのがトリシアが思っている怪我の程度と違うのか、平民に口なしか……実際この奴隷は喋れないようにされている。

(傷が顔に偏ってるわね……)

この奴隷が奴隷に至った経緯に疑問を抱きながら奴隷商の顔を見る。

「こちらに聞かれても困る」

奴隷商はただの仲介だ。彼が彼女を奴隷にすると決めたわけではない。平民に犯罪奴隷という刑を下すかどうかの最終決定は、各地の領主に委(ゆだ)ねられている。

(そう考えればその女子爵相手に抵抗できる話でもないわよね)

被害を受けた本人が決定を下すのだからどうやったって逃げられない。

渡された彼女に関しての記録を読みながら、トリシアはハッと顔を上げた。これはマズイと思い始めたのだ。

(同情したらダメ！　彼女を買ってどうするの!?)

少し離れた所で別の奴隷商と、娼館の主が数人、それに多くの運び人達を雇っている『運び屋』が交渉していた。『運び屋』はダンジョン近くの西門に店を構えている。そこで冒険者は荷物持ちの奴隷を借りて(レンタルして)ダンジョン内に入ることもあった。

「安くしとくからどこか引き取ってもらえんだろうか？」

故意に殺すことが許されない以上、買い主がいなければその間その奴隷の面倒を見なければならないのは売り主の奴隷商だ。

「いやぁこれは墓代を逆に払ってもらわんと。足もまともに動かせないじゃないか。アレはもう死ぬのを待つだけだろう……こちらだって気分のいいもんじゃないんだ」

「うちもねぇ。おそらく元は上玉だったろうからもう少し早く届けてくれていたらヒーラーを雇ったんだが……」

他の買い主達も同じように頷いている。

これだけ大怪我をして使い物にならない奴隷が生き残っているのも珍しい。奴隷として売り出される前に死んでしまう者もいるのだ。彼らがヒールを受けることなどないのだから。

「運んでくる途中で死ぬものだと思ってたんだがなあ」

さっさと死んでほしいと思われているその奴隷は震えていた。彼女だって奴隷になる前から奴隷の行く末は知っている。

すがるような瞳の奴隷と目が合った。

(だめ！　冤罪じゃないかもしれないのよ！　だいたい姦淫ってだけで無理無理無理！)

一生懸命自分に言い聞かせた。

(でも……冤罪だったら……？)

どうしてもその考えに行きついてしまう。

「トリシア？」

声をかけてきたのは同じヒーラーのアッシュだった。脇に定期市で購入した分厚い古書を何冊も抱えている。

「あー……」

彼はトリシアと例の奴隷を見てすぐに状況を把握した。

「……買うのか？」

「買う理由を今考えてるんです……」

トリシアは正直に吐き出した。もうどうするかの答えが出ているのにもかかわらず、あと一歩踏み出すには理由が必要だったのだ。

そうしてアッシュは、いつも楽しそうな彼女には珍しい、苦悩に満ちた表情を見てつい助け舟を出してしまった。

「プハハ！　そんなこったろうと思ったけど。まあお前なら治療費代もかからないしな。あの奴隷はまだ若いみたいだし、必要なくなればまた別のところに売ればいいさ」

奴隷はただの物扱いだ。特にエディンビアのような大都市ではいつでも売り買いできる商品の一つになっている。

(あのS級にどやされそうだな)

アッシュはトリシアに見られないようにほんの少し苦笑した。

「貸し部屋付きの使用人にでもすればいい。箔が付くだろう」

「そうだ！　管理人！」

一方トリシアの方は名案が閃いたとばかりに顔がパアっと晴れた。

「アッシュさんありがとう！」

そうして奴隷の方へと走っていく。

「奴隷と少し話しても？」

奴隷商はどうぞと返事をした。先ほどから質問攻めのトリシアが買ってくれるのではと今は期待をしているのがわかる。

「あなた。あの罪状の内容は本当？」

うーうーと呻くように首を横に振った。

「嘘を言ってはダメよ。私が買えば結局あなたは真実を話すことになるんだから」

正式な買い主により奴隷印を押された時点で、彼らは主人を害することはできない。絶対服従。そういう強力な魔法契約による縛りが発生する。

奴隷の女は涙目で必死に首を横に振っていた。

(他人の運命をどうこうできるような人間じゃないけど……)

今日の夜、気持ちよく寝るにはどうすればいいか決まっていた。

「買うわ」

トリシアが奴隷の女に最初にかけた言葉は、

「あなたを私が作ってる貸し部屋の管理人として雇うことにします！　どうぞよろしく！」

だった。

◇◇◇

ルークは道中出会ったアッシュに広場へ行くよう言われ、何事かと思えばトリシアとボロボロの奴隷が噴水の縁に座っているのが見える。そうしてトリシアやアッシュの予想通り、彼女が奴隷を買ったことを知ったルークは驚愕(きょうがく)した。だが苦言を呈される事を覚悟して身構えているトリシアを見て、言いたい言葉の八割を呑(の)み込む。

「奴隷なんか抱えて大丈夫かよ……」

「……あの時無視するよりはよかったと思う」

ルークは彼女の性格がわかっていた。奴隷の主人としてきっちりと、そして必要以上の責任を抱え込むだろうと。ほかの多くの奴隷の主人のように、非情にはなれないことを。所有物として扱えないことを。

長いため息はついたが、トリシアと奴隷の魔法契約を引き受けた。スピンの時と同じくトリシアの秘密を絶対に他に漏らさないという内容だ。通常の奴隷契約に関しては、すでに購入のタイミングで奴隷商によっておこなわれていた。奴隷はその後も売買できる物だ。その時に備えて事前に手を打つには別途追加で個人的な魔法契約をかける必要がある。

トリシアはすでに奴隷の顎やのどの周りの治療を終えていた。彼女は久しぶりのまともな食事を、張りつめた表情でゆっくりと噛みしめながら食べている。

(まだ手が震えてる……そりゃそうよね……)

それだけ恐ろしい目にあってきたのとトリシアは胸がキュッと痛くなる。

「そんでこいつの寝床はどうするんだ？」

間もなくあたりは真っ暗になるであろう時間だ。

犯罪奴隷は家の中に部屋を与えられなかった。それは法で許されない。たとえ有力者やその親族が犯罪奴隷となったとしても、許されるのは物置小屋のような空間だけだ。

「とりあえずスピンさんのとこの倉庫に置いてもらえることになったの。貸し部屋の庭に小さな小屋も作ってもらうことにしたわ」

「お高い魔道具付きのか？」

いつものように彼には全てお見通しだった。

「さぁー！　明日からまたきびきび働くわよ!!」

だからいつものようにトリシアははぐらかすしかない。

奴隷の名前はティアと言った。年齢は十九歳で、女子爵の屋敷で下女として働いていたところ、子爵の夫に見初められてしまった。

「もちろん、強く拒絶いたしました。あの方が嫉妬深いことは周知の事実でしたので」

だが結局、嫉妬に狂った女子爵によって顔を焼かれてしまった。殺意を持った炎の魔術で。ティアは屋敷中を逃げまどい、玄関ホールに繋がる階段まで辿り着いたが、今度は鈍器で狙われた。なんとか立ち向かおうと女子爵を掴んだが、最後は足を踏み外し一緒に階段を転がり落ちてしまったのだ。

(抵抗したのはティアの方じゃん!)

案の定、女子爵の嘘八百がわかり、トリシアは悔しいやら腹立たしいやら、ギュッと拳を握りしめた。

「ちょうど玄関に他家の貴族がいらしていて、子爵が先に手を出したところを見られていたおかげで死罪だけは免れましたが……」

トリシアは奴隷になった経緯について嘘をつかないでとお願いしている。だから彼女の話を聞いてとてつもなく苦しくなった。

「倉庫の扉は内側から鍵をつけときましたからね！　安心して寝てください」

スピンが気を利かせてくれていた。トリシアはあえてまだ顔の傷は治していない。変な輩に狙われる確率を少しでも減らすためだ。

「ありがとうござ……い……ます……」

ティアは目に涙を溜めながらお礼を言った。このような人間的な扱いをされたのは久しぶりなのだ。ティアはここまできてようやく自分はあの悪夢から少し抜け出せたのだとわかった。もう自分がただ死ぬのを待つような目を向けられることはない。

トリシアはスピンがティア（犯罪奴隷）に紳士的な対応をしたことにとても驚いた。残念ながらこの世界では奴隷は当たり前。そうして彼らは人として扱われないのが当たり前。珍しくはない。トリシアの前世の世界とは価値観が大きく異なる。

「おかげ様で追加のご注（管理人用の小屋）文をいただいたので」

などと冗談を言いながら笑っていたが、

「僕達も仕事で奴隷を使うことがありますからね。本当の罪人かどうかはわかりますよ」

いつも通り、穏やかな笑顔だった。

「じゃあ今日はとりあえずゆっくり休んでね。明日朝また来るから。ちゃんと鍵はかけてね！」

トリシアは久しぶりに誰かの面倒を見ているせいか、後から後から気になることが出てきている。

「寒くない？　何か軽食置いとく？　あ！　水を用意しとかないと！　着替えはまた明日予備を」

「そろそろ休ませてやれよ……」

それをルークが途中でやれやれと呆れながらトリシアの肩に手を置く。トリシアが、でも、と言いかけたところで、

「体は治せても気持ちはまだ落ち着かねぇだろ」

「そ、そうね……」

トリシアの気持ちも奇妙に昂（たかぶ）って空回っていた。何しろ人を買ったのだ。とんでもないことをして

しまったかも……という後ろめたい自分の気持ちを誤魔化そうとしていた。

（建物を買った時とはまた違う……）

人生で一番大きな買い物をした時もドキドキとしたが、これとはまた全然違った。

それは自分の倫理観に大きく反することをしたからだ。と、トリシアはティアの目をまだしっかりと見つめ返せない自分に気が付く。

（あれだけ奴隷からは目を背けてこれまで生きてきたのになぁ）

折り合いをつけられない現実をただ避けていた。だがもうあれこれ考えても仕方がない。ティアを買ったのだ。奴隷の主人になったのだ。その事実は変わらない。

（なら私が彼女とどんな関係を築くか決めてもいいのよね）

そう開き直ることにした。

買われた方はというと、トリシアの苦悩など知らず、ただ善良な主人のためにいい奴隷であろうと心に誓っていた。

「……ご主人様に救っていただいた御恩、命をかけてお返しいたします」

改めて深く深く頭を下げるティアだった。

「いやいや！　私はあなたを従業員の一人として雇ったつもりでいるから！　必要以上にかしこまらないでね」

そういうわけにはいかないのはわかっているが、そういうことにしておきたいのだ。

ティアを買った最初の数時間は、あれこれ考えても仕方ないと自分に言い聞かせているのに、やってしまった……と『後悔』という単語が何度か頭に浮かんだトリシアだったが、夜寝る前になるとどうにか少し気持ちが落ち着いてきた。

(考えてみれば絶対に裏切らない味方ができたってことじゃん!?)

噂では、とある大金持ちは自分の周りにいる人間すべてを犯罪奴隷にしているなんて話も聞いたことがある。

犯罪奴隷との絆は長い年月を使って積み上げてきたイーグルとは違い、強制力が働いている関係だ。それがわかっていない彼女でもない。それでもまた誰かを信用し、信頼される人間であろうと思えるようになったことが嬉しかった。

トリシアはティアが恐怖で震えながらも、決して不当な罪を認めない強さを尊敬した。女子爵に立ち向かう根性（強さ）も気に入っていた。

そうして、トリシアが作り上げる貸し部屋に住む人がまた一人決まったのだった。

幕間3

エリザベート・エディンビア。ここの領主の末娘で、すでにトリシアとは縁がある。

彼女は先ほど、領主である親から勘当通告を受けた。理由はこの領のために行動することを拒否したから、というものだ。

エリザベートは第二王子リカルドとの婚約を頑なに拒否した。別にリカルド本人を嫌っていたわけではない。彼とは話も合い、優しく穏やかな雰囲気も好きだった。王子のその態度は、エリザベート本人の強烈な強さを知っても変わらなかった。

ただ、彼女は戦いたかった。何よりも得意なことだったからだ。自分は戦うことでこの領に貢献できると信じてやまなかった。それが王族との婚姻よりよっぽどこの領地のためになると。

「一匹でも多く魔物を倒せば、父のように無念な死を迎える者が減るかもしれないわ」

父の肖像画の前で、今でも寂しそうな瞳になる母と兄達を彼女は何度も見ている。

「だからとりあえず逃げることにしたのです。婚約から」

彼女の部屋で、悪びれずに脱走のことを話すエリザベートにルークはため息をついた。一度城から逃げ出した彼女は、あれからも何度か脱走しようと画策していた。全て失敗に終わったが。この日も城の壁をよじ登っている途中、ルークに捕まった。王子の護衛の仕事と兼ねて、高レベルの冒険者と傭兵達、兄である騎士団長が代わる代わる護衛という名の見張りをしていたのだ。

　リカルド王子が王都に戻る日程が決まり、ついにそれも最後になった。

「あら、貴方にため息をつかれるいわれはないわよ」

　エリザベートは少し面白そうに口角を上げた。

「貴方だって私との婚約を避けるために逃げ回ったじゃないの」

「……」

　ばつの悪そうな顔をしてルークは黙り込む。

「冒険者になりたいだなんて仰っていたけれど、もっと大事な理由を教えてくれなかったなんて不誠実ではなくて？」

　ついにはクスクスと笑い始めた。

「エドモンドお兄様はあれからまたあの方に会ったのでしょう？」

「ああ。お前がゴロツキをいたぶった件の口止めが必要だったからな」

　トリシアはエリザベートの成人を祝う祭りの後、領城へ呼び出されていた。そこでエリザベートを連れ戻した報酬の支払いと、エリザベートが悪漢相手に大立ち回りした件を口止めされたのだ。領主の末娘の強さをそのことを知らない者へ伝えてはならないと。魔法契約まで使って。
「城を抜け出された件はよろしいのですか？」

トリシアは予想以上の報酬額に浮かれて踊りだしたいのを必死に抑えていた。魔法契約くらいいくらでも受けて構わないという意気込みをアピールする始末だ。

「そのことはすでに知れ渡っている。今更口止めもできまい」

兄である騎士団長はやれやれと深く息をついていた。

婚約者候補と噂されている第二王子リカルドがいるにもかかわらず城を抜け出したのだ。その理由はどこの誰も簡単に予想ができた。

「……あの見た目だ。妹に夢を見ている貴族は多い。エリザベートの強さを知って眉をひそめる令息もいるが……そんなのは今更だ。昔から領地のための婚姻を結ぶよう言われ続けていたのに……いったい何を考えているのだか」

トリシアとはすでに秘密保持の魔法契約を結んでいたからか、それとも彼女があの気難しいS級冒険者の信用を勝ち得ていたからか、騎士団長ともあろう人間がつい愚痴のようにこぼしてしまう。しまった！　と顔を上げてトリシアの方に視線をやると、彼女は彼の言動を何一つ気にしていないように見えた。ただ、

（確かにあの見た目は身内贔屓なしにしても綺麗よね～）

と、一人で勝手に納得していた。

エリザベートのあの強大な力は一般的には隠され続けていた。貴族の結婚に自由恋愛などほぼありえない。少しでも良い条件、よい家と有利に婚姻を結ぶために教育されていた。エリザベートもそうだ。トリシアもその程度の貴族の常識は知っている。

「エリザベート様のお強さも魅力の一つだと思ってくださる方が現れるといいですね」

ご令嬢の必要ステータスに『武力』は含まれないことも、トリシアはわかっていた。

(あの戦う姿、美しい上にカッコよかったけどな~やっぱりマイナスポイントになっちゃうのかな……。貴族の美意識は私にはわかんないわ)

第二王子側がこの婚姻に乗り気だとは知らないトリシアは、騎士団長の口ぶりから彼女が王子と馬が合わないのだと勝手に判断した。きっと第二王子が彼女の『武』をよく思っていないのかも、と。だからこそエリザベートは逃げ出したのだと。

「……」

「あ! し、失礼いたしました……余計なことを申しました……」

兄である騎士団長が無言になったのでトリシアは慌てて謝罪する。平民が口出しなど言語道断だったと、自分のおしゃべりな口が恨めしい。

「いや、確かにあの強さが嫌厭(けんえん)される方が納得いかんな」

フッと優しく笑った。何はともあれエリザベートのあの強さを認めてくれる人間がいてよかったと。そこに少しだけ家族愛を見たトリシアは、この領地を治めるエディンビア家の人気の理由がまた一つわかった気がした。

兄と妹が不敵な笑みで見つめ合っていた。大きな窓から涼しげな風がエリザベートの美しく長い髪を揺らす。

「領主(母上)から伝言だ。エリザベート、お前はＳ級冒険者になるまでこの城に戻ってくることは許されない。お望み通り、武力でこの領地に貢献するんだ」

騎士のような振る舞いで頭を下げたエリザベートは誰よりも勇ましく美しかった。

「領主様の仰(おお)せの通りに」

《願望日記4》

星海(せいかい)の月　二十一の日

　とんでもない買い物をしてしまった。あれほど避けていた奴隷を買ってしまった。罪悪感がヤバイ。だがおそらくあれでよかったのだ。というか、そう思わなければやってられない。くよくよ悩んで過去が変わるわけではない。この件はスキルを使ってなかったことにはできないのだ。

○冒険者専用の貸し部屋業でのんびり不労所得計画　メモ　追加手配
・管理人用の小屋（コテージみたいな）

　奴隷が通常の建物内で寝泊まりは許されないというのは知っていたが、どの程度が悪いかの線引きは知らなかった。奴隷商からは、奴隷でない人間と同じ建物内で寝なければいいと教わって疑ったが、スピンさんも同じことを言っていた。身の回りの世話をするのに不便では？と思ったが、他所(よそ)では人間がいる建物内にいる間、奴隷は夜中でも常に立たせていると聞いて気が滅入った。

　私はできるだけ彼女に、私達と変わらない生活をしてほしい。これに関しては、偽善だろうがエゴだろうが知ったことではないと開き直ると今決めた。決めたのだ。この話はここまで！

星海の月　二十二の日

昨日書こうと思っていた内容をせっかくなので忘れないうちに記しておく。

○冒険者専用の貸し部屋業でのんびり不労所得計画　メモ　最終決定
・部屋数　全六室＋ゲストルーム二室（各階三室＋ゲストルーム一室）
・基本間取り　玄関／荷物置場／手洗い場／トイレ／風呂／キッチン／リビングダイニング／寝室
・大きなベッドを特注

さあ、願望が現実になるぞ！

第四章　入居者

Ichatsuku noni jama dakara to party tsuihou saremashita!

トリシアがエディンビアに来て五ヶ月が経った。貸し部屋用の建物は順調に改修作業が進んでいる。

「よくもまぁバレないように短期間でこれだけ資材を貯めたな」

「いやぁ今いい魔道具が出てるんですよ～」

そう言ってスピンは少し大きめのチェーンソーのような物を嬉しそうにルークに見せる。この道具を使いトリシアがスキルで初期状態に戻した建物の床材を何度も綺麗に取り出していた。

作業をおこなったのはトリシア、ティア、スピンと彼の連れてきた作業員達、それから時々ルークだった。

エディンビアで土木建築工事に駆り出される作業員は、主に元冒険者や傭兵、兵士として働けなくなった者達だ。冒険者ギルドに日雇いの派遣会社のようなシステムが作られており、冒険者として再起不能になった者や引退した冒険者の再就職先の窓口となっている。

「最近では職人ギルドとも連携して運営を始めようって話も出てるんです。元兵士や冒険者は体力がある人が多いので」

僕よりも、とエへへと可愛くスピンは笑っていた。

今回スピンが連れてきた作業員は自身が関わった仕事を口外することを禁ずる強い魔法契約が結ば

れている。その分人件費も上がるが、どう考えてもスピンとトリシア、そしてティアだけでどうこうなる量ではないのでスピンがあらかじめ解決方法を考えてくれていたのだ。

「実力も人柄も親方お墨付きのメンバーなので大丈夫です！　なんと言ってもこのメンバーはうちの工房と直接雇用の交渉まで始めてますからね」

スピンは心配するルークのあしらいも日々うまくなっている。

「貴族や商人が絡む建物の仕事だってあるからなぁ。金庫付近の作業なんてだいたいが重労働だぞ。人数いるんだよ」

「まあ誰とは言えんが、秘密があるって人間はそれなりにいるんでな」

「喋(しゃべ)れば文字通り俺らの首が飛ぶからよぉ。その辺は安心していいぜ」

作業員達は慣れた様子で、毎日不思議と新たに現れる床や柱を取り出すために現場に入っていった。

「それじゃあ改修の方、よろしくお願いします！」

「はい！　任せてください。皆さんお気をつけて！」

そうしてトリシアが揃(そろ)えられる資材が集まった頃、エディンビア領の騎士団、傭兵団、そして冒険者そろい踏みのダンジョン攻略作戦が決行された。

「ダンジョンの一つの階層を攻略するだけでこんなに大変なんですね」

ダンジョンの入り口近くに作られた救護室代わりのテントから、ティアは目を丸くして物々しい雰囲気の兵士や冒険者達を見ていた。トリシア達冒険者ギルドの常駐ヒーラーは、これから二週間ほどここが拠点となる。

「今回は相手が悪いからね。冒険者の街(エディンビア)としても強すぎる敵は困るのよ。魔物の素材が採れないのは死活問題だし」

ティアは穀倉地帯の小さな領で暮らしていた。冒険者とは無縁の生活だったためか、いまだに驚くことも多いようだ。この頃にはすでに顔の傷も綺麗に治し切っており、彼女が女子爵の夫に見初められた理由がよくわかるようになっていた。

「よぉティア！　お前も来たのか！」

「ティア！　トリシアにいじめられたら俺のとこ来てもいいんだぜ」

バター色の柔らかい金髪はまだ短い。元は長かったという話だが、例の女子爵に襲撃された際、一部が燃え不揃いだったので綺麗に切りそろえたのだ。

『ごめんね。髪の毛もなにもなかったみたいに戻せるんだけど……その……』

焼けただれた皮膚の再生や骨折の治療はヒールでなんとでもなる範囲だ。だが一度伸びた髪の毛まで元に戻る魔術はトリシアが知る限り存在しない。彼女のスキルを隠すため、ティアを元の姿に戻さないことに、トリシアは罪悪感が湧いていた。

『そんな！　ここまで治療していただけただけでどれほど楽になったか！　髪などすぐに伸びます』

ティアはトリシアの申し訳なさそうに頭を下げる姿に心底驚いていた。つい最近まで赤の他人だったのだ。そんな自分に細かなところまで誠実であろうと心を痛めてくれる彼女に対し、よりよい奴隷であろうと、全くトリシアの望まない方向にやる気を出しはじめた。

ティアは大きな淡いブラウンの瞳にすらっと長い手足を持ち、背筋はいつもピンと伸びている。奴隷印が見えるにもかかわらず、あっちこっちから声をかけられた。

「なぁ今度飲みに行かねぇか？　もちろんオレの奢り！」

デレデレとした顔で主人を前に堂々とナンパする輩すらいる。

「あんた達、ティアに指一本でも触れたらもう二度と治してやらないからね！」

「わかってるよぉ～そんな怖い顔すんなって！」

ヘラヘラと笑いながらも、冒険者達はトリシアの背後から感じるS級の男の気配を思い出した。すでにエディンビアの冒険者界隈ではトリシア関係にちょっかいを出してはいけないという暗黙の掟が周知され始めている。

「母が行儀作法に厳しい人だったのです。そのおかげで領主の屋敷で働けたと思っていたのですが……」

かなりの美貌の持ち主にもかかわらず、ティアは決してそれを鼻にかけることはなかった。真面目で実直でとても律儀だった。お堅い、という表現が似合う女性だ。

「ご主人様、お部屋は整えておきました。いつでもお休みいただけます」

「ありがと。やっぱり初日は仕事なかったわねぇ」

「これが数で圧倒するということですか？」

「そうだね。うまくいってるみたいでよかった」

この〝ご主人様〟呼びにはいまだに慣れないトリシアだったが、好きに振る舞ってとお願いした結果なので、今更やめてくれとは言えない。

（その呼び方やめて！　って言ったら命令になっちゃうし……）

トリシアは主と奴隷ではなくただ単純に仲のいい関係になりたかったが、なかなかそうはいかないということを実感していた。

（主従契約っていうのが大前提にあるしなぁ）

だが急いで関係を変える必要はない。トリシアの貸し部屋経営はこれからだ。それがうまくいく限り、彼女とは運命共同体。関係を変える時間は十分ある。

辺りもだいぶ暗くなってきた。だが絶え間なく冒険者達がダンジョンを出入りしている。魔物の買取所も西門の外にテントを張り、二十四時間態勢で受け入れていた。

「トリシア～交代だぞー」

救護用テントの外から声をかけてきたのは、Ｃ級ヒーラーのチェイスだ。先月エディンビアにやってきた、トリシアと同じソロのヒーラーだった。

『二十三歳まで自由！　その後は実家の治癒院を継ぐって約束で冒険者やってたんだよ』

その約束まであと半年。ちょうど別の街に拠点を動かすタイミングで、所属していたパーティと涙涙に別れたと、思い出してまたシクシク泣きながらトリシアに語った。その後トリシアがエディンビアにやってきた経緯を知り、ただひたすらに謝り倒したというエピソードを持つ男だ。

「アッシュさん大丈夫かな」

トリシアはダンジョンの入り口に目をやる。

「いやぁ～あの人、ヒーラーじゃなくて双剣使いとしてもかなりの実力だって聞いたぞ」

アッシュは今回騎士団に同行している。自身を守る術を持つ強力なヒーラーはとても貴重だ。

「せっかくご主人様がお作りになる部屋に入られるのです。生きて帰っていただかなくては」

「えっ！　例の部屋予約できんの⁉　俺も俺も！」

幸先いいスタートだった。すでにルークは一年分の部屋代まで払っており、アッシュは部屋の図面を見ただけでどの部屋に入るか決めていた。

「俺さ～ギルドの宿泊所、満室で入れてないんだよ……」

今エディンビアはこれまでに増して冒険者と商人で溢れており宿泊所が足りていなかった。そのせいで野営している冒険者も多くいる。チェイスはそれなりにギルドの常駐ヒーラーとして稼ぎを得ながらも、冒険者宿の大部屋ですし詰めになりながら眠るしかなかった。

「最後に冒険者宿を堪能しては？」

「それはもう十分味わったよ～」

ティアは無表情のままチェイスの目を真っ直ぐに見つめていた。

「ご主人様のお作りになる集合住宅では夜の商売をされている方の連れ込みは禁止です」

トリシアもティアもチェイスが毎晩のように女性に声をかけたり、娼館に通っているのは知っている。

「そ、そんな目で言わないでくれよぉ！　少しでも快適に眠りたいだけなんだって！」

必死に訴える彼を見てトリシアは笑った。

「ちょっと条件はあるけど快適な部屋を作ってるつもりなんです。よければ明日またこの話しましょ。おやすみなさい！」

◇◇◇

ダンジョンのボスは無事に討伐された。身の危険を感じたボスがこれでもかと強化スキルを使い、ありとあらゆる魔物達をより凶暴凶悪へと仕立てた結果、次から次へと救護所へ冒険者に傭兵、兵士がやってくる結果にはなったが、今回はエディンビア騎士団と冒険者、そして傭兵団の合同部隊の勝利だ。

「相手も生き残るために必死になるからなぁ」

「強化スキル怖すぎだって～」

トリシアの手当てを受けながら、生き残れてよかったと傭兵のレイルや冒険者トッド達がしみじみと話していた。だがそれぞれ今回はいい収入になったようだ。生き残った者達はしばらく羽振りよく暮らせるほど潤っていた。もちろんトリシア達も。

「ヒーラーがこれだけ儲かれば積極的に回復魔法を極める魔術師も増えそうですよね」

「命もかけずにこんなに儲けていいのかな……」

「その罪悪感、わかります！」

チェイスとトリシアは慌ただしい救護用テントの中でそんな会話を繰り広げていた。

大きな戦功を上げたのは予想通り領主の息子であるエドモンド・エディンビア騎士団長、傭兵団のギルベルト・ガウレス団長、そしてS級冒険者ルーク・ウィンボルト。

「もうあいつらが怪物だろ。怪我もなしって……味方でよかったぜ」

だが一方で予想だにしていなかった冒険者パーティが名を上げた。E級冒険者パーティのドラゴニア姉弟だ。姉のリリと弟のノノは最近冒険者になったばかりだが、それぞれがA級に匹敵する戦闘力を持つ上に、抜群のコンビネーションで強化されたSクラスの魔物を討伐した。

「でもアイツら不気味だよな」

「話してるとこ見たことねーんだけど」

冒険者達にとっての気になる存在にはなったが、どうにも話しかけづらい空気を纏っていた。

「全然強そうに見えないのにな。気配を隠すのがうまいのか？」

「そうそう、強いやつ特有の雰囲気を感じねーんだよ」

綺麗な深緑の瞳を持った姉弟だった。年齢はトリシアと同じか少し下くらいに見える。

彼らは他の冒険者と交流することもなかった。姉弟で会話している姿も見られない。唯一彼らの声を聞いたことがある冒険者はトリシアだけと言っても過言ではなかった。

「……ありがとう……」

彼らは痛がるそぶりなど全くしていなかったが、それぞれ腕と足に大きな裂傷を負っていた。それを治療するトリシアにボソリと、だがちゃんとお礼を言ったのだ。

すでに話題の的だった姉弟はどうやら大体のことはアイコンタクトで済ませているのだとトリシアは気が付いた。

「やはりもう少し長めに撹乱すべきだった……思ったより敵の持ち直しが早かった……」

「うん……次に活かそう……」

小声の反省会が聞こえてきた時は驚きのあまり彼らの傷口の血を拭う手が止まってしまった。姉弟間でもどうやらボソボソとした会話らしい。それほど謎の二人組だった。

「出自が怪しすぎて騎士団も声はかけてないらしいぞ」

実力がある冒険者は騎士団や名のある傭兵団からスカウトがかかることがある。前衛を務める冒険者のセカンドキャリアとして人気があるのだ。あの姉弟はあれだけの力がありながら、いやあるからこそ冒険者になる以前、どんな生活をしていたか誰も知る者はおらず警戒されていた。

「あの二人、なんかカッコイイよね」

やっと救護用テントの混雑がおさまったと、端っこに座ってトリシアは休憩をとっている。ティアが持ってきてくれたスープと肉が挟まれたパンをモグモグと頬張っていた。

「……カッコイイってどこがだ？」

隣に座っているルークが眉をひそめる。トリシアが他人を褒めるのはいつものことだが、カッコイイなんて単語を出されては聞き流せない。いったいなにがどうカッコイイか。彼は知っておかねばならないのだ。今後の自分のために。

ルークの心の中の荒波など知る由もないトリシアは、まだニコニコとしている。

「ある日突然現れた。って、なんだか謎めいた物語が始まりそうな予感がしない？　それに二人とも綺麗な顔してたし」

彼らは中性的な顔立ちをしている。男女の双子だが、背もあまり変わらないので、髪の長さでなんとなくどちらが姉でどちらが弟か周囲は判断していた。

「お、おおお前、綺麗な顔が好きなのか!?」

「なによ急に……変なとこ食いつくね……」

ここでようやくトリシアはルークがなぜ真面目な顔をしてこんな質問をしているのか気が付いた。

「大丈夫。ルークも十分カッコイイよ。男前男前！　自分でわかってるでしょ？」

アハハと笑いながらルークの背中を軽く叩く。トリシアは彼のプライドに障ったのだと思ったのだ。

幼い頃、何気なくルークのその王子様のような見た目を褒めると、いつも大人びた彼が顔を赤くして嬉しそうに笑いながら照れていたことを思い出して。

（容姿なんて褒められ慣れてるかと思ったけどそうでもないのかな？）

それがトリシアからの言葉だからこその喜びだとは、言った本人は思い至ってはいなかった。

そうしてそんな二人のやり取りを少し離れた所で見ていたチェイスは、ちょっぴり苦笑しながらS級冒険者に同情するのだった。


トリシアがそんな話題の姉弟に懐（なつ）かれるのはそれからすぐのこと。

それはいつもの定期市の日。長らく冒険者達の苦戦の元凶だったボスの討伐から数日後、エディンビアの街はまだまだ熱気が残ったままだった。さらに無事新たな階層が現れたことも確認され、お祭り騒ぎは加速する。

「祝勝祭り（ボス討伐）はまた別にやるんですよね？」

小さな領出身のティアにとってはビックリするような賑（にぎ）わいだ。

「そのはずだけど……今日は本当にすごいわ！　こりゃゆっくり回れそうにないね」

「そうですね……」

「そろそろ寒くなるだろうし、古着だけ見に行こっか」

目当てはいつものように古い家具だったのだが、どうやら今回その手の店は出ておらず、いつも以上に冒険者向けの店が多く出店していた。

「ちょっとお客さん！　困るよ！」

ドスを利かせた声がトリシア達のところまで届く。そこには見たことのある人物が三人。たまに定期市に他領の特産品を出店している店主と例の双子が彼の店の前で揉めていた。いや、一方的に双子が怒鳴られていると言った方が正しい。

　リリは斧を、ノノは穂の部分が大きな槍を携えており、どうやらその武器が商品に当たって壊れたという設定のようだ。

「うちの商品をダメにされちゃたまんないよ！　きっちり払っていってもらわないと！」

「……いや……私達の武器は……当たっていない……」

「そんな大きな武器持ち歩いて！　ちゃんと気を付けてくれなきゃ！　うちの商品の価値、わかってんのか!?」

「……いや……そんな……」

　店主は姉弟の声が聞こえていないかのように、高圧的な態度で一方的に文句をつけている。

「げっ！　あのオヤジまたこの街に来たばっかの冒険者を食い物にしてやがる!!」

「くそ～助けてやりてぇけど証拠がな……」

「あれで元冒険者だっつーんだから世も末だよ……」

　Ｓクラスの魔物を倒した冒険者二人の見た目はまだ初々しさが残っている。『冒険初心者』だとこの街の人間ならすぐにわかるのだ。武器は立派だが、身に着けている防具がいたって標準的。それで駆け出しの冒険者だろうとカモとして目をつけられてしまった。実際、かっぷくのいい店主の男に怒鳴られてオドオドとした態度になっている。怖がっているというより、どうしていいのかわからないといった様子だ。

　地面に落ちているのは小さな香水瓶だった。中身が漏れ出ているのが見える。

（あの男！　また性懲りもなく！）

トリシアもこの街に来たばかりの頃、同じ店主に因縁を吹っ掛けられたことがある。弱そうだと思われ目をつけられたのだ。その時は店主とトリシアは怒鳴り合いの喧嘩になり、その騒動を聞きつけたルークの姿を見て、店主は一気に下手に出た。それ以来しばらくおとなしかったその店主は、この混雑した状況ならいけると踏んだようだ。

「ご主人様！　いけません！」

トリシアは鼻息荒く、その露店の方へずかずかと歩き出していた。それに気が付いたティアは慌てて主人に声をかける。

「大丈夫！　ティアはここで待ってて」

ティアはこんな表情の主人を見たのは初めてだったので、一体何をしに行くつもりかと先走って考えていた。

「……このような人がいるところでご主人様のお力を使っては……」

無表情が消え、顔に心配と書いてあるティアの方を見て、ピリついていたトリシアもふっと表情が柔らかくなる。

「あはは！　使わないよ～こんなところで！」

それこそ最近は急激に彼女の秘密を知る者が増えていたが、生まれてこの方このスキルを隠し続けた癖は変わらない。落ちた香水をなかったことにするなんて、そもそも頭にもなかった。

それにトリシアは双子を助けに行くというより、ただあの店主にまた文句を言わずにはいられなかったのだ。

（前世のクソ上司と似てるせいか余計にムカつくのよね！）

　トリシアだって生まれ変わってまでそんな男を思い出したくなんてない。世界を超えてまでこんな感情を持ち越すのもうんざりだ。今世は言いたいことは言っておかねば。

「ちょっと!!　アンタまだそんなことやってんの!?」

「げっ！　お前は……！」

　トリシアに気が付いた店主は、以前のことをまだしっかり覚えていた様子だった。気をつけろよ！　とだけ言うと、シッシッと犬を追い払うかのように、急いで双子を店の前から遠ざけようとする。

（強いのが出てくるとあっという間に手のひらクルッとするところもクソ上司と同じでムカつく……！）

　前世の気分の悪くなる記憶を呼び覚ましてしまったせいか、トリシアはどうにも怒りが収まらない。どうにかこの男を少しでもギャフンと言わせてやりたくなってしまった。双子は、突然乱入してきたヒーラーと突然態度を変えた店主を交互に見て、どうしていいかわからず固まっている。

「言っとくけどこの子達、Ｓクラス倒してるからね。アンタ程度瞬殺よ瞬殺！」

　指で首を切るジェスチャーをしながら、精一杯馬鹿にした調子で吐き捨てる。それにしても他人の力を使って強ぶる必要があるのがヒーラーの悲しいところである。だがそんなこと、今更気にするトリシアではない。

「それ本当のことだぞ」

「新人の姉弟の噂ぐらい聞いただろ」

「あっという間に階級も上がるだろうよ」

以前からこの店主の卑怯なやり口に腹を立てていた者は多い。そのせいか近くにいた冒険者達も追撃した。

「ヒッ⁉　まさか例のE級⁉」

「なんだ。知ってるんじゃない」

「そそそ、そんなこと本当にあるなんて思わねえよ！」

小さく悲鳴を上げると化け物を見る目をして双子を見た。元冒険者であれば、Sクラスがどういう存在かは理解している。

そしてどうやら商人らしく、E級がSクラスの魔物を倒した情報は聞いていたようだが、信じてはいなかったようだ。今回のボス討伐戦ではあちこちで真偽不明の武勇伝が語られていたので、その中の一つくらいに考えていたのだろう。

「ああああの！　し、失礼しました……私の勘違いだったようです！」

慌てていくつかの商品を袋に詰め、双子に無理やり持たせた。

「いい加減にしとかないとまた怖ーい人にキツめに怒られるわよ！」

「ヒッ」

店主はしっかりその人物の顔が思い浮かんだようだ。

（これぞ虎の威を借る狐ねぇ～）

だが、トリシアは自分に都合よく考えることにしていた。

(立ってる者は親でも使えって言うし。親代わりの領主の息子くらい使ってもいいでしょ)

ムカつく店主に捨て台詞(ゼリフ)を吐きながら双子の手を引く。

「ほら！　もう行くよ！」

双子はされるがままトリシアに従い、チラリと店主を確認し、それから繋(つな)がれた手を見つめていた。


中央広場から少しだけ離れた場所まで双子を連れ出して、トリシアはお節介とは思いながらも少しだけ忠告をする。

「残念だけど、世の中いい人ばっかりじゃないんだから。魔物がいない場所でも自衛は大事よ！」

「……ありがとう」

二人はまだ戸惑っていたようだった。なぜ店主はついさっきまで怒っていたのに、急に態度を変えて買ってもない物までくれたのか……。ただ、トリシアが困っていた自分達を助け出してくれたのは理解していた。

(どうも世間慣れしてなさそうなのよね～元貴族とかそんなのかしら？)

だが貴族からにじみ出るオーラを感じない。浮世離れしてはいるが、彼らには貴族の人間から感じるゆとりがなかった。

「今までどうやって生きてきたの？　あんた達生活感ないわよね～」

ただの世間話のつもりだった。それから少し注意をする意味も。もう少し世間のよくない面を知ってほしかったのだ。

「あ……その……私達は……戦い方ばかり教わっていて……」

「迷惑を……かけた……」

（え……なんかヘビーな過去持ち!?）

しまったと思ってももう遅い。そのままずるずると、彼らの生活面をサポートすることになったのだった。

「野営？　あんた達お金はあるでしょ!?」

あれから結局彼らの生い立ちを聞くことになってしまった。屋台で買った串焼きを頬張りながら思わぬ発言にトリシアはゲホゲホとむせてしまう。

双子はSクラスの魔物を倒し、その素材を納品している。しばらく大盤振る舞いしても十分に暮らせる額は持っているはずなのだ。いくら宿屋が空いていないとはいえど、ある程度金を積めばどうにかなる。ここ数日は贅沢にも商人向けの宿へ移動する冒険者の話もよく聞いていた。

「いい装備でも揃えたの？　武器とか？」

双子の武器はそれぞれ貴重な魔石が嵌め込まれているのが見えた。それだけで高価なのがわかる。

「……これは父が作ったもので……一般には出回ってないんだ……」

大事そうにそれぞれの武器に手を触れた双子を見て、トリシアは彼らのことがどんどん放っておけなくなっていることに気が付いた。

（まったく私は……自分の面倒も満足に見れないっていうのに……）

自分自身の行動に呆れかえりながらも、最近安定した稼ぎがあったからか心に余裕が出てきていた。

他人を気にかける余裕だ。

「へぇ！　すごく綺麗な武器じゃない！　センスのいい鍛冶屋さんなんだ」

しげしげとトリシアが二人の武器を見つめると、なぜか人間の方が顔を赤くして照れていた。

「どうしたの？」

「父を……褒めてもらったようで……嬉しくて」

「……形見なんだ」

「そう……」

それからまたポツリ、ポツリと自分達のことを話しはじめた。

「父は……誰かから逃げていたようで……ずっと魔の森の中で暮らしていたんだ……」

「えっ!?　はあ!?　よ、よく生きてたわね!?」

魔の森で暮らすなんて、なんとも信じられない話だった。魔の森というのは、ダンジョンと同じで多くの魔物が生息するが、ダンジョンとは違い魔物がその地で自然発生することはない。だがその土地はダンジョン内から飛び出した魔物を根付かせる性質を持っていた。長い歴史の中で魔物は徐々にダンジョンの外までその生息域を増やしているのだ。

（魔の森で暮らしてたって……ダンジョン内で生活してるのとそう変わらないはずよ……）

双子の言うことが本当か嘘か確かめる術はない。だがこの二人がそんな嘘をつく理由もないだろうと思うとトリシアはもう信じるしかなかった。

（それであれだけ強いのかしら？）

駆け出しの冒険者でありながらＳクラスの魔物を倒すことができたのも、そういう背景があるのなら納得できる。

「父ともう一人……父の弟子のような人がいて……その人も死んだから魔の森から出ることにしたんだ……」

「あまり……人里で……暮らしてこなかったから……まだ少し……どうしていいか……わからないことが多くて……」

「あなたが助けてくれて……とても助かった……」

「ありがとう」

改めてお礼を言われてトリシアは照れた。双子は不特定多数の人と関わることに慣れてはいないが、それが嫌だというわけではないのだ。むしろ今は毎日が刺激的で楽しいらしい。

「この街(エディンビア)は……父から……話を聞いたことがあって……」

「……海も見てみたくて……」

そう言いながら同時に目を伏せた。

「でも……私達に……この街は早かった……みたいだ……」

（ああもう！　なんで放っておけないなんて偉そうなこと考えるの私～！）

それは自分がパーティから追放された時、たくさんの人が自分のためにアレコレ気遣ってくれたことをちゃんと覚えているからだ。

（自分がしてもらったこと……少しは社会に還元すべきよね）

それにSクラスを倒す実力者達だ。恩を売っていて損はない、そう打算的な理由を無理やりこじつけることにした。

「小さな街の方がコミュニケーション能力が高くないと厳しいと思うわ。この街で少し勉強した方がいいんじゃない」

「……？」

双子はトリシアが何を言っているのか、何を言いたいのかわからない。

「私でよければ少し手伝うわってことよ」

「……！」

双子の顔が同時に明るくなる。いつも無表情だったので、そんな顔もできるのかとトリシアは驚いた。

（旅は道連れ世は情けってね）

そう前世の言葉を思い出したのだった。

◇◇◇

「ティア、トリシアを頼むぞ」

「もちろんです。言われるまでもありません」

「もうこれ以上変な奴(双子)を近づけさせるなよ」

「忙しい貴方(あなた)と違って、彼らはご主人様の護衛として十分な働きになっているので問題ありません」

ルークとティアは度々トリシアとの関係性マウントを取り合っていた。二人とも、冷静なフリをしながら会話の中に嫌味を盛り込むスタイルだ。

その様子を傭兵のレイルと建築家のスピンが慣れた様子で眺めている。

「そろそろ行くぞー」

気怠(けだる)そうに声をかけるレイルはルークのお守り役だ。トリシアから離れるのを嫌がる彼をなんとしてでも連れてこいと厳命されている。

(んなこと言われたって、俺がこいつ(ルーク)にかなうかよー)

レイルは小さくため息をついた。彼らはこれからこの国の第二王子リカルドの護衛に就くのだ。無事王都まで送り届けなければならない。

「傭兵団丸ごと雇うってどうなってんだ」

レイルは急に入った傭兵団の仕事に文句たらたらだった。どうやらエディンビアが気に入ったらしい。そしてトリシアのことも。

「命狙われてりゃ皆必死よ。リカルド王子を推す家臣もいるって噂あるんでしょ？」

トリシアは慰めるようにレイルに声をかける。

第二王子リカルドはいまだにエディンビアに滞在していた。噂では後継者争いに巻き込まれ、暗殺者が王子の周りに現れるようになり、それで王都を避けているだとか、すでに大怪我をしたなんて話もあったが真偽は不明だ。

(ルークが城に出向くことが多かったし、何かしらあったのは本当だろうけど)

トリシアは知らないが、ルークはダンジョン攻略後すぐ、他の冒険者や騎士、傭兵と共にすでに護衛についていた。その合間を縫って、ほんの少しの時間でもトリシアに会いに戻っていた。今エディンビアにいる高位の冒険者がほぼ全員雇われるほど、王子側は不安を募らせている。

「王都から結構な数の兵士連れてきてたぜ？　それで足りないってどっかの魔の森にでも行く気かよ

……」

手元にいる直属の兵より、金で雇われている傭兵の方が信用できるとは悲しい話だ。

レイルが所属するガウレス傭兵団だけでなく、傭兵は一度雇われれば決して寝返ったりしない。今後の仕事の信用問題になるからだ。

（結局、魔法契約より金の絡む信用の方が上に行くなんてね～）

トリシアのリセットのスキルもそうだが、スキルというのは万能ではない。できることとできないことがハッキリとしていた。さらに魔法契約のスキルはスキルの中では研究が進んでいる能力のため、そのスキルの力をかいくぐる方法も編み出されている。

権力者の護衛は総じて護衛対象を傷つけることがないよう、魔法契約で行動を縛られている。暗殺者が紛れ込まないようにするためだ。とは言え、王子など身分の高い者が複数人と魔法契約を結ぶのは大変だ。これぱっかりは他人に代理を頼めない。血液が必要な上、本人同士が揃っていなければ魔法契約は使えないのだ。そもそもそのタイミングで命を狙われることすらあった。

「王子様とは会われたんですか？」

スピンが見るからにやる気のないレイルに尋ねた。

「うんにゃ。団長だけだな。リカルド様の側近がかなりピリついててさ～噂じゃ魔法契約解除のスキル持ちがこの街にいるらしくってよ」

「それは珍しい！」

その他にも魔法契約のスキル持ちを買収して契約内容を誤魔化（ごまか）したり、魔法契約をかけていると見せかけてかけていなかったり……と、暗殺者というのはあらゆる方法を試みてくる。さらに言うと、先ほどのレイルの言葉通り、契約をスキルで縛ることができれば、逆にそれをスキルで解除することもできるのだ。トリシアのスキルに似ているが、こちらは魔法契約に関するものだけ無効にできる。

（ま、契約解除すれば契約した本人達はすぐにわかるって話だけど）

ただこんなことは綿密な計画も大金も必要なので、ここまで心配しないといけないのは一部の王族くらいなものだ。

「今の第一王子もかなり優秀な方という話ですが……王族も大変ですね」

スピンがしみじみと語る。後継者に恵まれすぎるのも大変という、なんとも贅沢な悩みをこの国は抱えていた。

「あーあ。トリシアの作った部屋見たかったたってのに」

「次来た時寄ってよ！　お茶くらい出すからさ！」

トリシアはレイルの言葉に気を良くしていた。貸し部屋に興味を持ってもらえるのはやはり嬉しい。

「……約束だぞ！」

レイルの方はトリシアからのお誘いの言質（げんち）を取ってニヤリと笑った。

「次にいつコッチで仕事があるかわからねぇだろ」

横耳で聞いていたらしいルークが冷たく言い放つ。

「それでも絶対遊びにくるからよ！　約束だぞ」

もう慣れてしまっているからか、ルークの切り捨てるような言葉などなんのそのだ。

そんなルークは前夜、常にトリシアの隣に立っていた。スピンが顔見知りを集めた簡単な食事会を企画してくれたのだ。周囲に自分がいない間、彼女が他の誰かにあらゆる意味でちょっかい出されないように睨みをきかせていた。

「今回の依頼が終わったらすぐに戻ってくるからな！　くれぐれも気をつけろよ！」

「わかってるって」

ルークの威を借りている自覚があるトリシアは、素直に答えたつもりだった。

「いいか！　絶対にこれ以上抱え込むなよ！」

だがいつも以上に真剣な顔でトリシアの両肩に手を置き、真っ直ぐ黒曜石のような瞳を見つめて伝えた。

トリシアは責任感が強い。前世の記憶に起因するこの性格を本人も自覚していて、それが余計な心労に繋がることもわかっている。だからそもそも責任を負うようなことは避けていた。この街に来るまでは。できるだけ。

「わ、わかってるってば……！」

あまりの真剣さにトリシアは戸惑った。

これほどルークが真剣に言うのにはワケがあった。とある一人の曲者が、エディンビアの街の中に解き放たれているのだ。

だがトリシアがルークのこの言葉の本当の理由に気付くのはもう少し後の話。

冒険者ギルドの預金システムには一つ便利なサービスがある。万が一冒険者が死亡した場合、もしくは一定期間冒険者ギルドの利用を確認できなかった場合、任意の相手へ財産を受け渡してもらえるのだ。もちろん手数料は取られるが。

「何でもかんでも手数料ね～」

「運営費はいくらあってもいいですからね！」

「そりゃそうか」

ギルド内の治癒室で職員のゲルトと話しながら、トリシアはその書類に細々と記入をしていた。

これを書くのは三回目だ。一度目は冒険者になりたての頃、彼女になにかあったら財産は全てイーグルに渡るよう記入した。二度目はパーティを追放されてすぐ。その時はトリシアが暮らしていた孤児院に変更した。そして今回は預金以外の財産も含めた移譲先も書類に書き込んでいる。貸し部屋と奴隷のティアのことだ。

譲渡先はスピンにした。スピンなら全てうまくやってくれるだろうと、まだ付き合いは浅いが信用していた。

信用という点ではルークでも良かったのだが、彼の重荷になりそうだったのでやめることにした。それにルークにこれ以上の財産はいらないということも知っている。

「これって前もって決めてないと、預金は全部ギルドの運営費になるんだっけ？」

「そうです。十年間一度も冒険者ギルドの利用履歴がない場合もそうなります」

「うまくできてるわねぇ」

以前のトリシアのように、移譲先を相棒やパーティ内の人間に指定するのは実はかなり珍しい。この世界、金持ちや貴族、そして王族以外の人間が不審な死をとげても、その死の詳細を詳しく調べることなどない。なにより冒険者はいつも死と隣り合わせだ。事故に見せかけて……なんて頭をよぎればもう相棒としてやっていけない。だから初めからその可能性をなくすためにあえて避けるのだ。たとえ相棒を選んでも、移譲先については嘘をつくか黙っている場合が多い。

　トリシアはイーグルにはキチンと話をしていた。それくらい彼のことは信用していたのだ。そうしてそれはイーグルも同じだった。

（まあパーティが全滅したら移譲もなにもないけどね）

　イーグルを思い出すとそんな皮肉めいた考えがついつい脳裏に浮かんでしまうのでトリシアは急いで首を振り、その思考を消し飛ばす。

「でもほとんどの方がちゃんと決められてますよ」

　なぜかゲルトが得意気だ。

「そうなの!?　意外だわ」

　そもそも高い階級の冒険者以外で、トリシアのように貯めこんでいる方が珍しい。

「宵越しの金は持たねぇ！　ってタイプ多いじゃない？」

「ハハハ！　なんですかそれ！　この街だと傷痍冒険者のためにって書かれる方が多いんですよ」

「ああ、なるほど！」

　ギルドの治癒室に運び込まれた意識のない冒険者が、治療費を払えない分はそこから補塡されるのだ。もちろん後で治療費を返す必要がある上、細々と利用できる条件はあるが、それで命が助かった冒険者は多い。命がありながらも冒険者として再起不能になった者への支援もここから出ている。

「巨大ダンジョンや魔の森の周辺は冒険者ギルドの規模も大きいですからね。治癒室のある冒険者ギルドに分配されてるんですよ」

「だからギルド常駐ヒーラーを厳選してるんだ」

「そうです。冒険者の大事なお金ですからね……粗末にはできません」

冒険者ギルドの職員は元冒険者やその家族も大勢いる。

(組織内の権力争いとか金の横領とか組織の腐敗って話、意外と聞かないのよね)

それは魔法契約の恩恵も大きいが、それ以前に冒険者ギルドでの仕事を好きでやっている職員が多く雇われているのを冒険者達は知っている。

強化スキルを持ったボスが討伐され新しい階層が現れてから、常駐ヒーラーの仕事は落ち着きを取り戻していた。まだ新しい階層のボスは確認されていないが、新階層は魔力を持つ植物、魔草が多く見つかったらしく、最近は魔法薬界隈が賑わいを見せ始めている。

「ルークさんの感知スキルに引っかからなかったってことはかなり潜んでますね」

「発見までどれくらいかかるんだろ」

「こればっかりは何とも……」

ダンジョンはボスを倒すことで新しい階層が現れる。そのボスが見つからなければ倒しようもないのだ。一つの階層に何年、何十年とかかることも当然ある。

「いよいよヒーラーはお役御免かしら」

魔草の話を聞いて、真っ先にそう考えたヒーラーはトリシアだけではない。

「何を言いますか！　即効性においてヒーラーの上を行く薬が出るとは思えません」

ゲルトは拳を握り、力強くトリシアを励ますように声を上げた。

「それに前回の階層はSクラスの魔物が確認されてるんですよ!? 新階層到達まで皆さんそりゃあドキドキしっぱなしだって話です」

確かに常駐ヒーラーの仕事は減ってはいても途切れることはなかった。ただそれは、まだいつも以上にこの街には冒険者が溢れているせいでもある。新階層の内容がある程度わかってくれば冒険者の数も落ち着いてくるだろう。

「今回は効果の高い解毒薬が作れそうって話だっけ？」

「そうですね。どうやらその作用が強い植物が見つかったようですよ」

そして同時に毒にやられる冒険者も多かった。魔草の取り扱いを間違える事故が相次いでいたのだ。今は解毒薬がかなり売れていて供給が追い付かなくなっている。

「すみません！　冒険者以外なんですが急患で……！」

「頼む！　助けてくれ！！！」

まだ若いギルド職員が急に治癒室の扉を勢いよく開けた。それに続いて、小さな赤ん坊を抱えた半泣きのガタイのいい男も。

思わぬ患者にトリシアは息を呑み、心臓の部分がキュッとなる。ぐったりと青ざめた赤ん坊が大きな腕に抱えられていた。

「いつから悪いの!?」

急いで赤ん坊を自分の腕の中に抱きいれる。

「ついさっきだ！　俺の……持ち帰った魔草の毒に触れちまって……！　ちょっと目を離しただけな

んだ……」

（念のため半日にしよう……！）

急いで治療(リセット)すると、赤ん坊の顔色はすぐに良くなっていった。体全体を半日前の状況までリセットしたので、毒が回っていたとしても問題ない。いつもの腕の中と違うことに気が付いたのか赤ん坊は元気に不満気な泣き声を上げ始めた。

（小さい子のリセットは怖いのよ……あっという間に成長するし）

トリシアはホッと息をついたが、自分の心臓のバクバクと強く速い鼓動をまだ体に感じていた。

リセットの期間が短かったので、赤ん坊の見た目になんの違和感もないが、小さな子供はリセットの時期を間違えれば大人と違ってかなり見た目に差が出ることがある。

「あああ！　よかった……よかった……ありがとう！　……ごめんなぁ……」

大男は安心したのかポロポロと涙を流しながら優しく赤ん坊を撫(な)でていた。

「あれ？　あなた、ガウレス傭兵団の……？」

トリシアは男とレイル達が話しているのを見たことがあった。ガウレス傭兵団の主力の一人だったはずだ。その彼がなぜか王子の護衛の仕事ではなく、まだエディンビアにいる。

まだ泣いている赤ん坊をあやしながら、その大男は何でもないことのように答えた。

「ああ、傭兵団は辞めたんだ。妹が死んじまってな……こいつが孤児院に預けられたって聞いて冒険者始めたんだよ」

男の名前はダンと言った。先ほどの赤ん坊は姪(めい)のピコで、冒険者をしていた妹の子供だった。

「夫婦で冒険者をしていてな。この間の討伐作戦に便乗して稼ごうとしたらしいんだが……夫婦共々やられちまった」

　そしてその遺体を見つけたのは彼自身だった。心配が的中しちまった、と悲しそうに呟く。

「それは……残念でしたね……」

　エディンビアのダンジョンは元々難易度が高い。いくらいい稼ぎになるといっても決して舐めてかかれる場所ではないのだ。

「ありがとよ……俺も止めたつもりだったんだが……結果はこうだ。後悔ばかり残ってなぁ。せめてこいつが大きくなるまではなんとかしてやりたくて……。俺も戦い以外に身の立て方を知らねぇから」

　ピコはダンの腕の中で安心したように眠り始めた。もうすっかり彼を保護者として認識しているのがわかる。

　ピコは彼がダンジョンに潜っている間、馴染みの娼館に預けられているらしい。この世界に託児所などなく、そもそも女冒険者は子供ができればしばらく休業か引退するのが当たり前だった。

（この辺はこっちの世界もあっちの世界も変わらないのよね～）

　そんな昔の記憶が甦る。

「じゃあご両親の遺産はこの子が？」

　ちょうどトリシアとゲルトはその話をしていたばかりだったのだ。ゲルトはその質問を口に出した直後、しまった！　という顔になった。あまりにも不躾な話題だ。

「いや、ダンジョンに入る前から孤児院に預けててな。万が一の時の預金の受け取りは孤児院ってことで預かってもらっていたらしい」

ダンはその質問に全く気を悪くなどしなかった。

「ダンジョンには行くなって強く引き止めちまってたからな……俺には頼めないと思ったんだろう」

どっちにしろダンの妹夫妻の預金はあまりなかったそうだ。妊娠後は冒険者として稼げておらず、それでさらに焦っていたことは、簡単に想像できる。長期間成果が出ていないと階級にも影響する。

「まあ俺も今回の討伐戦でそれなりに稼げたからよ。しばらくは問題ないけどな。コイツの預け先がなかなか難しくって」

冒険者ギルドでどうにかしてくれよ、と冗談のようにゲルトに話題を振った。

「……孤児院は環境があまりよくないですからね……特に赤ん坊だと……」

「そこの先生はいい人だったけどな。どうも人数が多すぎだ」

ダンははじめ、姪をその環境に置いておくのが忍びなくて引きとったのだ。妹に対する後悔や贖罪（しょくざい）の気持ちもあった。だが今は単純にピコが我が子のように可愛く思えて仕方がないように見える。

「今のうちに稼いどこうと思って新しい階層に行ったのが悪かったなぁ。ほら、もう少し大きくなると動き回ってさらに目が離せねえって聞いてよ」

ガタイからは想像できないが、アレコレと育児についての情報を集めているのだ。トリシアはそこに彼の本気を感じた。

「コイツと暮らし始めて、初めて長めに潜ってたからよ。早く会いたくってな……魔草を持ったまま買取所より先にコイツに会いに行ったのが悪かったんだ」

新しい階層にソロとして行ける実力の持ち主だ。その男がまた思い出したように赤ん坊を見つめながら目を潤ませていた。

「ピコが魔草に手を触れてすぐにあんたのこと思い出したんだ。レイルが凄腕って言ってたけどその通りだったな。本当に助かった」

一瞬の判断でここまで連れてきたのだ。手遅れになる前に魔草に触れたことをなかったことにできた。

「危険物を子供の近くに置かないようにしてくださいね」

「ああ。二度とこんなことはしない」

すでに彼は親の顔をしていた。我が子を危険な目に遭わせないと強く誓ったようだった。

そうして最後にもう一度トリシアに礼を言った後、彼はまた寝床にしている冒険者宿へと帰っていった。

「娼館の娼婦にお金を払って面倒見てもらうって、考えたわね……でもああいうとこって高いんでしょ？」

「店や時間によりますねぇ……」

その瞬間、トリシアはルークの顔が思い浮かんだ。

『いいか！　約束だぞ！　絶対にこれ以上抱え込むなよ』

(ああ～ダメダメ……ルークの言う通りよ！　赤ん坊は荷が重すぎるって！)

成人している双子ですら手がかかるのだ。言葉の通じない赤ん坊相手にトリシアができることなどない。頭の中でルークの言葉を復唱して、どうにかこれから自分がおこなうであろう考えを塗りつぶそうとする。無意味とわかりながら。

「思い悩まれてますねぇ」

少し面白そうにゲルトがトリシアの方を見ていた。彼はトリシアの考えていることがわかっている。

「赤ん坊の面倒なんて見れないよ～……」

「ですがトリシアさんには奴隷もいますし、貸し部屋なら娼館よりなにかと環境はいいのでは？」

「ティアをあてにするのも違うでしょ……」

どうして？　といった顔をしたゲルトに説明するかどうか迷った。奴隷に気を使うという発想自体が存在しない世界だ。

「ティアは……あくまで貸し部屋を管理する人間として雇ったつもりでいるの。それ以外の仕事を増やす気はないのよ」

「なるほど。貸し部屋業務に専念させるということですね」

いまいち伝わっていないようだが、それ以上の説明はやめた。トリシアとは前提が違う人間にあれこれ語って理解を求めるのも難しい。

「私はかまいませんが。ご主人様のお望みの通りに働きます」

「うわっ！　ビックリした！」

開けっぱなしになっていた治癒室の扉からティアが声をかけてきた。彼女は今まで貸し部屋の改修作業を手伝っていたのだ。少しもティアに仕事を与えないトリシアに痺れを切らし、自分からお願いして現場仕事を手伝っている。

「ご主人様は奴隷に優しすぎます。奴隷に遠慮するなどありえません」

「だって私のエゴにティアを付き合わせるわけにはいかないよ」

「それに付き合うのが奴隷です。私はご主人様の道具の一つですよ。好きに使って何が悪いのですか」

「そんな奴隷アピールしないでよ～！　今だって十分に働いてくれてるし」

ティアの綺麗な顔はあちこち汚れていた。もちろん髪や服も。慣れないであろう力仕事を頑張ってくれている。

結局、ティアに言い負ける形でトリシアはダンの下を訪ね、貸し部屋の勧誘をすることになった。多少であれば、赤ん坊の世話を手伝えることも。

「色々条件はあるんだけど……よかったら是非」

「ありがてぇ！　実は一般向けの貸し部屋には何度も断られてんだ……こっちからお願いする。よろしく頼むよ！」

ダンもピコのために落ち着いた環境が必要だと思っていたようだ。トリシアの話に大いに喜んでいた。

一方トリシアもこの時点でほとんどの部屋が埋まったことが嬉しくてたまらない。同時に彼らの期待に応える部屋になるだろうかという不安も出てきたのだった。

「実際お前らってどうなってんの？」
傭兵団に所属する、赤毛のリードがルークに尋ねる。
あと二日もすれば王都に辿り着く辺りで野営中だ。何人か他の見張りも出ている。

「関係ねぇだろ。ほっとけ」

ムスッとした表情で答えるルークを見て少し口元を上げたのはレイルだった。

（この感じ、二人はやっぱりなんにもないんだな）

以前トリシアにそれとなく二人の関係を聞いた時、少し考え込んだ後で、

『世話を焼いたり焼かれたりって感じね。まあ最近じゃ焼かれっぱなしなんだけど……』

と、少し曖昧な言葉で答えが返ってきていた。

「お前ってトリシアいないと人付き合いに手を抜きすぎじゃね⁉　ちょっとは暇つぶしに付き合えよ」

「しっかり見張りの仕事をしろ」

相変わらず冷たくぶっきらぼうに答える。

「天下のＳ級の感知スキルがあるんだから俺ら必要ある⁉」

「ないな」

さも当たり前のような回答だ。

「ほらぁ～だから暇なんだって」

「ま、来るのも雑魚ばかりだしな」

王都に近づくにつれ暗殺者の数も日に日に増えていた。だが今回は相手が悪すぎる。鼠一匹通さない完璧な布陣で、王子の下に辿り着けた暗殺者は一人もいなかった。

ルークが片手を上げげた。リードとレイルは背伸びをしながら立ち上がる。

「うまいこと俺ら出し抜いても最後は団長だぜ」

「そうなると暗殺者の方が可哀想だよな」

返り討ちにあった暗殺者達は全員捕えられていた。王都に着き次第じっくり拷問の後に黒幕を吐かされる予定だ。

「自決もさせてもらえないなんてな～」

「いやぁうちの傭兵団の見張りがいてそれは無理っしょ」

「つーか黒幕ってあのレベルの奴らでも知ってるもんなの」

「どうだろな」

ヒュン！　と風を切る音と共に暗殺者の足が弾丸に貫かれた。二人は何気なく会話を続けていたが、視線すら暗殺者に向けていない。レイルの右手には小さな銃のようなものが仕込まれていた。突然の痛みにグウと声を漏らす暗殺者はそのまま急いでその場を離れようとするが、リードに行く手を阻まれる。

「ぐっ！」

「はいはい」

そのまま彼の魔法で地面に埋まっていった。暗殺者の顔だけが地面から生えている。

「陽動にしてはお粗末だな」

ルークがドスンと地面に五人の暗殺者を転がした。全員意識がない。

「うわぁ～腹立つな！　俺らだってかっこよく決めたつもりだったのに！」

リードは苦虫を噛みつぶしたような顔をした。

「おい、お前のそれって……」

ルークはリードの反応は無視して、レイルの手をじっと見つめる。

「ん？　ああこれ、小型の仕込み銃だよ。すげぇ金かかったんだぞ。転売禁止の魔法契約までやらされた」

「威力はどのくらいだ？」

ルークはしっかりその形状を記憶しようと凝視し続けている。

「これは魔力次第なんだよ。だから特注」

「へぇ！　お前もこういうの興味あったんだな」

リードは意外だとばかりに目を丸くしたが、レイルはその理由がよくわかっていた。

（こいつじゃなくてトリシアが興味あるんだけどな）

だが決して口には出さない。レイルもトリシアの魔道具好きはよく知っている。

（それにしても……こいつはマジでトリシアのことどう思ってんだ？）

ルークはいつもトリシアのことばかりだったが、一度も好きだとか愛しているとかそんな類の言葉を聞いたことはなかった。

（あのトリシアがコイツの気持ちに気付いてないなんてことはねぇだろうし……）

だからルークを下手につつくことはしなかった。不用意に刺激してトリシアに本気でアピールを始めたら自分の勝ち目が減ることくらい、彼自身わかっている。

ルークは今、トリシアに対して身動きが取れないでいた。トリシアとはもう十年以上の付き合いだ。彼が五歳の時、父親に連れられて初めて領の孤児院を訪れた際に知り合った。その時からルークはトリシアに夢中だった。だが、その時点ではまだ彼自身も恋心を自覚はしていない。そんな感情が自分に備わっていること自体知らなかったからだ。

「将来お前が領主としてこの子達も守っていくんだ」

「はい父上」

この頃のルークは意志のないただの人形のような子供だった。魔法が使える上に彼は三つもスキルを持って生まれた。英才教育にも力が入るというものだ。特にルークの母親はまだ幼い彼にありとあらゆることを仕込もうとしていた。

厳しい教育に彼はいつしか心を殺し、両親が望むような自分を演じることで心のバランスをとっていた。その方が楽だと気付いたのだ。五歳にして彼は立派な領主の跡取りとなっていた。

四歳のトリシアはそんなルークを見てギョッとした。

「あんな五さいじいる!?」

まだたどたどしい言葉で思わず突っ込んでしまうほど、すでに前世の記憶を持っていたトリシアにはルークが子供として異常に見えた。

ルークのことが心配になったトリシアは、できるだけ彼が年相応に振る舞えるよう接した。まだ四歳だったので多少の無礼は許されたのだ。ルークの父親は自分の子供以外には大変優しく、とても寛大な領主だった。

ルークはトリシアが自分を気遣ってくれていることが理解できていた。そのくらい聡(さと)い子供だったのだ。自分より小さな女の子が一生懸命自分を笑わそうと工夫を凝らす姿が、彼の心を救った。

「ルーク！　こっち！　いっしょにあそぼう！　はやく！」

「こらトリシア！　ルーク様でしょう!!」

孤児院の大人達が注意しても、領主は元気でいいと笑い声を上げてくれた。彼も自分の息子があまりにも子供らしくないことはわかっていた。その原因は自分達が課した教育のせいだということも。

トリシアと一緒にいる息子の笑顔が自分達に向けられる、作られたソレとは違うことに気付き酷く後悔もした。だから度々孤児院へ行く息子を止めることはしなかった。

だがルークの母親は父親とは違う考えを持っていた。それがわかっていたトリシアは侯爵夫人が孤児院にやってきた際はいつも注意を怠らなかった。ルークの母親は、ルークが笑顔を向ける四歳児をひどく警戒し、息子への振る舞いが気に入らない時は容赦なく罰を与える大人だったからだ。

そしてそれは年々厳しい内容になっていく。その頃にはルークはトリシアへの気持ちが他人から見ても明らかで、トリシアもそれに気付いて彼が孤児院に来ると急いで身を潜めた。彼のスキルの前には無意味だったが。

「いい加減にしてくれ！　君のせいでトリシアがどうなってるのか一度でも考えたことがあるのか!?」

たった一度だけ、イーグルが大声を出して領主の息子であるルークを怒鳴りつけたことがあった。普段とても温厚なイーグルからは考えられない剣幕で。

「君はトリシアを不幸にしてるんだ！　彼女から受けた恩を考えたらもう彼女に近づくべきじゃない！」

トリシアが毎回のように受ける理不尽な罰を知っているイーグルは胸が潰れそうなほど辛かったのだ。家族が痛めつけられて平気なはずがない。

この件を領主に直談判に行こうとしたが、事前に察知したトリシアや他の友人にキツく止められ実行できず、なのにノコノコと浮かれた足取りでやってきたルークにイーグルは我慢ならなかったのだ。

体罰は回復魔法を使えるトリシアに効かないことがわかった領主夫人は、彼女に食べ物を与えなかったり、きつく汚い仕事をさせたり、まるでシンデレラの継母のようにこき使っていた。

「またあのクソババア……おっといけないこんな言葉遣い」

トリシアは不当な罰にイラつきはしたが、彼女にとっては体罰と同じくらいどうとでもなる内容ばかりだった。食事抜きはあらかじめ備えが必要だったが、パンをいくつか常備するようにして対応していた。

「しかしこれを見ると食欲がねぇ……」

と言いつつ、腐りかけのパンをリセットして食べることも多かった。

掃除洗濯なんてものは、トリシアにとっては一瞬で終わる作業だ。時間がかかりました、疲れましたというアピールと、その暇つぶしの方が大変だった。

ルークはこの件がトラウマになっていた。彼女のスキルのことは知っていたので、どうにか乗り切っていることは想像できたが、自分のせいで母親が彼女を傷つけていたことに気が付いていなかった。夢中で浮かれていて自分の気持ち以外見えていなかったのだ。

それから彼は自分の振る舞いを改めた。だがイーグルがトリシアをパーティから追い出したことを知った瞬間、再び彼女の側にいることに決めた。また自分が暴走してしまわないように気を付けながら、彼女の側を離れなかった。

(今更どうすりゃいいんだ……)

トリシアとどうなりたいかも、今はもうわからなかった。

幕間４

Shiratsuku noni jama dakara to party tsuihou saremashita!

「あれ!?　イーグルじゃねぇか！　って、お前その顔どうしたんだよ!?」

冒険者が集まる酒場でイーグルにそう声をかけたのは、駆け出しの頃よくつるんでいた魔術師だった。彼のパーティメンバーが、先に宿に帰ってるぞ～、と声をかけているのに手を上げて応えている。

そして変わってしまったイーグルの顔に驚きつつも、懐かしい顔を見つけたと嬉しそうにサラサラの髪の毛を揺らしながら駆け寄ってきた。

「あぁ……ベック。久しぶりだな」

ベックはこの世界では珍しい氷の魔術を使いこなせる冒険者だ。だからと言って少しも偉ぶることはなく、誰にでも優しく親切だった。だからこそトリシアやイーグルと気が合ったのだ。

イーグルは早くこの場から離れたくなっていた。何を言われるかは簡単に想像がつく。

彼らはトリシアを追い出した街からはかなり離れた所まで来ていた。周辺ではイーグルとアネッタの悪評が広まっていて過ごしづらかったのだ。

「トリシアはどうした？　アイツのヒールなら余裕で……って……ま、まさかトリシア！」

「……死んでないよ」

絶望するような顔で最悪の想像をしていたベックは、その言葉にあからさまにホッと息をついた。

そして次は少し寂しげな笑顔をイーグルに向ける。

「お前らそうか……ついにトリシア、お前と離れる覚悟ができたんだな」

「え？」

イーグルはベックが言っている言葉の意味がわからなかった。

「え？　ってお前……トリシア、冒険者始めて間もないってのに、いつかお前と別々の道に進むこと寂しがってたんだぞ」

思い出したようにふふっと軽く笑った。

「イーグルは才能があるからそのうち回復師（ヒーラー）の自分はついていけなくなる。離れる時のこと考えると寂しい！　ってな。まだ冒険者になり立てだってのに気が早いって皆で笑ってたんだよ」

「そんなこと言ってたのか……」

トリシアはイーグルの前ではそんな素振りを少しも見せなかった。それより常にトリシアと離れた後のことを教え込むように話していた。

『イーグル、大切なのは自分の命。その次が仲間（私）の命。で、その次がお金よ！　お金！』

『地道でいいのよ！　おいしい話に簡単に飛びついちゃダメ！　実際私達、それでC級まで来たんだし』

『うまくいかない時はとりあえずできることをやるのよ。その時できることを。続けるのが一番大変なんだから』

冒険者は一攫千金（いっかくせんきん）を狙いがちだが、トリシアは堅実なやり方を好んだ。基本的にはイーグルのレベルに合わせて狙う魔物を選び、自分も活躍できそうな依頼をこなし、どの仕事も丁寧（ていねい）に誠実にやり遂げた。そして貯めた報酬できっちりと装備を揃えた後、話題の魔物や大きな依頼に挑戦したのだ。

あまり派手なことが好きではないイーグルにはそれがちょうどよかった。たまにそんな二人を地味だと揶揄する冒険者もいたが、サクサクとC級まで上ったトリシア達を見てそれ以上何も言えなくなった。

最近イーグルは初心にかえって地道に魔物を狩っている。かつてトリシアが考えてくれたやり方を参考にして。少々見た目がグロテスクだが、薬に使えるという魔物だった。今のイーグルも問題なく倒せるレベルの獲物だ。ただこの魔物は倒した際に発する臭いがきつく、冒険者もあまり手を出したがらない。最近魔法薬界隈が活発に動いているせいか、急にこの魔物の取引額が上がっていた。そこに目を付けたのだ。

(ある程度金が貯まれば武器の修理費や治療費の不安がなくなる。それからまた再出発だ)

今は我慢の時期と割り切っていた。そうすると少し気が楽になり、戦闘中も集中できた。D級まで落ちることは決まっているが、それはもうかまわない。ここ数日は自分を取り戻したような感覚がイーグルにはあった。

「どうせどこかで聞くかもしれないから正直に言うよ……トリシアはパーティから追い出したんだ」

「は？　パーティってお前ら二人じゃん。喧嘩でもしたのか？」

どういうことかわからないと、批判するわけでもなくベックは首を傾げた。

冒険者パーティの数少ない正当な解散理由にありがちなのは、方向性の違い、というものだった。命が惜しいから現状維持、という生業としての冒険者でありたい者も、もっと向上心と野心を持って上の階級を目指すべきだと考える者もいるからだ。

だがもちろん、イーグル達には当てはまらない。

イーグルはアネッタのことも含め、トリシアを追い出した経緯を話した。自分の口で誰かにちゃんと話したのは初めてだった。トリシアと別れて半年以上経って、やっと自分を客観視できはじめていた。

「そりゃあお前が悪い」

少し怒った顔をして、ベックはズバリとイーグルに伝えた。

「そうなんだよ。僕が……馬鹿だった……」

振り絞るように自分の非を認めるイーグルの姿が痛々しくて、ベックはそれ以上責め立てることができなくなる。彼がトリシアと離れてから心身共に痛い目に遭っていることはその姿から簡単に想像ができた。

「……でもそのアネッタって奴が唆したんだろ？」

「僕も同意してトリシアに告げたんだから彼女のせいにはできないよ」

トリシアのことを鬱陶しく思ったアネッタは度々イーグルに愚痴を言い、ついには自分かトリシアどちらかを選べと迫ったのだ。初めて自分を男性として熱烈に求めてくる女性に、戸惑いつつも嬉しかった。そしてイーグルはアネッタを選んだのだ。

「あの時はアネッタに嫌われたくなくて……」

今はあの日あの時のことをとても後悔している。

「自業自得だ」

何度も自分に言い聞かせた言葉だった。

「しかしあのトリシアがよくそんな変な女受け入れたな……お前に近づく変な虫は全部追い払ってたのに」

ベックは思い出したようにトリシアの過去の行動を振り返っていた。イーグルはモテていた。顔もよく、冒険者には珍しい穏やかな性格なのは知られていた。だがトリシアがヨシとした女以外、イーグルにはなかなか近づけなかったのだ。

トリシアはイーグルの性格を知っていたので、変な女に絆(ほだ)され、都合のいい男にされないよう警戒していた。実際イーグルは何度か可哀想を装った女に騙(だま)されて、いくらかお金を渡したことがある。

そして自分が騙されたことを、しかたない、で終わらせるような人間だった。

「今思えばそれもダメだったんだろうな。過保護にお前を守ってたから、変な女かどうか自分で判断できなかったんだろ」

ベックもイーグルの性格を知っていたので、ついつい彼を庇(かば)い、アネッタのせいにするような台詞(セリフ)を吐いてしまい、すぐさま自分でそれに気が付く。

「おっと悪い……変な女って……その……すまん」

「いや……」

アネッタは今イーグルと一緒に行動してはいなかった。トリシアが用意(リセット)した、高レベルの装備を売り払って貯めた金を握りしめ、傷跡の治療が得意という噂(うわさ)の治癒院へと行っていた。

「それ大丈夫かよ……」

「どうかな……」

当たり前だが、今この二人はうまくいっていない。アネッタはすでに他の冒険者(寄生先)を探し始めていることにイーグルは気付いている。彼から話を聞いたベックもそうなることは予想できた。

「でも正直、そいつとは離れた方がいいな！　お前の実力ならソロでもいけるだろ！」

励ますようにイーグルの肩に手を置いた。

（一緒に行こう、とはやっぱり言わないよな……）

ほんの少しだけ、パーティへの勧誘を期待していた。駆け出しの頃、トリシアと三人でダンジョンに挑戦したこともある仲だ。

しかし残念ながら人がいいベックですら、私情でパーティのメンバーを追い出したという経緯のある人物と一緒にやっていこうとは思わない。

「話せてよかったよ！　じゃあな！　頑張れよ！」

「ああ」

少し寂しそうにイーグルはベックを見送った。彼はきっと自分のパーティの下へと帰ったのだろう。そう考えるとたまらなく羨ましい。

イーグルは一人……もう何度目かになる、トリシアと二人で冒険者を楽しんでいた過去を思い出していた。

《願望日記5》

稔鳥(みのりどり)の月　十九の日

　今日も工事の様子を見に行ってご近所さんと挨拶(あいさつ)を交わした。冒険者専用の貸し部屋業を始めるにあたり、体感的には約七割の近隣住人は好意的。残り二割がちょっぴり不安。残り一割は明らかに嫌悪感を示していた。怪文書も届いたくらいだ。

　これでもだいぶ良くなった気がする。やはり日々の挨拶に効果があったのか、スピンさんをはじめ、改修工事をしてくれているメンバーの態度がいいからか……。

○冒険者専用の貸し部屋業でのんびり不労所得計画　メモ　やることリスト

・入居における約束事の詳細を考える

・引っ越しの手配

・近隣へのご挨拶用の品物を考える

稔鳥の月　二十二の日

入居条件を決めた。スピンさんやティアにも見てもらい、これで大方大丈夫そうだ。ルークにも最終決定を見てもらいたかったが……。スペシャルアドバイザーがいないのは少々心細い。

○冒険者専用の貸し部屋業でのんびり不労所得計画　メモ　入居時魔法契約の内容

・家賃は前払い
・異性の連れ込み禁止
・入居者、近隣住人との重大なトラブルがあった場合は即刻退去
・備え付けの備品の持ち出し禁止……破損の場合要報告、弁償不要、貸し出しは応相談
・生死不明になった場合、前払い分以降、一年間別室倉庫で私物お預かり
・退去後半年間、棚一つ分別室倉庫にて無料で荷物お預かり
・家主在宅時、軽傷レベルのヒールは無料

縛りばかりでも窮屈なので、家主側から部屋以外で提供できる内容も盛り込んだ。

商業ギルドにこの場合の魔法契約の料金を確認したら、大銀貨三枚程度だろうと言われた。なかなかかかるが、必要経費と思うことにする。これで近隣住人からの信用を買えると思えば安いものだ。

紅玉（こうぎょく）の月　二十の日

貸し部屋が完成に近づいている。いよいよ入居者を募る段階にまで辿（たど）り着いた。ありがたいことにすでにほとんどの部屋の入居が決まっている。

家賃は結局、一番安くて一ヶ月大銀貨三枚になった。私としては大銀貨三枚でもこれだけ需要があることにビックリだ。だがおそらくこれば、エディンビアという冒険者の分母が多い街だから成り立っている。他の街ではこうはいかなかっただろう。

冒険者ギルドの張り紙には、

『手ぶらで入居可能！』

と書いてもらった。だがこれだけではイマイチ伝わらないかもしれない。冒険者はいつだって背負えるだけの荷物だけで旅をしている。最低限の装備しか持っていない。手ぶらで当たり前なのだ。だからその下に家具魔道具付き・風呂トイレあり・静かで落ち着く環境と追記してもらった。これで伝わる人には伝わるだろう。

実際はもっといろいろ揃（そろ）えた。調理道具に皿にカップにタオル。寝具に寝巻まで。快適に住むには必要だ。

そろそろ引っ越しの人員手配のためにギルドに依頼書を出さなければ。

これから忙しくなるぞ！

第五章 引っ越し

Ichatsuku noni jama dakara to party tsuihou saremashita!

　ついにトリシアの貸し部屋が完成した。外観の趣は残しつつ、建物の中に入ると新しい匂いが残っている。とは言っても、まだ建物の奥にある庭はごちゃごちゃとしており、とりあえず部屋で寝泊まりすることは可能という状態だ。

（ああ、本当にこの日が来るなんて！）

　改修作業はスピンの段取りのお陰でスムーズに進んだ。彼の改修案も素晴らしかったが、実際に家を作り上げていく過程というのは、見る度にワクワクとするものだった。

　目の前の通りから見えるこの建物の外観はあまり変わっていない。トリシアのスキルを使えば、新築のように美しくはなるが、それをしては周囲の人がすぐにおかしいと気付いてしまうので、当初からそこは大きく変えるつもりはなかった。変える必要がないくらい、状態がよかったのはトリシアにとって幸運だ。

（外観リセットは窓だけで終わっちゃった）

　それだけでも建物が息を吹き返したようだった。スピンや彼の祖母がそれを見て、胸に手を当てて感動しているのがトリシアの記憶に深く残っている。

「僕達に遠慮しないでくださいね」

スピンは何度もこの言葉を伝えていた。どうにも新しいこの建物のオーナーは自分達前オーナーを気遣って在りし日の形を残そうとしているのではないかと心配したのだ。

「私の好みにドンピシャだから、このままの姿でいさせてください」

トリシアはこの地域の空気感も併せて気に入っていた。路地裏が続く、ノスタルジックでなぜか懐かしく感じるこの場所を。

「ここに新築ピカピカな建物ってのも、ちょっと風情がないなぁって」

「確かにそうですね……。この辺りは同時期に建築されたものが多いですから、経年劣化をなかったことにすると目立つかもしれません」

スピンも同意見だった。

外観の変化は、海がある庭側にあった。各部屋にバルコニーが追加されている。ここでお茶を飲むもよし、ただ海を眺めるのもよしと、トリシア本人も利用を楽しみにしていた。

一方、内装は二階より上が大きく変わっている。彼女のスキルによって床は綺麗になり、さらにその綺麗になった床を切り出して、資材として転用するという荒業も使って費用を抑え、新たな部屋の枠組みを作り上げた。裏庭には管理人用の小屋があり、建物の二階、三階に各三部屋。さらにそれぞれの階にゲストルームと物置部屋がある。トリシアの部屋は屋根裏部屋を改装した。もちろん、一番面積が広い。一人で住むというのに部屋数も多いので、ちょっとしたセレブ気分だ。

そんな我が城をトリシアは感慨深げに正面から見上げている。

「ご主人様、おめでとうございます」

今日ばかりはいつもお堅いティアもとても嬉しそうに笑っていた。

「ありがと！　ティアが色々手伝ってくれたおかげだよ！」

「それは当たり前のことですので」

　本当に彼女はそう思っているので、また無駄に奴隷を褒めちぎろうとするトリシアを先に牽制した。

　改築工事はスピンが信頼する職人達を中心として進められたが、それにティアが加わって細々とした雑用を引き受けてくれていた。綺麗な顔や髪の毛が汚れようと気にも留めず、嫌な顔も少しもせずに作業してくれたことをトリシアは知っている。

『職人さんに任せてもいいんだよ。ティアだって色々あったし、一休みする時期があったって……』

『専門的なことができなくても仕事はありますから。もちろんご命令であればすぐに引き揚げますが』

『いやいや！　やりたいのならもちろんいいんだけどね……！』

　スピンや現場にいる職人達がティアを歓迎してくれていることをトリシアは知っていたが、もしも彼女が恩に報いるために無理をして働いているのなら、それはトリシアが望んでいないということを伝えたかった。

『管理人としてお雇いくださると仰いました。近くで管理する建物ができていく過程を見るとなんだかとても愛おしい気持ちが湧いてくるのです』

（それはわかる！）

　そう言っていつもは無表情の彼女の瞳が楽しそうにきらきらと輝いていたので、トリシアはそれ以上止めることはしなかった。

「とりあえず荷物の搬入ね！」

「……はい」

スピンの勤める工房の倉庫には、トリシアが買い溜めたたくさんの家具が置かれたままになっている。ティアはその倉庫に間借りしていたのでその分量をよく知っていた。

大きめの家具としては、食事用のテーブルに椅子。キャビネットに貴族の屋敷でしか見たことがないソファまで倉庫に運び込まれてきた時には、ティアは口をポカンと開けて驚いた。いったいどれだけ豪華な貸し部屋にする気なのかと。

だがそのうちティアも一緒に市へ貸し部屋の備品を揃えに出るようになると、トリシアが楽しそうに入居者が使うための必需品を探しているのをルークと二人、微笑みながら眺めるようになっていた。

『いや～一人だとこんなに食器買っても使いきれないけど、部屋の数だけ好きな食器買えるなんて！　貸し部屋最高～！　あ！　これも可愛い!!』

結局、明らかに部屋数以上の備品が揃ったが、

『し、しまう場所はいっぱいあるから……』

別に誰かに叱られるわけでもないのに、目を逸らしながらティアの愛しい主人はいつも慌てるように言い訳をしていた。

そういうわけで、運ぶべき荷物は日に日に増えていき、大仕事となるのは誰が見ても明らかだった。

「どうされますか？　運べる物は私と双子姉弟で全て運び込みますが、大きな物もありますし」

「こういう時の冒険者ギルドよ～」

トリシアは準備万端とばかりに得意顔になっている。すでに冒険者ギルドへ依頼を出していたのだ。

【近日中　荷物の移動　半日程度　大物家具あり　報酬：大銅貨五枚／人
移動に有利な魔法が使える場合　報酬：大銅貨七枚　三～五名程度　食事付】

この内容を冒険者ギルドの依頼掲示板に貼り出してもらっていた。

「こういう依頼も出せるのですね」

「そうそう。こんな個人的なことでもお願いできるの。なかなか便利でしょ？」

あとはそれを見た冒険者がギルドの受付で手続きをする。そうするとさらに具体的な日程や依頼の詳細を教えてもらえるのだ。ちなみに大きな街にあるギルドであれば、文字を読めない冒険者向けにギルド職員が依頼の斡旋もしてくれた。

今回の場合、依頼を受けてくれる冒険者が揃ったかどうかトリシアが何度かギルドに確認に出向く必要があるが、人選に関してはギルドがうまくやってくれるので依頼する方は楽なのだ。

(採用面接って時間も手間もとるし……ギルドが見繕ってくれるのは楽よね)

依頼主は頼もうと思えば求める人材の詳細まで依頼できる。ギルドがすでに持っている冒険者の情報である程度振り落としてくれるのはありがたい。

トリシアは今回の依頼では、階級は不問にし、温厚な人物を希望した。その方がティアに対する振る舞いがいくらかマシだと知っているからだ。

「少々依頼金が高いようですが」

ティアは冒険者への依頼金額の相場を知っているわけではないが、探りを入れるように尋ねた。トリシアの性格上、自分を気遣って、あえて高い金額を提示し人数を集めた上で、奴隷の自分に都合がいい人材を精査するつもりではないかと、見事に見当をつけていたのだ。

案の定、トリシアの肩がビクリと動いたのをティアは見逃さない。

「そ、その方が早く人材集まるし、どうせならいい人にお願いしたいじゃん！　明日にでもある程度揃ってると思うわよ」

それに倉庫から貸し部屋までそれなりに距離がある。荷馬車も使うが道幅がそれほど広くないので、小型のものを手配していた。そうなると何度か往復する必要があるので、拘束時間は長くなるかもしれない、だからこの金額は妥当なのだと、トリシアは目を泳がせながら説明する。

「それに……私もぺーぺーの頃はこういう依頼に助けられたし……」

今回の依頼は基本的に低階級の冒険者が引き受けるだろうとトリシアは予想していた。彼女も以前はこういう小さな依頼もたくさんこなしていたのだ。命を懸ける必要のない、報酬がそこそこの依頼は低階級の者にはありがたい。案外人気もある。

（エレベーターもないしねぇ）

かなりの重労働になるのはわかりきっている。だからこそ少し報酬が上がっても魔術師を集めたい。この世界で荷運びといえば風の魔術が一般的だ。冒険者が大きめの素材を持ち帰る際にもよく使われる魔術なので、階級が低くとも使える者が多い。

「……わかりました」

ティアは次から次に言い訳のように理由を話すトリシアに対し、一応、納得しました、という態度になったが、そのまますぐに主人の目を真っ直ぐ見つめて、

「いつも気遣ってくださりありがとうございます」

と感謝の言葉を漏らした。

「ですが私が負けず嫌いなのはご主人様もご存じだと思います。どうか、気にしすぎないでくださいませ」

そう不敵に笑ってみせた。


引っ越しに備えて、トリシアとティアは綺麗に改装された建物内への搬入ルートを確認した。特に大きな家具が扉から入るか……もしだめなら窓から入れなければならない。そういう確認を事前にしておけば、当日スムーズに作業ができる。

(買った洗濯機がドアを通らなくて運搬業者さんに謝り倒した前世があるのよ……今世ではそんな失敗はしないわ！)

さらに近隣住人への挨拶(あいさつ)も怠らない。引っ越し当日は騒がしくなる。少しでも心証をよくするために、手土産(てみやげ)つきで根回しだ。

(ものすごくビックリされてしまった……こういうことやらないのね……)

だが狙い通り印象はよくなったようだった。なにかあったら手伝うからね、なんて言葉まで引き出せたのは大きい。今後続くご近所付き合いは今のところうまくいっている。

ギルドの宿泊部屋とのお別れが近づいている。そう思うと、長らく過ごしたその部屋に少し名残惜しい気持ちも出てくるが、やはりどうしてもワクワクが勝った。

「私達も引っ越しね！」

ウキウキと鼻歌を歌い、目を輝かせているトリシアに、ティアはあらたまって深々と頭を下げた。

「ご主人様。奴隷の私のためにあのような立派なお部屋をお与えくださりありがとうございました。精一杯働かせていただきます」

「ちょ！　やめてやめて！　住み込みの管理人だもん、部屋は必要でしょ！」

「いえ、私には過分なお心づかいでございます……以前の仕事場よりも立派です」

ティアは以前領主の屋敷で下働きのメイドをしていたのだ。住み込みだったが、その時よりもずっと魅力的で快適な部屋がトリシアによって用意されていた。

そもそも奴隷は一般人（自由人）と同じ建物内での寝泊まりは許されない。だからトリシアは庭の一部、建物のすぐ側（そば）に小さな小屋を建ててもらった。小さいがコテージのようだ。職人の腕が良かったのか、隙間（すきま）風も感じない。

その小屋は扉を開けると小さな玄関になっており、靴箱も設置していた。部屋に入るとすぐに狭いがキッチンスペースと保冷庫が置かれていて、一人用の木製の食事テーブルに椅子、それからシンプルな布張りのソファを置く予定にしている。最近定期市で買った、ガラス扉のついた綺麗な赤紫色のキャビネットもこの小屋に入れ込むつもりだ。

それから中二階があり、そこが寝室となる。もちろん小さいが、風呂トイレ付きだ。小屋の窓からは、これから綺麗に整備される予定の庭がよく見えた。

（いやぁやっぱ人助けはするもんだわ。まさか騎士団長があんなにお礼をくれるとは）

迷子のエリザベートを冒険者ギルドまで送り届けた際のお礼が後押しになり、結局全室に風呂とトイレを設置することができた。もはやそれだけでトリシアの希望が七割ほど達成できたと言ってもいい。高額な出費になったが、彼女がなにより望んでいたことだ。それが叶って、まさに夢を見ているような感覚を味わっている。

「キッチン、狭かったら建物の一階にあるのを自由に使ってね」

「はい。ありがとうございます」

一階のエントランス部分は結局広々とした綺麗なフロアと、宿屋時代に宿泊者のための食事を用意していた厨房も残っている。これを使わず、デッドスペースにするにはもったいないと言わざるをえないが、それでもそのままにしてあった。ここにはとりあえずソファやテーブルなどの応接セットに使えそうなものを置く予定にしている。まさにマンションのエントランスのように。

「食堂でも開きますか？」

「料理できる？」

「私も……」

「……いいえ。簡単なものしか」

相変わらずこのスペースは悩みの種だったが、トリシアはまだ楽しみが残っていると思うことにしていた。

◇◇◇

依頼を出した翌日、トリシアはギルドの常駐ヒーラーの仕事が終わったその足で、引っ越しの依頼の受付状況をギルドの窓口に確認しに行った。

「いやその……それがですね」

「え⁉　全然集まらなかった⁉」

歯切れの悪いギルド職員に、トリシアは不安になる。依頼料を相場よりも少し高く設定したのに、全く反応がなかったのだと受け取ったからだ。

「お一人、どうしてもという冒険者がいるのですが……その……」

そうしてギルドの職員はそっと依頼申し受け用紙の名前をトリシアに渡した。

「え？　えぇ⁉　これって⁉　同姓同名？」

「……ご本人です」

記載されていた名前は、エリザベート・エディンビア。F級冒険者。職業は剣士だった。

「な、何がどうなってこんなことに？」

「我々にも何が何だか……」

以前彼女に会った時に見た、ゴロツキ相手の大立ち回りを思い出した。彼女の実力は間違いない。十分な戦闘能力は持ち合わせている。だがそれはそれ、これはこれだ。強いから、剣を扱えるからといって冒険者になるお嬢様をトリシアは知らない。

「いつから冒険者を？」

「昨日です。我々もどうしたらいいやらで……貴族出身の冒険者がいないわけではありませんが、その……我々領民からするとエリザベート様というのは特別ですし……」

あまりに予想外の出来事に、ギルドの職員は各々が自然と忖度しているのか、この話はまだそれほど広まってはいなかった。ただトリシアは間もなくこの件に関して関係者となるため事前に知らされたのだ。そのせいか、チラチラと他の職員からの窺うような視線を感じる。

「と言うか……なんで冒険者に？」

それは冒険者ギルドの職員も同じ気持ちだった。

エリザベートは登録後すぐにこの依頼を見つけたそうだ。階級を上げるには魔物狩りと依頼、どちらの実績も必要なことは知っているようだと職員は小さな声で語る。

「どうやら登録費を貯めるのに少々時間がかかっていたらしく……少し前から領城は出られていたようです」

「それって……登録費も払えない状態だったってこと!?」

「はい……」

「ど、どうなってるの……!?」

「どうなってるんでしょうね……」

受付の男性と二人、エリザベートの名前が書かれた紙に目を落とす。

「それで、依頼主であれば引き受けた冒険者の選別ができますが、どうされますか？」

つまりはエリザベートがこの引っ越し作業の依頼を引き受けるのを依頼主として拒否するか？　と聞かれている。

「う……」

トリシアはこの時、急にあることを思い出した。ルークが必死の形相でトリシアにこれ以上抱え込むな、と言っていたことを。

（これのことかぁ……！）

彼は知っていた。そして予感もしていたのだろう。

（これはまた……ルークの呆れる顔が見れそうね……）

トリシアは苦笑しながらも、来るべき未来を受け入れたのだった。

「今日は依頼を受けてくれてありがとう。早速作業内容を説明します！」

引っ越し当日、秋晴れで気持ちのいい日だった。

集まった冒険者は全部で四名。全員がソロの冒険者でD級以下。それにトリシア、ティア、双子の姉弟、それからスピンが加わる。総勢九名だ。

「ここにある物を別の建物の部屋に移動させて設置をしてもらいます。大きい物もあるので気をつけて作業してください」

スピンが倉庫の扉を開けて中を見せる。結局倉庫は二つも借りていた。中には家具がぎゅうぎゅうに詰められている。中古で買ったものばかりだが、今はどれもとても綺麗な状態になっていた。

「作業中に怪我をした場合すぐに教えてください。治療費はいただきません」

にこりと笑顔でトリシアは冒険者達に告げる。

「それから家具や建物を傷つけちゃったり壊しちゃった場合も隠さず教えてください。報酬から引いたり、逆に金を払えなんて言わないので」

しっかりと説明を続けるが、皆それどころではなかった。目線が、ある女性から離せないでいたのだ。ティアはそれに少しムッとしている。

(いや～これは仕方ないって……)

トリシアも自分の行動が少し不自然になっているのがわかった。声は上ずるし、あえてその人を見ないようにしていた。極端に笑顔にもなっている。事前に言われていたからだ。

「お久しぶりです、トリシア。ご覧の通り私はただの冒険者となりました。貴女もそのつもりで私を扱ってくださいね」

あの綺麗なプラチナブロンドの髪の毛をばっさりとショートに切っていた。

エディンビア出身者全員が、エリザベートの方をチラチラと見ている。ソックリさんにしてはあまりにも美しすぎるのだ。

それに気が付いたエリザベートは少し不敵な笑みを浮かべた。

「皆様、どうか依頼主の説明をお聞きになって。私のことは後ほど」

「は……はい……」

全員トリシアと同じように上ずった声で応える。

これでここに集まった冒険者は皆、この女性がエリザベート本人だと確信した。同姓同名のソックリさんではない。領主の娘が冒険者になったのだと。

作業はかなり順調に進んだ。ギルドに依頼した冒険者は、エリザベート以外はトリシアの希望通り魔術師だった。

風の魔術をうまく操り、重い家具を馬車に乗せて降ろし、さらにまたそれを階段や窓から建物の二階三階、そして屋根裏のトリシアの部屋にまで搬入した。

(バルコニー用の大きな窓がこんなところで役に立つとは)

重い物も階段を使わず、庭の方から真っ直ぐ上に持ち上げるだけなので、かなりの時間短縮になった。

個人の魔術の実力より重さが勝る時は、数人で力を合わせて融合魔術を使ったので、ソロの冒険者達にはいい経験になったようだ。

エリザベートは一人で、その怪力を発揮してヒョイヒョイと重いソファを持ち上げ運んでいく。

(あれが魔法じゃないってどういうこと⁉)

確かに彼女が持ち歩いていた大剣は重そうだった。そしてそれをいとも簡単に振り回すエリザベートに違和感を持たなかったわけではない。

「スキルよ」

「え⁉　でも……」

「ええ。私(わたくし)は魔法は使えません。その分スキルの能力が高くて幼い頃はそれを抑えるのに苦労しました」

エリザベートがあまり表に出なかった理由はその特殊な状態にあるスキルのせいだったのだ。

スキルは魔術と違いあまり研究が進んでいない分野だ。スキル保有者が少ないのと、内容が多岐にわたるために研究しようがないというのもある。どのスキルも分母が足りない場合がほとんどだ。

(何事もイレギュラーがあるのね)

またエリザベートは指揮を執(と)るのもうまかった。と言うより、立場的に誰もが彼女に従うのを嫌がらなかったというのもある。

「凄(すご)い！　皆優秀ね！」

思ったよりもずっと早く引っ越し作業は終わった。あとは各部屋に食器などの小物を入れ込むが、それはまた入居者が入り次第随時なので急がない。

「じゃあ少し早いけど、お疲れ様会しましょ！」

一階のスペースを使って、立食式の簡単な食事会を計画したのだ。調理は商業ギルドを通して料理人を手配してもらった。それにスピンの祖母が加わっている。立食式で、テーブルの上には家庭的な料理がたくさん並び始めていた。

仲のいい冒険者や、作業してくれた職人、近隣の住民も招いて、この建物のお披露目(ひろめ)とこれからよろしく、という挨拶も兼ねていたのだ。

「引っ越し前にも挨拶してましたよね？」

スピンはトリシアが気を使いすぎだと感じていた。自分の祖母や知り合いの近隣住人は嬉しそうにしているが、彼女の負担が大きいのではないかと心配している。ルークがいつも心配ばかりしているわけだ、とも。

「はじめが肝心です。冒険者向けの貸し部屋をやろう！　って人が少ない理由は今回のでよくわかったので」

「ああ……たしかに」

家主の負担や不安だけではなく、近隣住人の不安にも対処する必要があった。冒険者というのは珍しい職業ではないが、日常生活の中に四六時中いる存在でもない。

トリシアの気を使いすぎるほどの根回しのおかげか、この建物内にいる近隣住民たちはとりあえずニコニコと談笑を続けていた。トリシアはそれを見てホッと胸をなでおろす。

（ルークがいない時にやるのはやっぱ気が咎めちゃうな～）

エディンビアをトリシアに勧めたのはルークだ。さらにここまで辿り着くまで、良きアドバイザーとしてトリシアの側にいてくれた。

もちろんルークはそんなこと気にしていない。少しでも早く貸し部屋業を始めるよう彼女に念を押して王都へ旅立っていた。

「大盤振る舞いじゃねえか」

エールの注がれたグラスを持って、満面の笑みでアッシュが話しかけてきた。

「俺の部屋見たぜ。ありゃいい部屋だ！　しかも本棚作り付けてくれたんだな。ありがとよ」

少しでも早く入居したいと、日取りまで確認されトリシアは嬉しくてたまらない。

エリザベートはひとしきり建物内を散策した後、一階へ戻ってきた。

「トリシア。この場を借りて少し挨拶してもいいかしら」

「どうぞどうぞ！」

（ラッキー！　これで箔も付くってもんよ！）

まさかの申し出に、これでご近所からクレームもなくなるだろうとトリシアは安堵した。残念ながら、ここに冒険者専用の貸し部屋を作ることを嫌がる声がトリシアには届いている。その声の主も今日ここにいた。

（ま～素行の悪い冒険者がいるのは確かだし）

だからトリシアもここに貸し部屋を作ったのだ。素行が悪く、真夜中でも大騒ぎする冒険者を避けるために。

入居者にはこの建物に住むためのルールを守ってもらうため、魔法契約まで結ぶと伝えてなんとか納得してもらえたが、ネガティブな感情なく受け入れてもらえる方がいいに決まっている。領主の娘エリザベートのお墨付きとなれば、それはかなり期待のできることだった。

案の定この建物内の人間は皆、エリザベートを見て目玉を落としそうになっていた。半信半疑になりながらも、彼女の特徴的な瞳の色を見て確信し、動揺を隠せない。

「皆様」

エリザベートの力強い声が響いた。

「この素晴らしく美しい建物の主人からこの場をお借りしてご挨拶申し上げます」

騒（ざわ）ついていたフロアがピタリと静かになる。人々の視線がトリシアの方に移ったので、急いで頭を下げた。

「皆様、まずどうして私（わたくし）がここでこうしているか不思議で仕方がないようですので、説明いたしましょう。私、エリザベート・エディンビアは数日前からこの街で冒険者をしております。以後お見知り置きを」

わぁ！　と拍手で部屋中がいっぱいになる。なんで？　と、思いつつもこの領のアイドルが自分達の近くにいるのが嬉しいという気持ちが勝ったようだ。

「一番上の兄は騎士として、二番目の兄は政務で、そして私は冒険者としてこの街に貢献していく所存です」

そしてまた挑戦的な不敵な笑みを見せる。どうやら彼女のあれはとても楽しんでいる時の笑顔らしかった。

「エディンビアは難易度の高いダンジョンを持つ冒険者の街でありながら、長期滞在に適した専用の宿泊施設はありません。冒険者は身体が資本、休むことも仕事のうちでしょう。ここの主人であるトリシア様にはエディンビアの一族を代表してお礼申し上げます」

そして美しい所作でエディンビアがトリシアに向かって頭を下げた。トリシアはまたまた急いでお礼を返す。

(やった！　これで誰も文句は言えないでしょ！)

そう心の中でガッツポーズをしたのだった。

世話になった人達への挨拶も終わり、トリシアは庭で一息ついていた。まだ簡単にしか手入れをしていないが、鮮やかな緑の奥に小さな灯りが煌めく夜のエディンビアの街並と海、それから夜空が見える。美しい眺めだ。

(東屋でも作ろうかな……でも冬は寒くて使わなくなっちゃう？)

そんなことを考えていると、建物から出てきたエリザベートに声をかけられた。どうやらトリシアと二人で話すタイミングをうかがっていたようだ。

「トリシア、ここの貸し部屋にまだ空きはあるのかしら？」

「え？　ああはい！　一室だけ……ですがその……」

「お家賃ね」

「はい……」

この貸し部屋の賃貸は冒険者宿と比べて決して安い方ではない。それこそF級には厳しい額になる。

現在この建物にはトリシアの部屋以外に六室あり、そのうち四部屋が単身用、残り二部屋がやや広く二人まで利用ができるようになっていた。今余っているのは単身用の一室のみ。家賃は月に大銀貨三枚としている。

「まけたりしたらダメよ？　それが誰でも」

「あの……その……はい……？」

エリザベートが何を言いたいかわからない。この貸し部屋に入りたいのか、入るつもりがないのか。

「部屋代はティアに聞きました。ですがゲストルームとして使う予定の部屋の価格は決めてないのですってね」

「まぁはい……はい!?」

（だって入居者の知り合いが泊まる用の部屋だし……）

ただ、冒険者にそんな相手がいることは稀だ。遠方で暮らす家族が遊びに……なんてことはない。余った空間を倉庫ばかりにするのはもったいないと感じ、必要性を疑問視する周囲の声を無視して作った部屋だ。トリシアの自己満足の塊である。

「そのお部屋。貸しに出すつもりはないかしら？」

「ど、どうしましょ……」

物理的な距離は縮まっていないのに、トリシアはエリザベートから謎の圧を感じてタジタジになる。

「私が入居すれば、この新しい試みに箔が付くのではなくて？」

またもや不敵な笑みだ。エリザベートは使えるものはなんでも使うタイプだった。ルークのように貴族の身分はもう捨てた！　と遅れてきた反抗期のような意地を張るタイプではない。親の威光もかつての自分の肩書も利用できるだけ利用する。

「まさかさっきの挨拶……！」

「ふふ。あれで私の利用価値がわかったでしょう？」

どうやら彼女の作戦にハマっていたらしい。だが少しも悔しくないのは、今日一日、彼女の楽しそうな姿を見たからだった。

「一ヶ月、だ、大銀貨一枚でいかがでしょう……」

「ではそのように、家主様」

月に照らされたエリザベートは、今度はホッとしたように笑った。

冬の始め、ついにルークが王都からエディンビアに戻ってきた。彼としては一刻も早くトリシアの側に戻りたかったのだが、彼のＳ級冒険者という肩書がそれを阻んだ。……というのはまた別の話。

「遅かったわね」

「なっ！　なっ！　お前……！　なななんで!?」

トリシアの貸し部屋に到着したルークが一番初めに会ったのは、ちょうどダンジョンから戻ったばかりのエリザベートだった。頬や服に土埃が付いたままだ。

「トリシア～！　ルークが戻りましたわ～！」

面食らって固まっているルークを無視して入り口のドアを開け、建物に響き渡る大声でトリシアに呼びかける。まさかエリザベートがそんな行動をするとは思わず、ルークは目を見開いた。彼女は貴族のご令嬢。今のように大声を出すなど、はしたない行為として咎められてきたはずだと。

トントントン、と階段の方から軽い足音が聞こえてくる。

ルークはトリシアになんと言おうか迷った。自分があれだけ真剣に忠告したにもかかわらず、エリザベートを招き入れていたのだから。

（あぁったく！　また余計なモン抱え込んで！）

だがその気持ちも一瞬で遠く彼方に吹っ飛んでいった。

「ルーク！　おかえり！」

階段を駆け降りてきたトリシアは満面の笑みで、本当に嬉しそうにルークを迎え入れた。

『おかえり』という単語がルークの心にじわじわと染み込む。

「た、ただいま！」

頬を赤らめて少し照れながら応えるルークを見て、エリザベートはニヤリと笑っていた。すでに彼からは先ほどの切迫したような表情は綺麗さっぱり消えている。

「エリザもおかえりなさい！　今回はどうだった？」

「Bクラスの魔物をかなり倒せたからいい稼ぎになりました。やっぱりパーティを組むといいわ。持ち帰れる量は増えるし、何より私、解体するのが得意ではなくって」

「買取所で解体まで頼むと結構手数料で持ってかれるもんね～」

『普通』の会話を繰り広げている彼女達を見て、いつの間にこんなに二人は仲良くなったのかと、今度はギョッとした顔になっているのをエリザベートは見逃さない。

「トリシア。今度また二人で行きましょう。面白い場所を見つけたの」

「え！　なになに！　行きたい！」

そうして二人でキャッキャと楽しそうに会話を続ける。もちろん、エリザベートはわざとだ。ルークから漏れ出ている羨ましそうな反応を感じ取り面白がっていた。

「すぐに貴方に追いつくから首を洗って待ってなさい」

ルークに向かってまたも不敵な笑みを浮かべていた。

エリザベートは今、トリシアからの引っ越し依頼で知り合った冒険者達と仮のパーティを組んでいる。彼女は基本的にこの街から出るつもりがないので、あくまで仮だ。エリザベートはあっという間に階級をDまで上げていた。

「お前、髪の毛どうしたんだ？」

一階のスペースでティアが出してくれるお茶を飲みながらルークがエリザベートにぶっきらぼうに尋ねた。

「売ったのよ。城を出て早々に。おかげでギルドの登録費と当面の生活費は得られたわ」

伸びたらまた売ろうかしら、そう言いながら髪の毛をクルクル指でまわしていた。

「エドガーの負けだな。たくましいよ。すっかり冒険者だ」

「ふっ……お兄様は私がどれだけ本気か試してらっしゃるのでしょう」

エドガーはエリザベートのもう一人の兄だ。頻繁に体調を崩す領主を手伝い政務に励んでいる。

エリザベートが冒険者になることに一番強く反対し、城を出ていく彼女に一銭も与えなかった。そうすればすぐに泣きついて戻ってくると思っていたのだ。

なんといっても彼女は侯爵家のお嬢様。一般の暮らしに馴染む可能性など考えもしなかった。

「まぁお金は銅貨一枚持ち出しませんでしたが、その他のモノは色々と」

彼女はちゃっかりと冒険者に必要なものは持ち出していた。それも高価なものばかり。

「トリシアの貸し部屋に滑り込めたのは幸運でした。こんなにゆっくりと自分の部屋でくつろげたことなんてないもの」

入り口の扉が開いた。少し大きな、上部が丸くなった木製の扉だ。ドアノブにはライオン……ではなく龍が象(かたど)られている。

「お！　ルーク戻ったか！　おーいトリシア～！」

「アッシュか。久しぶりだな」

「トリシアとはさっき会ったわ。お客様がいらしてるみたい」

ちょうど階段からトリシア達が降りてきた。スピンと、彼の上司にあたるバレンティア工房の親方だ。

「ではトリシアさん。今後ともよろしく」

「はい！　わざわざありがとうございました！」

スピンは親方と一緒に帰っていったが、ルークを見てパァッと表情が明るくなり、満面の笑みのままお辞儀をした。

「ごめんね！　念のため点検ってことでわざわざ親方さんが来てくれてたから」

「終わった後もしっかり面倒見てくれるんだな」

「うん。弟子の仕事に満足してたみたい」

そう言って微笑むトリシアのことを可愛いと思いつつ、その微笑はスピンに向けられたもののようにも感じてルークは複雑な気分になった。何よりスピンは自分がここに戻ってきたのを見て、あれほど笑顔で喜んでくれているというのに。自分がいない間もトリシアと楽しく貸し部屋を作っていたのかと思うと羨ましくて仕方がない。

（あの傭兵どもが余計なこと言うから……）

トリシアの側で、彼女が困った時はただ助けるだけと決めていたのに。あれこれ望まず、近くで過ごせるだけで幸せだと感じていたはずなのに。今はどうも意識してしまっていた。

「もう部屋には行った!?」

それはそれは嬉しそうにルークの側に駆け寄ってくる。まるで特別な物を手に入れた時の子供のようだ。色んな人に見せびらかしたくて仕方がない。

「いや、まだだ」

「なんで!?　あんたもう家賃払ってるんだから！　早く早く！」

そう言うと急いで彼の背中を押して階段を登っていく。

ルークは背中にトリシアの温かな手のひらを感じ、今までずっと抑えてきた、彼女に触れたいという気持ちや、独り占めしたいという欲求がどんどんと溢れてくることに気が付いた。

（ダメだ。んなことしたらまた逃げられる）

トリシアが冒険者になる少し前、全力で愛情表現した末に避けられた。立場的にルークのことを無視できないトリシアは、彼が来る前に隠れるようにまでなっていた。

イーグルから注意された後は控えるようになったが、間もなく彼女は彼の下から離れていった。冒険者になるため、黙って孤児院を出ていったのだ。

もちろんトリシアはあの時、ルークの気持ちがわかっていた。そしてそれを受け入れられる立場ではないことも。彼の母親や彼の教育係からも酷く叱責され続けていた。最後は追い出されるような形で孤児院を出たのだ。

ルークの母親は、トリシアがいなくなれば全て解決するだろうと疑っていなかった。ルークがそのうち落ち着いて、然るべき相手と結婚するだろうと。

トリシアの方も同じだ。時間が経てば自分は彼にとって過去となり、淡い思い出として残るだけだろうと。冒険者となったルークと再会した時、彼はもう以前のような全力の愛情表現はしなかった。それで彼はもう自分に恋愛感情がなくなったのだとホッとした。同時に少し寂しいような気もしたが、その気持ちにはそっと蓋をしたのだった。

「どう⁉　見て！」

ルークの部屋には一面に大きな窓が付いていた。しっかりと海が見えるように。

「お！　いい眺めだ！」

「でしょ⁉　図面で見るのとは全然イメージ違わない⁉」

じっとルークの目を見つめる。肯定の言葉を待つ期待に満ちた目だった。

「ああ。図面よりさらにいい部屋だよ」

その答えに彼女はとても満足そうだった。

「ねぇ！　他のとこも見てよ！」

褒めてほしそうにブンブンと勢いよく尻尾を振る犬のようなトリシアの頭を、ルークは思わず撫でる。

「頑張ったな」

「おかげさまで！」

花が綻ぶように笑った。

エピローグ　新しい毎日が始まる

「……？」

トリシアは温かな太陽の光で目を覚ました。一瞬、ここがどこかわからない。いつも朝これほどの光を感じて目が覚めただろうか。もう少し控えめなはずだ、と。

「あ……そっか」

（もう自分ん家なんだ）

初めて正真正銘の自分の部屋で目を覚ました。大きな窓が太陽の光をたくさん部屋の中にとりこんでいる。

緊張して眠れないかと思ったが、そんな心配は不要なほどよく眠れた。寝過ごしたくらいだ。

（こういう時、冒険者をやっててよかったって思うわ……）

仕事に遅刻する！　と慌てる必要はない。とはいえ、入居初日からダラダラするわけにもいかない。今日から他の住人もさっそく引っ越してくるのだ。

「おはようティア！　よく眠れた？」

「はい。とてもよく」

スッキリした顔のティアと挨拶をかわし、パンをかじりながら今日の予定を確認する。

「お昼から双子とダンさんのとこ、それからエリザベート様が引っ越してくるわ。ティアにはピコの面倒を見てもらいたいの」

「承知しました」

　そう答えて主人に温かなお茶を入れなおす。

「ありがと。今日も晴れてよかった」

　引っ越し日和だね。とご機嫌だ。

「アッシュ様も一部荷物を運び込まれると仰ってました」

「本が溜まってるみたいなんだよねぇ」

　フフフと笑う。彼も長期間エディンビアを拠点にすると決めているからか、あれこれ古本を買い込んでいるのをトリシアは知っていた。見る度に違う表紙の本を読んでいる。唯一荷物が多いのが彼だろう。

「チェイスさんは今ダンジョンに潜ってるから戻ってきたらすぐって言ってたな~もし私がいなかったら対応お願いしてもいい？」

「もちろんです」

「えーっとあとは……」

　シーツやタオル、食器を部屋に入れ込み、魔道具が正常に作動するか再度確認だ。

「あ！　保冷庫のスイッチ入れとかなきゃ」

「冷えるまでに時間がかかりますものね」

　トリシアの貸し部屋はその身一つで借りても生活できる、という売り込みをしていた。生活に必要なありとあらゆるものが揃っている。そうは聞いていたが、それがどういうことか、入居者達はまだ理解はしていなかった。

最初にやってきたのはダンだ。ピコを抱っこし、大きな荷物を背中に背負ってやってきた。本人の荷物はほとんどなく、姪のものばかり。ティアにピコを託し、トリシアが案内する。ダンは内覧会の日は依頼を受けていたため来られず、初めて部屋の中を確認した。

「本当になんにもいらねぇんだな⁉」

開口一番、驚きのあまり声が大きくなる。

「ふっふっふ！　言ったでしょ！　何にもいりませんよって！」

思った通りの反応が返ってきてトリシアは大満足だ。日常に必要なものは全て揃えていた。そしてこの部屋に限ってはピコに必要なものも。

ダンが何より感動していたのは、まさかのランドリールーム。そこには魔道具の洗濯機も設置されていた。

「ああ……これで冷たい水でピコの着替えを手洗いする必要がなくなる……」

しみじみと声を漏らす姿に、彼のこれまでの頑張りを感じ取ったのだった。

「こりゃあ金がかかっただろ」

商家の人間ならともかく、ダンはトリシアが孤児院出身なのを知っている。もちろん階級がCだということも。どうやってこれほどの建物を買い、改修し、家具や魔道具を集めたのかわからない。

「そりゃあ地道に頑張りました！」

誤魔化すようにフフフと笑うトリシアを見て、

「そうだよな。俺もエディンビアに来てからのデカい仕事にはいっつもお前がいたし、冒険者仲間からもトリシアの名前はよく聞いた。そりゃあそんだけ働いたらなぁ……大変だっただろ。色々あっただろうに……頑張ったな」

予想外にも、トリシアよりトリシアの苦労をおもんぱかってくれるダンの言葉で思わず少し泣きそうになる。ダンもトリシアがパーティを追放された話を聞いたのだろうと今の言葉でトリシアは気付いた。

(頑張った……うん。私、頑張った……！)

他人からそう言ってもらえるのがこれほど心に響くとは。もちろんそんな姿は見せず、照れ隠しをするように謙遜した。

「ま、まあ常駐ヒーラーのヒール単価が高かったってのは大きかったので……」

「運も実力のうちだ。チャンスを自力でつかめるかってのもある。お前はすごいよ、トリシア」

「……ダンさん。褒め上手ですね」

「そうか？」

どうやらダンはいいお父さんになりそうだとトリシアは笑った。

次にやってきたのはエリザベートだ。彼女の手には小さな鞄(かばん)一つだけ。あらかじめ決めていたゲストルームに荷物を置き、満足そうに頷(うなず)く。

「フフ！　ここが今から私(わたくし)の城ね。とっても素敵だわ」

「気に入っていただけて……よ、よかったです」

「まあまあ家主様！　そんな他人行儀にならないで」

トリシアは彼女が馴染めるかとても心配していた。なんたってお嬢様だ。食事に着替え、入浴も他の誰かの手を借りる生活をしていた。これからは一人でやらなければならない。

「魔道具の説明をしますね」

「あら。簡単じゃない」

意外や意外、彼女は楽しそうに魔道具の使い方を覚えていき、なんでも自分でやりたがった。

「まあ！　そんなに驚かないで？　冒険者になると決めた時点であらゆる覚悟はしてきたつもりよ。貴女の貸し部屋のお陰で、日常の生活についてはずいぶん心配しすぎだったということになってしまったけれど」

魔道具の便利さに感動していた。そしてこれなら自分で何でもできると確信を得たようだ。

「でも、なにかあれば言ってくださいね」

「ありがとう。感謝します」

そう言って騎士のような礼をするエリザベートにトリシアは見惚れてしまった。

「あら。惚れてもかまわなくってよ」

「ええ！　今のわざとですか⁉」

トリシアの反応を見てエリザベートは声を出して笑った。彼女もまた、新生活に浮かれているのだ。

本日最後は双子だ。なんと手土産まで持ってやってきた。トリシアが引っ越しの挨拶で近隣住民にちょっといいところのお菓子を渡していたのを聞いて真似したのだ。

「よ、よろしく……お願いします……」

これまでの苦労が報われたようでトリシアはジーンと感激する。彼らは幼い頃、多少人里で暮らした記憶がある程度。まるで浦島太郎に現在の生活を教えるかのような日々だった。魔の森からエディンビアにやってくるまで、なんとかなっていた方が驚きだ。

(あの強さがあったからこそ生き残れたんだろうけど)

そうしてトリシアに出会えた。彼らも運をつかみ取ったと言える。

「荷物はここに入れられるようになってるからね」

部屋の入り口に備え付けられた荷物置場に背負ってきた鞄と武器を置いたら手ぶらだ。双子は揃って、

「……落ち着かない」

と呟(つぶや)いた。

「あはは！　そうかもね！」

トリシアにもその気持ちはわかる。荷物を放置すれば盗まれてもしかたがないと言われる世界。これまで盗まれないよう常に肌に身に着けていたものだ。

「まずドアの鍵の説明をするね。オートロックの設定に……えっと、自動で鍵がかかっちゃうようになってます。開けたい時はここにある数字を押して……」

それ以外にも各魔道具の使い方の説明が続いた。双子はチンプンカンプンだと目を回していたので、

「まあ、わからなかったらティアか私に聞いて。少しずつ覚えられると思うから」

急いで覚える必要はない。彼らのペースでやっていけばいい。幸いにも、双子はどちらもこの世界に馴染む気はあるのだから。

「ありがとう……」

「あの……とってもいい部屋だ」

どうやらこの言葉を伝えたかったようで、双子は少し頬を赤らめていた。

「あはは！　ようこそ冒険者専用の貸し部屋へ！」

トリシアも嬉しそうに照れながらそう答えた。


エディンビアの街は今日も変わらず賑わいを見せていた。そんな世界の中で、トリシア達の暮らしはほんの少しだけ昨日までとは違う毎日に変わっていく。

番外編

冒険者のお仕事

Ichatsuku noni jama dakara to party tsuihou saremashita!

　この世界の冒険者とは多種多様な業務を請け負う『なんでも屋』といった一面もある。護衛、討伐、採取なんてのが花形で、依頼があれば引っ越し作業、建物の解体、場合によっては掃除に子守まで引き受けることもある。

　護衛の依頼はなにも対象は高貴な人や金持ちだけではない。個人店の商人がギルドの金庫へ多額の金品を移動するだけの短距離移動へ付き添うこともあった。

　討伐は大きな街から少し離れた地域からの依頼数が多い。賢く厄介(やっかい)な魔物ほど、どこが危険で誰が危険かは本能で理解しているので、冒険者や兵士がいない場所で狩り(食事)をおこなう。こういう場合は冒険者への報酬も高く、名も上がるので冒険者には人気の依頼だ。

　採取はどの階級の冒険者にとっても一番確実に稼げる仕事だった。採取すればするだけ収入を得られる。買取所に持っていくのが一般的だが、依頼掲示板にわざわざ出ているものは報酬も高く、ものによっては依頼の取り合いにもなる。

　その他の依頼は冒険の合間に引き受けることが多い。武器の修理中や、拠点の移動の合間の小遣い稼ぎだ。

そんな冒険者の九割以上がただの平民だ。

何者かになりたくて家を飛び出した者、食い扶持（くぶち）を探して辿（たど）り着いたのが冒険者だった者、誰にも使われず気楽に生きたい者、こちらの理由は様々。

「お金と実績ね！　ヒーラーならC級までいけば治癒院で修業を積んだのと同程度の能力とみなされるし。何より稼げるからね～。引退後は治癒院を開くもよし、貯（た）めたお金を元手に貸し部屋業を始めるもよし！」

という計画的な冒険者もいる。

彼らにとっては他で働くのと同じ、生きていく手段の一つだ。伸（の）るか反（そ）るか、生きるか死ぬかはわからない。だが、どれだけ生まれが貧しくとも、一発逆転大出世して、一代で財産を築くことができるかもしれない。そんな実に夢のある職業だ。

残り一割弱がなにかしら特権階級出身となるが、この場合理由はだいたい同じである。

実家があまり裕福でない場合、次男以降は将来的な生活に不安が生じる。多くの者がそこで目指すのは学者や実業家、聖職者や騎士だが、ごく稀（まれ）に冒険者として名を上げようと目指す者もいた。手っ取り早く金を手に入れることができるからだ。実力さえあればだが。

実際、ここに属する冒険者はなかなか優秀なことが多い。ハングリー精神もあり、平民出身の冒険者とは事前の知識量が違う場合が多く、効率的に依頼をこなすのもうまかった。下手（へた）なプライドもないので、平民出身の冒険者ともうまくやり、尊敬の対象になることも多い。

実家が裕福な場合、その多くが嫡子ばかり優遇されている状況への当てつけだ。有名冒険者になればこの国では人気者。アイドルのような存在になることができる。家族を見返してやろうと奮起する者が多い。

この場合の冒険者はかなりプライドが高い。肩書だけではなく、実家ですでに剣術や魔術の教育を受け、スタートラインが他とは違うと自負しているからだ。平民の冒険者には高圧的に接するため、嫌厭されがちである。そのためソロであることが多かった。その前に裕福な生活と冒険者の生活のギャップに衝撃を受け、ほとんどが途中で脱落するが。

最後に、裕福な家柄で尚且つ貴族の跡取りという肩書を持つ冒険者。現在国内には一名だけ確認されている。だがその理由は一般的には知られていない。いったいなぜ彼が冒険者になったのか。彼の日常を知らない人々は皆、首を傾げるしかないのだ。

「女の尻を追いかけて冒険者になるお貴族の嫡子様がいるなんてな〜」

「ほっとけ!!」

茶化してくるのはガウレス傭兵団の団長、ギルベルト・ガウレス。褐色の肌に赤い瞳を持ち、薄い顎鬚をたくわえていた。彼はルークの幼い頃を知っている。一時期ルークの実家であるウィンボルト領に滞在していたのだ。

「あ！　まさかうちの親にっ⁉」

「いやいや。ウィンボルト侯爵から手紙はもらったが、奥様からはなーんにも」

「もらってんじゃねーか！」

王城の第二王子リカルドの部屋……の隣の部屋で二十四時間態勢の護衛についていた。リカルド専属の護衛が王子本人の部屋の中におり、ルーク達はその控えのような扱いだ。ルークはエディンビアに帰りたいとごねたが、暗殺の首謀者が捕まっていなかったため、それを放置して戻ることは許されなかった。

「ははは！　内容……気になるか？」

　ニヤニヤとルークの顔を見つめる。

「どんな内容でも俺には関係ないからな！」

　と、ルークは露骨に不機嫌そうに顔をしかめた。そして彼の反応をガウレスは満足そうに見ている。

「大人になって随分と可愛げが出てきたな～。ほら、ちびっこい時はツンとした態度で、世の中のこと全部わかってますが？　って感じ悪いガキだったただろ？」

「はぁ!?　そんな風に思ってたのかよ！」

「思ってたよ～！　無傷ではぐれメタウルフ倒しちゃってたしなぁ。あの時は俺の立場潰してくれてありがとよ！」

　ガハハと大笑いしていると、王子の部屋から一人が顔を覗かせた。煩いと言いたげに。

「あ、わりぃわりぃ……」

　てへ、と可愛い子ぶるガウレスを見て、ルークは素直に引いていた。

　メタウルフと対峙したあの日、実際は無傷ではなく、腕を一本食べられている。そしてそれがトリシアが隠していたスキルを知るきっかけになった出来事だったのだ。

　その日のことを思い出して、ルークはますます早くエディンビアに戻りたくなる。護衛として守りを固めてはいるが、大した相手は出てこなかった。暗殺者のレベルが低いのだ。第二王子自身も高度な魔術の使い手なので、よっぽど凄腕でもなければ触れることすらできないだろう。感知スキルを持つルークが隣の部屋にいる王子の気配を探るのに苦労しているほどだ。彼は特殊な魔術で自分の居所を誤魔化(ごまか)していた。

「もう俺達でさっさと首謀者狩りに行こう。話が早い」

「いやいや、お家騒動に手を出したら大火傷(やけど)するぞ。お貴族様のくせにそんなこともわからんのか～？」

　またもニヤニヤとルークの反応を楽しもうとするガウレスを見て、

「退屈しのぎに俺を使うなよ……」

　呆(あき)れたような声を出した。

「うっ……そんなことを真顔で返されるとおじさん辛(つら)い……暇つぶししてスミマセンデシタ……」

　と、本気でショックを受けたような顔になる。

「退屈させてすまないな」

　笑いをこらえながらルーク達の部屋にやってきたのは第二王子リカルドだ。二人はサッと真面目(まじめ)な顔をして立ち上がった。

「もうじき終わるよ。兄上についている護衛も来週には返すと聞いたから、あと数日で従弟(いとこ)殿は地下牢(ろう)行きさ」

「……そのようなこと、話してもよろしいので？」

「そりゃ魔法契約しているからね！　……まあそれと、私達の兄弟仲を誤解してほしくもないし」

　曖昧(あいまい)な笑顔だった。

　実際、この国の第一王子と第二王子は仲がいい。だが家臣同士はそうでもないのが彼らの悩みだ。

　今回はそこに目を付けた彼らの従弟の犯行だった。

どちらにも刺客を送りお互いを疑わせた。兄、そして弟の意思ではないとわかりながらも、彼らの家臣ならばそうする可能性も考えられるというのが現状だ。

捕まえた暗殺者達はたいした情報はもっていなかったが、優秀な王子達の部下が少しずつ紐解いていき、王弟の息子……彼らの従弟に辿り着いた。

「兄上の方もS級の冒険者を雇っていてね。だからこそ君を手放せなかったんだ」

リカルドというより、彼の従者や家臣が許さなかった。

「いえ……」

ルークは少し気まずそうにしている。エディンビアに帰りたいという気持ちが王子にだだ漏れしていたことがわかったから当然だ。

「第一王子は誰を雇っているんですか？」

ガウレスが助け船を出すかのように話を自分に移した。

「ヴァリアスだよ」

「そりゃあ高くつきましたね」

ヴァリアスは高い報酬を要求することで有名なS級冒険者。逆に言うと、金さえ積めばあらゆる依頼を引き受けたので、高位冒険者にもかかわらず品格に問題がある、と大騒ぎした商人の店で難癖をつけ返して暴れまわったという噂を持っている。

「ふふ！　でも兄上、あの人のこと結構気に入ってるんだよ」

秘密だよ、とリカルドはそんな兄を思い出したのか小さく笑っていた。

第二王子リカルドの言った通り、その翌週にはルークは解放された。王子の言っていた従弟云々の

情報はかなり秘匿されているようで、王城の様子はいつも通りに見えたが、

「なーんか騎士の動きがヘンッスね」

と傭兵団のレイル達は訝(いぶか)しげに兵達の様子を眺めていた。

「は〜久しぶりに飲むかー!!　おいルーク一緒に……」

「じゃあな!!　あんまり部下に迷惑かけんなよ!!」

と、挨拶(あいさつ)もそこそこに去っていく彼の背中を、ガウレス傭兵団の面々はポカンと見送ったのだった。

トリシアが初めて自分の特殊なスキルを明かしたのは七歳の時。それまでは細心の注意を払い、自身の能力を誰にも知られないようひた隠しにして生きてきた。明かした相手はルーク・ウィンボルト。トリシアが暮らす孤児院の管理運営の大元、領主の息子だ。
ルークと初めて出会ったのはトリシアが四歳の時だ。一つ年上のルークが父親に連れられ、街のはずれにある孤児院にやってきた。領主からすると、将来跡を継ぐ息子への教育の一環として、尚且つ勉強ばかりの息子の息抜きにでもなればと、そんな軽い気持ちの訪問だった。まさかこの日が、息子の運命が大きく変わる特別な日になるとはもちろん思ってはいなかっただろう。
「今日は忙しい中集まってもらってすまない。僕はルーク・ウィンボルト。この施設での生活で何か困ったことがあったり、要望があればぜひ教えてほしい」
孤児院の院長に集められた講堂で、初めてルークを見たトリシアは自分の目と耳を疑った。

（あんな五さいじいる!?）

今世で今、同じ時を過ごしている友人達とはもちろん違うし、前世の世界の五歳児と比べたとしても違う。

（すくなくとも、わたしのしってる五さいじじゃないわ……）

ルークの噂は聞いていた。孤児院で働く職員達が度々話題にしていたのだ。

『この領地も安泰ね。ルーク様、スキルを三つも持っていらっしゃるんですって』

『奥様の教育に熱が入るのもわかるわ』

『朝から晩まで偉い先生をお招きしてるんでしょ？』

『この間、剣術と魔術の先生もお呼びしたと聞いたけど』

四歳児の前なら何を言っても理解できないだろうと、大人達は特に警戒することなくトリシアの前で多くの噂話をしていた。もちろんトリシアはなにもわかっていませんよ、といった表情で聞き流す。まさか前世の記憶があって、彼女達の話を理解した上で孤児院の外の世界について学んでいるとは想像もしていない。

（それにしたって……こどもらしさのかけらもないじゃない）

トリシアは、そんな経緯を持つルークの大人びた姿を気の毒に思ったわけではない。彼女はこの時まだ、この世界の貴族の生活はよくわかっていなかったので、これが普通の貴族の子供の生活だという可能性も考えられたからだ。だが、時々やってくる領主は、トリシアが勝手に想像していた私利私欲にまみれた男ではなく、無邪気に遊ぶ孤児院の子供達の成長を、目を細めて眺める貴族だった。

（じぶんのむすこのげんじょう、わかってるのかな……）

随分年齢と言動がかけ離れている。なんなら前世の記憶を持つ自分の精神年齢とそれほど変わらないのでは？　とすら感じた。どういいように考えてもルークにとって健全な状態だとは思えなかった。無機質で作られた人形のように見えたのだ。

（このおとこのこが、しょうらいりょうしゅになったとして、ちちおやのようにここのこどもたちをみて、えがおになれるかしら？）

そうして綺麗な、とても大人びた顔の少年は、この時のトリシアにとって『気にかけるべき存在』になった。

「ルーク！　こっち！　いっしょにあそぼう！　はやく！」

無理やりこっちこっちと手をひいて外へと連れ出す。ルークの方は突然の出来事にギョッとしていた。まさか初めて会った孤児の女の子に、貴族である自分の手を躊躇うことなく握りしめられるとは。

だがなんだかその心地の良い手の感覚を失うのが嫌で、そのまま彼女の後ろを小走りでついていく。

「こらトリシア！　ルーク様でしょう!!」

周囲が焦っているのに気付かないフリをしたまま、トリシアはルークの手を離さない

「何をしているの！　早くルーク様の手を放しなさい！　貴女が気軽に触れていい方ではありません！」

「……」

トリシアは大人達が何を言っているのかわからないととぼけていた。軽く首を傾げ、肩をすくめる。

「トリシア！」

いつもは従順な彼女が今日に限って年相応な振る舞いをすることに孤児院の大人達は戸惑った。だ

が領主はトリシアを諌めることなく、また周囲にもそうするようにと命じる。なぜなら彼女の手に引かれている息子が、親である彼が初めて見る表情をしていたからだ。

少しの戸惑いと、なにか新しいことが始まることへの期待。そしてこの黒髪の少女から伝わる優しさが握りしめられた小さな手の体温を通して感じられ、ルークはほんのりと穏やかな笑みを浮かべていた。照れて、はにかんでいる。あの息子が。

（ああ。あれがルークの笑顔なのだ……）

これまで自分達に向けられていた完璧な、美しくも凛々しい笑顔は作られていたものだったと気が付いた。衝撃の後、すぐに後悔の波がウィンボルト侯爵を襲う。自分は、自分達はまだ幼い息子に何を強いていたのだと。

だからその後、ルークが頻繁に孤児院へ行くことを止めることはしなかった。彼の妻であるウィンボルト夫人やルークの教育係にも厳命した。ルークが心の底から笑える場を奪うことは許さないと。

他愛のない子供同士の遊びはルークにとって新鮮だった。ただ庭を走りまわったり、近くの森で木の実やベリーを摘んで食べたり。ただそれだけだというのにこれほど楽しいなんて感情が湧いてくることが信じられなかった。

（トリシアが近くにいるからだろうか）

いつもルークはトリシアを目で追っていた。トリシアは誰かが転ぶとすぐに駆け付け、起き上がるのを待っている。そうして泣きながら起き上がった子の服の汚れを払うと、怪我をしていればそっと手で触れ、綺麗さっぱりと治していた。

「……起き上がるのを助けたりはしないんだな」

「ん～……わたしたち、さいごはじぶんでたちあがるしかないからね……あ！　でもちいさいこにはてをかすよ⁉　イーグルはしょっちゅうころんじゃうから」

「ふーん」

なんの後ろ盾もない孤児が生きていくのは大変だ。転んだからと助けてくれる人がいるとは限らない。助けてくれる誰かが現れるまで、転んだままでもいられない。これは、トリシアが自分自身へ向けた言葉でもあった。

（現状を嘆いて、誰かに救われるのを待ってたらダメだってことか……でも、僕は……）

ルークは両親から課された過酷な期待を嘆いていたわけではない。だが彼は、トリシアに救ってもらった、そう感じていた。何の色もない世界でただ突っ立っていた自分に、文字通り手を差し伸べ、色とりどりの世界へ連れ出してくれたと。

（誰もいないなんてことはない。トリシアには僕がいる）

小さなルークは、この時生まれて初めて決意した。誰かのために自分ができることをしようと。

ルークと仲良くなれたのはトリシアにとっても大きな出来事だった。幼いのに彼は博識で、この世界のことをなんでも教えてくれた。孤児院という狭い世界からまだ出ることができないトリシアにとって彼からの情報は今後を考える上で間違いなく役に立った。

（ダンジョン、ぼうけんしゃ、まじゅつにスキル……）

トリシアはすでにこの世界に魔力やスキルを持つ人間がいることは知っていた。自分自身もそうであるし、孤児院内にも何人かいる。ルークだってそうだ。だがそれがどの程度珍しいか、どんなスキルがあるかは知らなかった。

（だまっていてよかった〜！）

ルークの話を聞いて、自分のスキルを隠していたことは正解だったのだと瞬時に分かった。どうやら自分の持つ能力はかなり特殊な力なのだと。バレたら最後、自分の身を守ることができないトリシアはどんな目に遭うかわかったものではない。

「トリシアはヒールが得意だから他の魔術は伸び悩むかもしれないが気にしなくていい。ヒールがあれば色んな所で働ける。治癒院でもいいし……うちの屋敷でも何人も働いているよ」

「なるほど……」

ルークがそれとなく自分の家で働いてほしいと伝えても、トリシアは聞き流していた。それよりも、彼女は自分が今後どう生きていくか考える必要があると真剣な顔つきになる。

（ヒールをきたえて、このスキルをかくそう）

この時、トリシアの『将来設計』が決まった。このままスキルを回復魔法でカモフラージュし、それで生計を立てようと。ルークにすらこれがスキルだとバレていないというのは自信にもつながった。このスキルがあれば、ヒーラーとしてそこそこ評価はされるはずだろうと期待も持てた。

孤児院の図書室で本を読むのも楽になった。幼い子供が小難しい本を読んでいたらすぐに大人は違和感を抱くだろうが、ルークが一緒なら話は別だ。

「ルーク様が勉強を教えてくださるので、子供達はとても喜んでおります」

その子供達は主にトリシアのことだったが、まさか大人顔負けの勉強をしているとは本人達以外誰も知らないままだった。ルークもトリシアはどうやら頭がいいということはわかっていたが、自分もなかった。

幼い頃から難しい勉強を強いられ、その内容を理解していたので、この状況がおかしいとは気が付か
ルークはどうにか時間を作っては孤児院へとやってくる日々が続いた。教育熱心な母親も教師達も、
ルークの行動に不満はあれど、たちまち課題をクリアしていく幼い嫡子の成績に文句をつけられない。
そのため、小言の行先は孤児院や孤児院の子供達になっていたが、この時はまだ小さな歪みだった。

「読み書きを一日で習得するのはすごいことらしいぞ？」

「たまたまだよ」

孤児院ではまだ読み書きは教えられていない年齢だったので、それまでトリシアは独学だったのだ。
ルークには教わったと言うより答え合わせをしてもらったという方が正しい。

（文字は前世のものに似てるし、娯楽は本くらいしかないしね〜）

計算……算術も問題なかった。ただし、魔力という要素があるせいか科学や物理についてはどうも
理解が追い付かない。魔道具にも興味があったが、繁雑な計算と見たこともない工学知識、さらには
現在も解明中という魔力についての深い理解が必要だった。

（やっぱり魔道具で一儲けは無理そうね……）

ならばその恩恵に与るためにひと稼ぎしなくてはと、ますます孤児院を出た後の世界に思いをはせる。

「ほらこれ、屋敷にあったから」

「ありがと！　ってこれ、随分装丁が豪華だけど外に持ち出して大丈夫だった？」

「僕がバレるようなヘマするわけないだろ」

ルークが得意気にトリシアに手渡したのは、分厚く貴重な本だった。この世界、そもそも本はそれなりに高級品だ。古本でもそれなりにする。領主の方針で孤児院にも図書室はあったが、やはり領主の屋敷内にある蔵書の数の方が圧倒的に多い。

「最近はスキルの研究にハマってるんだな」

「スキルって面白いよね～魔術にはまだ世の理があるけど、スキルにはそういう自然的なルールが少しもないじゃない？」

この頃トリシアはスキルについてあれこれと深く調べていた。自分と同じスキルの情報を探していたが、どこにも見当たらなかったためルークを頼ったのだ。

「スキルは神からの授けものって昔話があるからな」

「なにそれ！　聞いたことない！」

トリシアが住むこの国は多神教だ。あらゆる事象に神がいた。学問の神、戦いの神、芸術の神、商売の神、鍛冶の神……。

「たとえば鑑定のスキルは商売の神から、感知スキルは探求の神から、魔法契約は司法の神からってな感じでな」

「わ～！　それは面白いね！」

（じゃあ私のスキルはなんの神様からだろう？）

トリシアは神の存在をほんのりと信じていた。異世界に転生する人間がいるのだから、想像もつかないような大いなる存在がいてもおかしくないだろう、という程度の経験則から導いた感覚ではあるが。

ルークによるとスキルの内容と、それを授ける神が司る事象とは少なからず関係しているらしい。

そういった観点からもトリシアのスキルを調べる必要があると、彼女は頭をひねる。

（なかったことにする神様……？　元に戻す神様？　片付け？　……違うか）

「この国のじゃなくって隣国の神話なんだ。一説じゃ魔力持ちより先にスキル持ちがいたって話だぞ」

「えー！　でもスキルは魔力持ちしか発現しないんでしょ⁉」

「気になるならまた本を持ってくる」

「やったー！　ありがとう！」

飛び上がって喜ぶトリシアを見てルークも思いっきり笑顔になる。彼女の力になれるならなんだって嬉しい。心の底から湧いてくるこの感覚を味わうのが、今の彼には何よりの幸せだった。

その晩、トリシアはルークに借りた本をいつものようにこっそりと布団の中で読み耽っていた。シーツをかぶり、これまたルークに貸してもらった最小限の灯り魔道具を使って。

（やっぱり同じスキルは見当たらない……となると実験を重ねるしかないわね）

トリシアのこのスキル研究は行き詰まっていたのだ。

（……このスキル、どこまでなかったことにできるんだろう）

怖くて試していない事例がいくつもあった。あらゆるものをどこまで『なかったこと』にできるのか。生まれてきたことすら、存在すらなかったことに？　死はどうか。自分のスキルはそれすら克服する可能性を秘めている。答えが出てしまうのを恐ろしく感じていた。

「トリシア……まぶしいよぉ」

「あ、ごめんごめん」

同室の女の子が眠そうな声で訴えてきたので、すぐに灯(あか)りを消して本をベッドの下へと隠した。

（自分の部屋が欲しいな）

ここにいる限りそれは望めない。トリシアは怖いこと(自身のスキル)を考えるのはやめ、自分が将来暮らす部屋に想像力を使いながら眠りについた。

ウィンボルト領では最近、凶暴なメタウルフの目撃情報が相次いでいた。通常この魔物は群れで行動するが、どういうわけかこの個体は一体で行動しており、一度家畜や人間を襲うと、討伐隊がやってくるより前に身を隠していた。

「頭がいいですね。どうすれば生き残れるかわかってる……ここに来る道中も探りながら来ましたが、まあうまく隠れてます」

新進気鋭の傭兵団の団長であるガウレスが、ウィンボルト家の屋敷で領主と打ち合わせをしていた。どうやってそのはぐれメタウルフを討伐するかを。

「元々知能が高いと言われている魔物だ。君達が巡回してくれるだけで警戒して出てこないかもしれない」

「そんなんでよければいくらでもやりますが。仕留めてしまった方が安心でしょう」

「もちろんそうだが……領民の被害がこれ以上出ないようにするのが何よりだからな」

小さく息を吐きながら、侯爵は困ったなと腕を組む。

「いい領主様になられた」

そんな姿をガウレスは目を細めて見ていた。

「……なあ。昔のように気楽に接してくれてかまわないぞ。この部屋の中にはそんなことを咎める人間はいない」

ウィンボルト侯爵は少し照れたように、ぶっきらぼうな物言いをする。彼らは同じ師から剣術を習った兄弟弟子だったのだ。

「ハハハ！　いやぁ持つべきものは貴族の弟弟子だな。いい仕事回してもらって助かる！」

「だがうまくいってるんだろう？　凄腕ばかり集めた傭兵団だって噂になってるじゃないか」

「荒くれ者ばかりでこっちは大変だけどなぁ」

と言いつつ、ガウレスは嬉しそうに笑う。直後、ガウレスは誰よりも早く扉の方に視線をやった。ほんの少し間を置いて扉が開くと、まだ幼い黒髪の少年が挨拶もせずに部屋の中へと入ってくる。

「団長、街の外でダンが狼の毛を見つけた。たぶんメタウルフだ。人の住処に近づいてるから気を付けた方がいい」

「わかった」

団長の返事を確認すると、黒髪の少年は少しハッとするような表情をし、ペコリ、と小さく頭を下げて部屋を出ていった。

「仕事が早いな。スキル持ちがいるのか？」

ウィンボルト侯爵はあっという間に険しい表情へと変わっていた。魔物が人の気配につられて人口密集地にまで近づいている。

「いいや。スキルはなくとも勘がいいやつがいっぱいいてね。そういやお前んとこの息子はスキル三つも持ってるんだってな！」

「あとで紹介する」

「はは！　実はさっき会ってよ。傭兵団にどうだ？　って誘ったら、氷のような笑顔で丁寧(ていねい)に断られちまったよ」

随分大人びた息子だな、と大笑いしていた。

「すまない……」

「ガハハハハッ！　ありゃあ大物になるぞ！」

ガウレスは手をヒラヒラと振って部屋を出ていった。早速仕事に取り掛かるためだ。


「ルーク様、本日はお屋敷から出ないようにと奥様から言いつかっております」

ルークがいつものように孤児院へ行く支度をしていることに気が付いた使用人の一人が、抑揚のない言葉で彼の行く手を阻(はば)んだ。

「僕が孤児院へ行くのを止めてはならないと父上が、ウィンボルト侯爵が厳命しているだろう」

ウィンボルト侯爵夫人より、ウィンボルト侯爵の命令が優先されると言われては、使用人は引っ込むしかない。もちろんルークはメタウルフの件は知っている。だからこそ、トリシアのことが心配だった。孤児院は街のはずれにある。すぐ側(そば)に小さな森もあり、魔物が隠れるのにもちょうどいい。

（建物から出ないようにしっかり伝えないと）

もちろん孤児院側も気を付けているに決まっているが、自分の目でトリシアの無事を確かめ、そして自分の口で彼女に気を付けるよう言い聞かせないと気がすまない。

トリシアの方はメタウルフ出現の話を聞いて、当たり前だが敷地の外に出る気はなかった。彼女は魔術を使えたが、スキルを抜きにしても攻撃魔術より、回復魔法（ヒール）の方が得意だ。だとするとトリシアの出る幕はない。大人しく孤児院の静かな場所、とっておきの秘密の場所で本を読むに限る。それは孤児院の物置のように使われた、古びた建物の庭だった。塀の向こうは森があり、時々子供達は塀の小さな穴からコッソリと抜け出している。

「トリシアどうしよう……」

ふと見上げると、イーグルが泣きそうな顔をしてトリシアの隣に立っている。イーグルは彼女のいそうな場所を何ヵ所か知っていた。彼の中ではトリシアが一番頼れる相手だ。何か困ったことがあると、必ず彼女に相談していた。

「リラがいない……森で木の実を摘んでたんだけど……」

「えぇ!?　なんでまた今!?」

リラは四歳の女の子だ。もちろん大人から外に出てはいけないと言われたことはわかっている。わかっているが、それがどれほどのことかは理解してはいなかった。いつものように森に行きたくて、駄々をこねたら聞いてくれるイーグルの手を引き、森の中へと入っていった。

「……ルークの誕生日が近いだろ……美味（おい）しいって言ってたコットの実を……」

「んあ〜〜〜！　それを言われると……」

だろう？　という顔でトリシアを見つめた。孤児院はルークが頻繁に訪問することによって予算が追加でもされたのか、日々の食事の品数や量が増えたり、真新しいシーツが与えられたりと明らかに子供達は恩恵を受けていた。またルークも孤児院で過ごすことで、その場に足りないと思うものを次の訪問で準備してくることが度々あった。

(あの怖～い侯爵夫人が来ても、皆我慢できるくらいにはルークに感謝してるんだよね)

ルークの目当てはトリシアだけだったが、刷り込まれた貴族としての使命感からか生真面目にこの孤児院のためになることを考えて行動していた。

「しかたない……こっそり捜しに行こう」

孤児院の罰はトリシアの前世の世界とは違う。成長期の子供相手に食事を与えず、体罰も当たり前にあった。トリシアは自分が受ける分には耐えられたが、幼い子供が涙を流しながらそれに耐えるしかない姿は、直視できないほど胸が痛んで見ていられない。バレないですむならそれが一番いい。

イーグルもそれをわかっている。

「コットの実、近場のはもう取りつくしていたから別のところを探しに行っちゃったんだと思う……」

「そうね。もう時期も終わるから。少し奥に群生地があるの。そこかもしれないわ」

イーグルと二人、森の中を捜し続ける。この時トリシアはまさか自分が噂の魔物に遭遇することになるとは露ほども考えていなかった。それよりも自分達が孤児院内にいないことがバレてしまう方が心配だったのだ。

最初に気配に気が付いたのはイーグルだった。

「……まずい気がする……」

「うそ……まさか……」

「たぶん……かすかだけど獣の臭いがするんだ」

イーグルはこの時からすでに冒険者を目指していた。彼が孤児院にやってきた時、泣きながら握りしめていたのが壊れた冒険者タグだったからだ。冒険者となっていつかその持ち主に会いたいと、幼い彼なりに能力は磨いていた。いつもとは違う森のにおいを感じとることができるくらいには。

（リラ……！）

血の気が引く思いがした。早く彼女を見つけて戻らなければ。この際バレたってかまわない。死ぬより罰の方がマシに決まっている。

（イーグルに応援を呼びに行ってもらう？　いや、別々になる方が危ないか）

速くなる心臓の鼓動をなんとか抑えるために深呼吸をした。

（今こそスキルを試す時よ……もし、もし遭遇したら何としてもソイツに触って、なかったことにしなきゃ……存在を……躊躇ってなんてらんないわよトリシア！）

トリシアのスキルは対象に触れなければ発動できない。この幼い体でどれだけのことがやれるか。それもまたトリシアにはわからなかった。

コットの実がある森の奥へと、イーグルとトリシア、二人して息をひそめながら向かう。無事にリラがいるとしたらそこだろう。

（いた！）

小さな体が背伸びをしながら、籠の中に一生懸命木の実を集めていた。イーグルと目を合わせ、できるだけ小声でリラに声をかける。

「リラ。いっぱい取れたね。さあ、もう帰ろう」

「トリシアもとりにきたの？　ルーク、これ、すきだもんねぇ」

みて、と籠の中を指さして、にこにこと嬉しそうに答える。

「それだけあったらもういいね。ルーク、お腹（なか）いっぱいになっちゃうね」

リラの籠をトリシアが代わりに持った。

「……そろそろいないことがバレそうなんだ。さあ、おいで」

イーグルがリラの手を引く。リラはまだ木の実を摘みたかったようだが、バレた時の罰がどういうものかは知っているので、大人しくイーグルの手を握り返した。

三人ともやや早足で森の小道を進んでいった。前をイーグルが、後ろをトリシアが歩く。リラは二人の緊張感が伝わったのか、一生懸命黙って歩き続けていた。

一瞬、イーグルがブルッと震えたのをトリシアは見た。

「振り返らないで……僕がオトリになるから、トリシアとリラはこのまま前を走って……」

これでなにが起こったのか、自分の後ろに何がいるのかトリシアはすぐにわかった。

「だめ……イーグルはこのままリラを連れて走って……魔術を使える私の方がまだなんとかなるわ……」

「そんなこと、できるわけないだろ……」

「言い争ってる暇はないのよ」

その瞬間、トリシアは振り返りざまに覚えたての火炎弾（魔術）を発射した。籠の中身が周辺に飛び散る。

「行って!!」

イーグルはギリッと歯を食いしばって、リラを抱きかかえて振り返らずに走り始めた。後方で、何度か爆発音が聞こえる。この音を聞けば、誰かが異変を察知して助けに来てくれるかもしれない。今はただそう願って走り続けるしかなかった。

トリシアの火炎弾はことごとく外れていた。数十メートル先には、大きな黒い塊が見える。闇にまぎれてここまで辿り着いたのだ。

(大丈夫……最悪食べられた瞬間にスキルをかければいいんだから……)

なんとか自分を落ち着けるために、頭の中で勝ち筋を考え続ける。

(存在をなかったことにできなくても、生まれた頃までの成長をなかったことにすればきっとなんとかなる……)

冷や汗が流れるのを感じた。

(最悪、時間稼ぎができればそれでいい……私は人生二度目なんだし……)

そして、自分の運命を受け入れる。

(おし！　いつでもこい！)

トリシアの気合が伝わったのか、それとも彼女が弱い存在だと気が付いたのか、メタウルフは猛スピードで突撃してきた。逃げることはできないと瞬時にわかる速さだ。

「ガァッ」

大きく唸(うな)りを上げて大きな口と牙がトリシアの目の前に迫ったと同時に、トリシアは右手を伸ばし、覚悟を決めた。絶対にその恐ろしい口に触れてやるという覚悟だ。だが、衝撃は前からではなく、横から来た。

「グッ」

予想外の衝撃に倒れたトリシアの耳に、小さく痛みを堪える声が聞こえる。目の前には銀髪の少年の後ろ姿があった。

「ルーク！！！」

（うそ！　うそうそうそうそうそ！！！）

自分の手ではなく、ルークの腕が、メタウルフの口の中に入っていた。目を見開き、絶望感が頭を支配し始めたその時、

――バン
魔物の頭部が吹っ飛んだ。ルークは腕を突っ込んだまま強力な魔術を使ってメタウルフを内部から破壊したのだ。

「ルーク！　ルーク！　ごめんね……ごめんね！」

「なにに……謝ってんだよ……」

地面に倒れ込んだルークは真っ青になっている。だが、自分の腕にヒールをかけるのを怠らない。流れ出す血はすでに止まっていた。彼に死ぬ気はない。死ぬ気はないが、トリシアのためなら腕一本なんて簡単に差し出せた。

ルークは孤児院に到着後トリシアが見当たらなかったので、すぐに『感知スキル』を使ってここまで全速力で走って来た。彼の今の気持ちは、

『間に合ってよかった』

ただそれだけだった。なんの躊躇いもなく、大切な人のために腕を差し出せた自分という存在に安

心した。彼自身もまた、自分は冷たい人間だと自覚があったからだ。

そして今度はトリシアが躊躇わない。

「大丈夫……すぐよくなるからね」

トリシアがそっとルークの失った右腕に触れる。いつものように、彼女の手のひらが小さく光った。

（ルークなら話したって大丈夫ってこと、本当はわかってたのに……私の臆病者！）

トリシアは必死に涙が溢れそうになるのを我慢した。自分が味わうはずだった痛みを肩代わりしてくれたルークが平気な振りをして痛みに耐えているのに、自分が泣くわけにはいかないと、ぐっと瞳に力を込め、歯を食いしばる。同時に、溢れ出る感情を全て受け止めていた。恐怖からの解放、罪悪感、そして自分を命懸けで守ってくれる人がこの世界にいるという驚きと喜び。

トリシアは一人で気を張って生きてきた。力のない自分を守るために、誰も心から信用せず、本当の意味で気を許すことはなかった。……これまでは。

「はは。トリシア……ヒールは効果抜群だもんなぁ……え？」

大切な人を助ける力が自分にはあった。そのことがわかってルークは満足している。腕一本なんて安いものだと。だがその失ったはずの腕が、先ほど魔物を爆発させたのと同時に吹っ飛んだ右腕がある。そっと指先を動かすと、確かにそれは自分の意思通りに動いた。

「なんで……？」

「スキルだよ。色んなことを『なかったこと』にできるんだ……黙っててごめん」

叱られるのを待っているようにシュンとしたトリシアが目の前にいた。これまで秘密にしていたことを咎められると思っているのだ。

（あれだけ色々とスキルについて調べるのに協力してくれてたのに……ルークに軽蔑されてもしかたない……）

そしてハッと自分の気持ちに気づき動揺した。気付かないうちに彼に嫌われたくないと思っていたことに。

（もっと早くルークには伝えておくべきだった……この力があるってルークが知ってたら……そうすればあんな無茶なこと……）

どちらにしてもルークはトリシアを守る行動に出たであろうことを、この時まだトリシアは気付いていない。だが、ルークを信じることを怖がった結果、彼に嫌われるかもしれないという不安がトリシアの心を占め、顔を上げることができなかった。

「あ、謝る必要なんかない。秘密にするのは当然だ……こんなスキル聞いたことがない。誰かに知られたら厄介なことになるに決まってるんだから」

初めて見るしょんぼりとしたトリシアを前に、ルークは慌てた。慎重な彼女のことだ、こんなことがなければ決して他人にその重大な秘密を告げることはなかったと彼は理解している。

（……なにかあるとは思っていたが……）

それが何かは聞けなかった。もしも踏み込んだら……彼女の秘密を探ろうとすれば、トリシアに避けられてしまうのではないかと不安だったのだ。彼もまたトリシアに嫌われたくはなかった。そんなことになれば、彼の幸せな世界が終わりを告げると言ってもいい。

ルークの答えに少しホッとしたような表情になったトリシアを見て、どうしても聞きたいことが我慢できずに口から出てきてしまう。

「イーグルは知ってるのか？」

イーグルはいつも当たり前のようにトリシアの近くにいた。もちろんルークは彼らが姉弟のような関係だとわかっている。だがそれすら羨ましい。家族のように振る舞うイーグルに小さな対抗心すら抱いていた。

「知らないよ。誰も知らない……」

ポツリと小さく呟いたトリシアの声を聞いた瞬間、ルークは心の中で大きくワーイ！　と両手を上げた。ということは、この世でこの秘密を知っているのは自分とトリシア、ただ二人だけだと。

「ぼ、僕に知られてよかったのか？」

トリシアがこれまで誰にも知られないようかなり注意して暮らしていたことは、ずっと彼女を見ていたルークにはよくわかっている。だが彼女は一瞬の躊躇いすらなく、ひた隠しにしていたその秘密を使った。その意味を、ルークは知りたい。

「いいよ。ルークだし」

（ルークだし……なんだ!?）

自分が助けたからなのか、それとも自分のことが特別だからなのか、深く聞きたいがその一歩が踏み出せない。

「助けてくれてありがとう」

だがこの言葉を聞いて、トリシアが心底安心し、気を緩めたように微笑み、得も言われぬほど愛らしい笑顔を見せられると、全ての思考が止まってしまう。

（まあいいか！　これからは間違いなく特別な男になるわけだしな）

少なくとも今ルークは、自分がこの世界で唯一トリシアの秘密を知っているのだ。彼女と秘密を共有しているのだ。この世の誰より信用されているのだと、腕が食べられた経験をしたばかりなのにもかかわらず、上機嫌で元に戻った手を使い、散らばったコットの実を拾い集めていた。

（そんなにあの実、好きだったんだ）

そんなルークの表情を見て、リラが頑張って集めた甲斐があったと、二人はかみ合わない感情の中孤児院へと戻っていった。

トリシアとルークは孤児院に戻る道すがら、リラを孤児院まで送り届け、血相を変えたまま来た道を全速力で走るイーグルとも遭遇した。何事もなかったかのようにルークとおしゃべりしながら歩いているトリシアを見てイーグルはわんわんと泣き崩れてしまい、さらにその後、ルークを捜していた大人達が続々とやってきては彼に怪我がないかと慌てふためいて、結果大騒動となった。

そんな春の終わりの日。

あとがき

はじめまして。桃月(ももつき)とと、と申します。

この度は本作をお手に取っていただき、誠にありがとうございます。

こちらは小説投稿サイトに掲載しておりましたものをベースに、加筆修正した作品となっております。出版にあたりまして、百ページくらい加筆していいですよ～！　と一迅社様よりご連絡をいただいたので、お言葉に甘えてそのようにさせていただきました。

本作を購入してくださった皆様の、特に小説投稿サイトから応援いただいております読者の方々の満足度が少しでも上がっていることを願うばかりです。


この物語は、折り返しでも少し触れましたが、自分が行くならどんな異世界がいいかなぁ……というよくある想像からスタートしています。

どうせなら、もっともっと自分に都合のいい世界にしたいところではありますが、残念ながら物語の世界にいるのは自分ではなくキャラクター。そうなると、世の中そんなに都合のいいことばかりじゃないんだよね……と、他人事のようにリアルな想像が頭の中に流入してきます。物語の中のキャラクターからしてみたら、余計なお世話でしょう。ごちゃごちゃ考えずに、平和で争いのない楽園を創らんかい！　と。

そんな中でも、キャラクター達はこの世界でたくましく生き、物語を紡いでくれています。

さて、実はいまだに本編で主人公トリシアの過去についてほとんど触れていません。ここでいうところの過去は、前世という意味です。

「前世」という単語を頻繁に登場させているわりに、そこでトリシアがどういう暮らしを送っていたかは【社畜】という文言しか（多分）出していないのですが、この文言だけで……文字通り死んでも忘れない恨みつらみというもが見えてしまうので……そこはちょっと……おどろおどろしいモノが出てきてしまいそうな話です。腹立たしい、思い出したくもない、とっとと忘れたいのに！　と、トリシア本人は思っているということだけ書き記しておきます。

社畜という単語から浮かび上がるエピソードは軒並み体験済みと、またも濁した書き方ですが、その辺の詳細は読者の皆様の想像力にお任せするということで……。

というわけで、その辺以外のトリシアの前世と今世の繋がりを、ちょっとばかし深堀りしてみようと思います。なにしろせっかくあとがきページもいただいたので、本編で語るまでもないけど、ちょっと話しておきたいな、という内容を。

トリシアのポリシーは、その日気持ちよく眠るために、気になることはその場でキッチリとやる、というものです。このモットーが彼女の行動原理になっています。

もちろん、いつもいつもこれを厳守しているわけではなく、生き方の方針であり、信念とはちょっと違います。

もちろん信念を貫けるほどの立場や、物理的、内面的な強さが欲しいとは思っていますが、これがなかなか難しい！　そんなわけでトリシアは（これは他の登場人物にも言えることではありますが）、決して完璧ではありません。そしてそれを自覚しています。

他者を慈しむ気持ちも、自己犠牲の精神も持ち合わせていますが、同時に理不尽な目にあえば愚痴も出てくるし、喧嘩だってしてします。

清く、正しく、美しい……わけではなく、清くありたいし、できれば正しくありたいし、そりゃあ美しくありたいよね、というタイプのヒロインです。

しかしそんなポリシーも虚しく、宿敵（!?）アネッタとは散々バチバチとやり合いました。

そもそも彼女とは合わないとわかっていながらパーティへは（嫌々ですが）迎え入れているので、最初はしゃあないな、と諦めていた所が多かったのですが……いやぁこれが思った以上にアネッタがヤバかった。

アネッタは要領がよく、立ち回りが上手いことには気付いていましたが、それが全てにおいて自分のためなわけです。ギブアンドテイクではなく、テイクアンドテイク！　特に下に見ている相手に対してはギブする気は毛頭ないのが一目瞭然。思った通りにならなきゃ、腹いせに相手を傷つける始末。対象が自分達ならともかく、パーティの外でそんなことやられちゃあ、トリシアのポリシーに反してしまいます。

パーティの仲間が他の誰かに無礼を働いたとなれば、その日は相手のことが気になってトリシアは気持ちよく寝ることができません。

でもトリシアはそんなアネッタのことを、実は（心の奥底で）ちょっぴり羨ましいと思っています。自分は絶対にこうはなれない。もちろんなりたいわけではないけれど、ああなれたら楽なのかな……と思う日だってあるのです。

前世でも今世でも他人からの評価なんて無視して、ただ自分のためだけに生きることなど到底できない。これは嫌味ではなく、ある種の心の芯の強さからくるのだろうと、トリシアは尊敬に近い感覚を抱いています。世間体がトリシアの価値観の中でそれなりに幅を利かせているせいで、動けなくなることがこれまでも度々あったからです。

だから、貴族と恋仲なんてありえないと思っているわけですよ……お陰でなかなかメイン二人の関係が進みません。勘弁して欲しいところです。

前世のトリシアは、面倒見がよく、真面目で責任感のある善良な一市民でした。この辺は、もはやトリシアの魂に刷り込まれたナニカなのかもしれません。社畜に至る経緯にも繋がっている気質です。今世でもしっかり引き継がれています。

ですが彼女はその時、自分の真面目な性格を嫌ってはいませんでした。自分は今、外から見たらきっと損をしているな、と思うことはあっても、要領よく生きることができない自分にちょっぴり溜息がでても、誰かのためになるならまあいいか……と思える人間でした。

が！　今世のトリシアはこの自分を形作る土台が、なかなか生きていく上でやっかいなモノだと幼いころから知っているわけです。その性格故に苦労した前世という名の過去の記憶を引き継いでいます。

しかも今世はスタートからハードモード。特別なスキルはあれども自由に使えるということもなく、多少の助けになる程度。しかもバレたらどうなるか、という不安付き。慎重にならざるをえません。


そういうこともあって、今世と前世の違いを挙げるとすれば、それはトリシアの『ちゃっかり度』になります。

この世界でトリシアのような身分の人間が、高額な魔道具を使える豊かな暮らしを望むのならば、アネッタほどではないにしろ要領のよさは必要なのです。

いい暮らしをするためにお金儲けを頑張るぞ！　という精神論だけでは辿り着ける場所ではありません。ですが人間、そう簡単に変わることができないことを、トリシアは前世の経験から知っています。

自分の内面を変えられないのならば――それも生まれ変わったというのに――それを補うためによ り考えて行動することにしました。まあ、ちょっとした判断ミスが死に繋がる世界だと気付いたからというのもあります。どの道、生き抜くための意識的な思考は必須です。

だから本人、今世ではそれなりに上手く生きているつもりでした。スキルを魔術に見せかけて評価を高めたり、仕事の斡旋先の職員と仲良くすることでいい情報を貰ったり。そしてなにより、お人好しもほどほど程度にとどめていると。

まあ、孤独な幼少期を送っていたルークを遊びに誘って怖い母親に目をつけられたり、成人しても反抗期真最中の迷子エリザベートを助けたり、浦島太郎状態の双子の面倒を見たり、ドアマットヒロインばりの不幸に見舞われたティアを買ったり、子連れの元傭兵に子育て支援も含めた声かけもしましたが……いや、流石にこの頃になるとトリシア本人も気づいています。

こりゃ自分の性（さが）を変えるのは大変だぞ、と。

いい意味で諦めも出てきてきました。それは、今世で仲間に追放され惨めな彼女を心配し、一緒に怒ってくれた冒険者達の存在が大きいかもしれません。貰ってばかりじゃあトリシアは落ち着かないのです。一人一人にお返しができないのなら、社会に還元しなくては。

お人好しでい続ける格好の口実をトリシアは得たわけです。


さてさて、ここでちょっとだけ二巻のお話を。

二巻では入居者達の貸し部屋での日常、エディンビアという冒険者の街での日常から始まります。入居者達がどんな風に貸し部屋で過ごしているのか、どんな風に冒険者業をやっているのか、そんな物語が待っています。ほのぼのとした平和で穏やかな毎日……なんてことはもちろんありません。そこで暮らす彼女達には、それなりにドタバタ騒動が待ち受けています。

そうしてそんな生活に慣れてくると、今度は大都会王都へ行ってみたり、新しい商売の始めてみたり。慌ただしくも楽しい日々が続いていくのです。

トリシアとルークの関係もいい加減、進展をみせるかも……。

ということで、今回はここまで。

また次巻にて、皆様とお会いできるのを楽しみにしております！

最後にこの場をお借りしまして、トリシア達に息を吹き込んでくださった桧野ひなこ先生、いつも的確なアドバイスをくださる頼れるご担当者様、またこの作品の出版に際しご尽力くださったすべての皆様に、心より感謝申し上げます。

桃月とと

ふつつかな悪女ではございますが

~雛宮蝶鼠とりかえ伝~

著:中村颯希　　イラスト:ゆき哉

『雛宮』——それは次代の妃を育成するため、五つの名家から姫君を集めた宮。次期皇后と呼び声も高く、蝶々のように美しい虚弱な雛女、玲琳は、それを妬んだ雛女、慧月に精神と身体を入れ替えられてしまう!　突如、そばかすだらけの鼠姫と呼ばれる嫌われ者、慧月の姿になってしまった玲琳。誰も信じてくれず、今まで優しくしてくれていた人達からは蔑まれ、劣悪な環境におかれるのだが……。大逆転後宮とりかえ伝、開幕!

悪役令嬢の中の人

著：まきぶろ　　イラスト：紫 真依

乙女ゲームの悪役令嬢に転生したエミは、ヒロインの《星の乙女》に陥れられ、婚約破棄と同時に《星の乙女》の命を狙ったと断罪された。婚約者とも幼馴染みとも義弟とも信頼関係を築けたと思っていたのに……。ショックでエミは意識を失い、代わりに中からずっとエミを見守っていた本来の悪役令嬢レミリアが目覚める。わたくしはお前達を許さない。レミリアはエミを貶めた者達への復讐を誓い——!?　苛烈で華麗な悪役令嬢の復讐劇開幕!!

第七王子に生まれたけど、何すりゃいいの？

著：籠の中のうさぎ　　イラスト：krage

生を受けたその瞬間、前世の記憶を持っていることに気がついた王子ライモンド。環境にも恵まれ、新しい生活をはじめた彼は自分は七番目の王子、すなわち六人の兄がいることを知った。しかもみんなすごい人ばかり。母であるマヤは自分を次期国王にと望んでいるが、正直、兄たちと争いなんてしたくない。――それじゃあ俺は、この世界で何をしたらいいんだろう？　前世の知識を生かして歩む、愛され王子の異世界ファンタジーライフ！

悪役のご令息のどうにかしたい日常

著：馬のこえが聞こえる　　イラスト：コウキ。

わがまま放題で高笑いしてたとき、僕（6歳）は前世を思い出した。ここはRPGの世界？　しかも僕、未来で勇者にやぶれ、三兄弟の中で最弱って言われる存在――いわゆる悪役。ついてない。ひどい。混乱して落ちこんで、悩んで決めた。まずは悪役をやめよう！　良い子になって、大好きなお兄様や使用人たちと仲良くしてフラグを倒そう!!　悪役のご令息が破滅回避のためにがんばるゆるふわ異世界転生ファンタジー！

イチャつくのに邪魔だからとパーティ追放されました！1
～それなら不労所得目指して賃貸経営いたします～

初出……「イチャつくのに邪魔だからと冒険者パーティ追放されました！
～それなら不労所得目指して賃貸経営いたします～」
小説投稿サイト「小説家になろう」で掲載

2024年11月20日　初版発行

著者：桃月とと
イラスト：桧野ひなこ

発行者：野内雅宏

発行所：株式会社一迅社
〒160-0022　東京都新宿区新宿 3-1-13　京王新宿追分ビル 5F
電話　03-5312-7432（編集）
電話　03-5312-6150（販売）

発売元：株式会社講談社（講談社・一迅社）

印刷・製本：大日本印刷株式会社
DTP：株式会社三協美術
装丁：モンマ蚕（ムシカゴグラフィクス）

ISBN978-4-7580-9687-4

Printed in Japan

おたよりの宛先
〒160-0022
東京都新宿区新宿 3-1-13　京王新宿追分ビル 5F
株式会社一迅社　ノベル編集部
桃月とと先生・桧野ひなこ先生

ICHIJINSHA